폭염의 용제
Dragon order of FLAME
FANTASY FRONTIER SPIRIT
김재한 판타지 장편 소설

폭염의 용제 12
김재한 판타지 장편소설

초판 1쇄 찍은 날 § 2012년 1월 20일
초판 1쇄 펴낸 날 § 2012년 1월 27일

지은이 § 김재한
펴낸이 § 서경석

편집부장 § 권태완
편집책임 § 박우진

펴낸곳 § 도서출판 청어람
등록번호 § 제1081-1-89호
등록일자 § 1999. 5. 31
어람번호 § 제1-1326호

주소 § 경기도 부천시 원미구 심곡2동 163-2 서경B/D 3F (우) 420-822
전화 § 032-656-4452 팩스 § 032-656-4453
http://www.chungeoram.com
E-mail § chungeoram@chungeoram.com

ⓒ 김재한, 2011

ISBN 978-89-251-2758-3 04810
ISBN 978-89-251-2419-3 (세트)

※ 파본은 구입하신 서점에서 교환하여 드립니다.
※ 저자와 협의하여 인지를 붙이지 않습니다.
※ 이 책은 도서출판 청어람과 저작자의 계약에 의해 출판된 것이므로,
  무단 전재 및 유포·공유를 금합니다.

12

전설의 종말

폭염의 용제

김재한 판타지 장편 소설

FANTASY FRONTIER SPIRIT

Dragon order
of FLAME

Dragon order of FLAME

제51장 전설의 종말　　　　　　　7

제52장 가출 소녀　　　　　　　93

제53장 내전 발발　　　　　　　181

제54장 방랑기사 아이작 그레이스　219

제55장 납치범　　　　　　　　267

Chapter 51
전설의 종말

1

"흠흠흠, 흠흠흠~"
스포르카트는 콧노래를 부르며 불타는 도시 한복판을 걷고 있었다.
그곳은 로멜라 왕국의 왕도 라무니아였다. 샤디카와 아레크스의 습격을 받아서 불타오르고 있는 참극의 현장이다.
붉은 머리칼을 찰랑거리는 소녀의 모습을 취한 스포르카트는 그 도시 한복판을 산책이라도 하듯이 걷고 있었다. 그러나 그것은 그녀가 어떤 상황에서도 위기감을 느끼지 않는 절대적인 권능의 소유자이기 때문이 아니라, 이 광경 자체가 허상에 불과하기 때문이었다.

콰아아앙!

그녀가 걷고 있는 골목의 옆쪽 벽이 터져 나가며 검은 키메라가 튀어나왔다. 그러나 그것은 스포르카트의 몸을 그대로 통과해서 지나가 버렸다. 현실보다도 생생하지만, 어디까지나 환영에 불과한 것이다.

"꼭 이렇게 복잡한 방식으로 상황을 관전해야겠어?"

문득 그녀의 옆쪽에서 투덜거리는 목소리가 들려왔다. 스포르카트가 목소리의 주인을 보며 생긋 웃었다.

"어머, 그냥 보기만 해서는 재미없잖아? 내 '전지적 관찰자 시점'에 트집 잡으려면 네트워크에 접속하질 마, 디르커스."

"원참. 정보량이 과다하다고. 쓸데없는 정보를 걸러내는 것만으로도 귀찮아 죽겠어. 자동 걸러내기 기능 정도는 덧붙여 주는 게 어때?"

환영의 벽을 뚫고 나온 디르커스는 새카만 머리칼을 늘어뜨린 엘프 청년의 모습을 취하고 있었다.

'전지적 관찰자 시점'은 생명체의 정신을 다루는 데 탁월한 능력을 가진 스포르카트가 만들어낸 세계 관측 방식이다. 드래곤이라면 누구나 접속할 수 있는 마법적 네트워크로 구성된 기술로, 일정한 영역을 관측할 때 그 지역에 있는 물질 정보만이 아니라 생명의 정신 정보까지 모조리 읽어들이게 되어 있었다.

즉, 드래곤들은 이 마법 서비스에 접속하는 것만으로도 수

십만 명이 무엇을 보고, 무슨 생각을 하고, 어떤 감정을 느끼는지를 실시간으로 알 수 있게 되는 것이다.

물론 인간이라면 그런 정보를 접하는 것만으로도 자아가 파괴되어 버릴 것이다. '전지적 관찰자 시점'이 초 단위로 처리하는 정보량은 한 인간이 일생 동안 받아들이는 정보를 아득히 초월하고 있었으니까.

하지만 무한한 정신의 그릇을 가진 드래곤들은 진정 신이 된 기분으로 그 모든 정보를 소화해 낼 수 있었다.

"확실히 나도 '전지적 관찰자 시점'에 자동 걸러내기 기능이 도입되어야 한다는 점에는 동감해. 인간의 시점으로 정보를 입체적으로 구성할 수 있는 거야 좋은데, 관심사가 따로 있을 때는 혼선을 빚기가 쉽다고."

"하여튼 디르커스도 그렇고 팔다르 너도 그렇고 까다롭기는."

스포르카트가 뾰로통한 표정을 지었다.

디르커스의 의견에 동조한 또 다른 드래곤, 팔다르는 긴 은발의 드래코니안 청년 모습을 취하고 있었다.

문득 아무런 조짐도 없이 셋의 몸이 허공으로 날아올랐다. 한순간에 도시 전체를 굽어볼 수 있는 고도까지 상승한 그들은 관심있는 곳에 시선을 둔 채 대화를 계속했다.

디르커스가 샤디카를 보며 팔다르에게 말했다.

"저놈 네가 만든 거지? 너무 막 나가는 거 아냐?"

"원래 그런 성격으로 만들어졌으니 하는 수 없지. 머리가 세 개나 되다 보니까 정신 연동으로 사고 연산이 빨라지는 대신, 남들에 비해 시간을 아주 길게 느껴. 그러다 보니 인내심이 없어지고 충동적이 되는 거지."

"종족화하지 않은 이유가 그건가?"

"많은 이유 중에 하나지. 전투적인 측면에서만 보면 꽤 성공적이었는데 말야. 레비아탄보다 빠르게 실전에 투입할 수 있다는 점에서 높은 점수를 줄 만했는데……."

팔다르는 샤디카를 보며 피식 웃었다.

샤디카는 꿈에도 모르고 있는 사실이지만, 팔다르는 지난 천년간 한순간도 그를 놓치지 않고 지켜보고 있었다. 샤디카가 태어나서 지금까지 살아온 궤적 자체가 팔다르에게는 새로운 종족을 창조하기 위한 귀중한 자료였다.

팔다르가 말했다.

"하지만 저 발타르라는 인간은 꽤 강하군. 샤디카의 장비도 꽤 수준이 높은데, 그걸 다 갖춘 상태하고도 제대로 싸워볼 만해. 내가 본 인간 중에서는 랭킹 100위 안에는 들어가겠는데?"

"100위라니, 평가가 너무 박한 거 아니야?"

"디르커스, 넌 인간에게 별로 관심을 안 두니까 그렇게 말하는 거야. 10위권 안쪽으로만 가도 단신으로 레비아탄을 쓰러뜨릴 수 있을 정도라고. 저 발타르라는 인간은 강체술 6단계의 경지에 오른 인간인데, 6단계 이상의 강체술사는 지금 이 대륙에 일곱 명밖에 없어."

"일곱 명? 천년 전하고 비교하면 꽤 많군? 그때는 세 명밖에 없었는데."

"그야 그때보다 인간의 수가 훨씬 늘었으니까. 인간이 많아지고, 강체술사가 많아지면 높은 경지에 오르는 자가 많아지는 것도 당연하지. 정말이지 인간은 흥미로운 존재야. 이 정도로 개체별 격차가 큰 종족은 인간말고는 없으니……."

"그 지나친 성장폭 때문에 종족 디자인 때 별로 참고가 안 되는 게 문제지만."

"그만큼 우리가 아직 생명 창조자로서는 미숙하다는 증거지. 아직도 갈 길이 멀다는 게 재미있지 않나?"

"난 별로."

디르커스가 어깨를 으쓱했다.

팔다르는 유독 생명 창조에 열을 올리는 드래곤인지라, 드래곤들 중에서도 용족 창조수로는 최고였다. 그에 비해 디르커스는 이만큼 만들었으면 됐지 뭘 더 늘리냐는 주의라서, 다른 드래곤들이 만든 용족들을 자신의 커뮤니티에 편입시켜서 함께 살아가는 것에 관심을 두지 자기가 직접 만드는 것에는 별로 열정을 보이지 않았다.

'하나부터 열까지 내가 만든 존재하고 연애하는 게 무슨 재미야?'

그것이 디르커스의 지론이었다.

문득 그가 스포르카트에게 물었다.

"그러고 보니 스포르카트."

"왜?"

"왜 내기에서 져 준 거야?"

"응? 볼카르하고 한 내기 말하는 거야? 그거라면 져 준 게 아닌데?"

"에이, 거짓말을 하려면 좀 그럴싸하게 하라고. 볼카르가 안쓰러운 거야 나도 똑같지만……."

"진짜야. 져 준 거 아니라니까 그러네."

스포르카트가 뾰로통한 표정으로 디르커스를 쏘아보았다. 디르커스가 다 아는데 왜 발뺌하냐는 표정으로 코웃음을 쳤다.

"아아, 뭐, 알겠어."

"안 믿는 거지? 표정이 아주 노골적으로 불신하고 있잖아! 진짜라니까!"

"알겠다니까."

"으윽, 디르커스 너 정말……. 아, 그래. 좋아. 내 말이 안 믿어지면 너도 한번 똑같은 내기를 해보라고. 분명히 볼카르가 네 거처로 찾아갈 때가 올 테니. 그때가 되면 왜 내 말을 안 믿었을까 후회하게 될걸."

"아이고, 무서우셔라. 알겠습니다, 스포르카트 여사님."

"흥."

불성실한 디르커스의 대꾸에 스포르카트가 토라져서 고개를 돌려 버렸다.

팔다르가 말했다.

"뭐, 도와주고 싶은 마음은 나도 이해한다. 볼카르 녀석이 좀 안쓰러워야 말이지. 게다가 그 정도 도움은 크게 문제될 것도 없으니 너무 그러지 말라고, 디르커스."

"알겠다니까 그러네."

"볼카르와 불카누스의 상태를 마법으로 재현할 수만 있어도 이렇게 번거로운 짓을 할 필요는 없는데… 안타깝네."

스포르카트가 고속으로 이동 중인 루그를 보며 중얼거렸다.

디르커스의 제안에 의해 드래곤들은 불카누스에게 관여하지 않고 지켜보기로 협정을 맺었다.

그 이유는 볼카르가 시공 회귀 주문을 사용한 후, 불카누스가 드래곤의 정체성을 파괴하는 파격적인 행보를 보여주고 있기 때문이었다. 하지만 드래곤들이 굳이 적극적으로 그의 기억을 회복시키지 않는 이유는 그것만이 아니다.

디르커스가 말했다.

"마족들이 사용한 정신파는 해석이 끝났지만, 우리는 우리 자신을 심상 공간에 재현할 수는 없으니까 말이지. 이래저래 실시간으로 신들한테 엿먹는 기분이 아주 더러워."

문제의 핵심은 그것이었다.

드래곤들은 세계를 구성하는 온갖 것들의 정보를 해석하고,

심상 공간 속에서 재현해서 시뮬레이션할 수 있다. 그것은 정보로 이루어진 세계를 구축하고 자신이 원하는 형상으로 다듬는 행위다.

그러나 신과 드래곤만은 해석해서 재현할 수 없었다.

능력이 부족해서만은 아니다. 모든 것이 고대의 맹약 때문이었다. 그들 자신조차 온전히 기억하지 못하는 그것은 그들이 절실히 원하는 진실에 다가가는 것을 원천봉쇄하고 있었다.

그렇기에 그들은 불카누스에게 함부로 손을 댈 수 없었다. 마법을 이용해서 기억을 회복시켰다간 무슨 일이 벌어질지 예측이 불가능한 데다가, 그것을 다시 원하는 상태로 복원시킬 수 있다는 보장도 없는 것이다.

팔다르가 말했다.

"뭐, 불확정요소를 기대하고 지켜보는 것만큼 즐거운 일도 없지 않나? 모든 걸 알고 뜻대로 조작할 수 있는 건 따분하잖아?"

"그건 그렇지만."

디르커스가 어깨를 으쓱했다. 그는 고속으로 이동 중인 루그를 보며 말했다.

"그럼 볼카르와 함께 운명을 거스른 인간의 실력이 어느 정도인지 한번 구경해 볼까?"

2

 로멜라 왕국의 왕도, 라무니아는 역사상 최악의 재난을 맞이하고 있었다.
 유구한 역사를 가진 이 도시가 이 정도의 피해를 입은 적은 단 한 번도 없었다. 외세가 쳐들어왔을 때도, 역사에 남을 정도로 강대한 변종 그랑드가 출현했을 때도, 내전으로 인해 승자가 이 도시를 쳐서 성벽을 넘었을 때조차도… 이 정도의 피해는 나지 않았다.
 로멜라 국왕, 카자단 로어 자므 로멜리어스는 끓어오르는 분노를 느끼며 시가지를 바라보았다.
 왕궁의 꼭대기 층에는 왕도 각지의 상황을 실시간으로 모니터링할 수 있는 마법 장비가 갖추어져 있었다. 그저 이곳에 있는 것만으로도 각지의 상황이 다수의 영상으로 비춰진다.
 문득 그가 물었다.
 "바리엔 저 아이가 칼리아를 어디로 데려갈 것 같소?"
 "아마 별궁의 지하 대피소겠지요. 일리지스 대공께서 위치를 알려주시면 쉽게 갈 수 있을 겁니다."
 그 말에 대답한 것은 은발의 드래코니안 청년, 알로키나였다.
 왕실에 거하는 두 명의 상위 용족 중 하나인 그는 카자단을 보호하는 일에 집중하고 있었다. 하라자드처럼 밖으로 나가서 피해를 막고 싶은 마음은 굴뚝같았지만, 그 사이 카자단이 암살당하기라도 하면 그 후에 찾아올 혼란은 도저히 감당할 수 없을 것이다.

문득 알로키아가 말했다.

"전 저자를 알고 있습니다."

그가 보고 있는 화면에는 왕궁 안에서 발타르와 싸우기 시작한 샤디카의 모습이 비춰지고 있었다.

카자단이 물었다.

"혹시 용족이오?"

"그렇습니다. 하넬라 왕국에서는 전설로 남을 정도의 흉명을 떨친 자입니다."

"정말 위험한 자로군. 하긴 그러니 상황을 이리 만든 것이겠지만……."

카자단이 이를 갈았다.

이 모든 사태를 야기한 원흉이 샤디카라는 것을 알게 된 지금, 어떻게든 그를 처단하고 싶었다.

하지만 지금 왕도를 휘감은 혼돈이 너무 커서 쓸 수 있는 병력은 분산되어 있었다. 현재 믿을 수 있는 것은 오로지 왕국 최강의 강체술사인 발타르 나탈뿐이다.

알로키나가 긴장한 표정으로 말했다.

"만약 바리엔 양의 존재가 없었다면 저는 폐하가 이곳에 남아 계시는 것에 찬성하지 않았을 겁니다."

"다행이군. 그 아이가 있어서."

카자단이 피식 웃었다. 왕인 자신의 행동이 고작 한 소녀의 존재 유무에 좌우된다는 사실이 우스웠다.

하지만 바리엔의 존재는 중요하다. 알로키나는 이미 바리엔과 항시 연결할 수 있는 긴급 통신 회선을 설정해 두고 있었다. 공간을 자유자재로 뛰어넘을 수 있는 그녀만 있으면 최악의 상황이 닥쳐 와도 왕의 안전을 확보할 수 있으니까.

"만약 발타르 공이 패한다면, 그때는 곧바로 피신하셔야 합니다, 폐하."

130년 전, 알로키나는 샤디카와 직접 싸워본 경험이 있었다. 그렇기에 그가 얼마나 무서운 존재인지 잘 알았다.

발타르가 패할 경우, 알로키나의 힘으로는 샤디카를 막을 수 없다. 지금부터 하라자드를 불러들인다고 하더라도 국왕이 살해당하는 사태를 막긴 어려울 것이다.

"걱정 마시오."

그새 왕도 경비대에 새로운 지시를 내린 카자단은 확신이 담긴 목소리로 말했다.

"내가 아는 한 발타르 공을 쓰러뜨릴 수 있는 자 따윈 존재하지 않소."

3

먼 곳에서 굉음이 들려오며 대지가 조금씩 흔들린다.

왕도에서 일어나는 모든 파괴는 왕궁 밖의 일이다. 왕궁은 왕도의 도시 방어 시스템과는 별개로 강력한 마법의 수호를 받고 있었기에 키메라들은 단 한 개체도 안으로 진입하지 못하고 시가지로 떨어졌다.

그렇기에 바깥이 온통 아비규환으로 화한 지금도 왕궁에는 적막이 내려앉아 있었다.

그 적막을 흐트러뜨리는 것은 외부에서 들려오는 소리와 진동뿐.

마치 현실과 괴리된 것 같은 이질적인 분위기 속에서 발타르와 샤디카는 서로의 기척을 살피며 대치하고 있었다.

이미 주변은 무참하게 파괴되어 있었다.

둘이 서너 번 격돌했을 뿐인데 그 여파로 광활하고 아름다웠던 정원이 쑥대밭이 되고, 잘 정돈되었던 길이 박살 나버렸다. 성벽 일부가 무너져 내리면서 거기에 붙어 있던 숙식 공간들도 무참하게 파괴되었다.

"아주 좋아."

샤디카가 혀로 입술을 핥으며 손가락을 들어 갑옷의 목 부분을 푹 찍었다. 그러자 갑옷의 머리 부분이 변화했다.

촤르륵… 철컥!

겹겹이 접혀 있던 부분이 펴지면서 샤디카의 얼굴을 가리는 헬멧으로 변했다. 휘어진 채 하늘로 치솟은 두 개의 검은 뿔이 달린 헬멧은 마치 악마의 얼굴을 형상화한 것 같다.

악마를 닮은 검보랏빛 헬멧과 수십 개의 파츠로 이루어져 몸에 슬림하게 달라붙은 검보랏빛 갑옷, 그리고 붉은 광택을 흘리는 흉측한 장갑을 낀 샤디카의 모습은 이질적이었다. 누가 그를 보든 용족보다는 어둠의 혈족을 먼저 떠올릴 것이다.

헬멧을 쓰는 것과 동시에 샤디카의 주변에 주먹만 한 은색의 구체가 떠오르기 시작했다. 총 스물두 개에 달하는 그 구체들은 주변의 빛을 반사하며 허공을 유영하다가, 이윽고 녹아들듯이 자취를 감춘다. 자체적으로 투명화 마법이 발동한 것이다.

발타르가 비아냥거렸다.

"이상한 물건들을 잔뜩 가졌군. 용족인 주제에 그런 것들에 의존하지 않고서는 싸울 자신이 없느냐?"

"유감스럽게도, 너와 인간의 모습으로 싸우기 위해서는 꼭 필요한 것들이지."

샤디카가 대답했다. 동시에 발타르를 상대하기 위한 마지막 장비가 등장했다.

기기기기깅!

아공간이 열리면서 거대한 꼬리가 나타났다.

그가 아크 드레이크일 때 달고 있는 꼬리를 그대로 재현해서 만든 것 같은 꼬리였다. 갑옷과 똑같은 재질로 만들어져서,

검보랏빛 광택을 흘리는 다수의 파츠로 이루어진 꼬리 끝에서 불길한 검붉은 빛을 발하는 칼날이 초고속으로 진동한다.

샤디카가 말했다.

"영광인 줄 알아라. 이 키메라 슈트와 데몬 핸즈, 헌드레드 아이즈, 그리고 보이드 테일은 내가 만든 도구인 동시에, 드래곤 팔다르가 창조한 나의 위대한 육체를 연구하여 그 잠재 능력을 옮긴 분신! 내가 지금까지 이것들을 전부 사용해야만 대적할 수 있다고 판단한 인간은 네가 두 번째다."

"두 번째라, 그럼 첫 번째는 누구냐?"

"데커드 듀렌."

샤디카는 영원히 자신을 옭아맬 그 이름을 말하며 마력을 최대치로 끌어올렸다.

"너와 함께 시간의 사토 속에 매장시킬 이름이다!"

쉬이이이익!

동시에 허공에 뜬 꼬리가 휘둘러졌다. 다수의 파츠로 이루어진 꼬리는 휘둘러지는 순간 길이가 30미터 가까이 늘어나면서 초음속으로 발타르를 덮쳤다.

발타르는 신속하게 대응했다. 보이드 테일이 휘둘러지기 시작한 순간, 앞으로 뛰어들면서 꼬리 끝의 칼날이 닿을 지점에서 벗어난다. 동시에 비기를 전개했다.

"라이징 스톰!"

외침과 함께 화염을 휘감은 발차기가 거대한 꼬리의 중단에 작렬했다.

콰아아아앙!

폭음과 함께 꼬리가 튕겨 나갔다. 충격파가 사방을 휩쓸며 왕궁 건물들이 뒤흔들린다.

"큭……!"

발타르가 신음했다. 충격이 뼛속까지 스며들면서 내장이 뒤흔들렸다.

원래는 끝부분에 비해 가속이 덜 붙은 중간 부분을 쳐서 튕겨내고, 그 반동을 이용해서 거리를 좁혀서 필살의 일격을 먹일 생각이었다. 하지만 보이드 테일의 가속이 생각보다 빨라서 타이밍이 어긋났다.

휘리리리리!

폐허가 된 정원 한구석에 처박혔던 보이드 테일이 춤추기 시작한다. 달인이 휘두르는 채찍처럼 변화무쌍하게 구불텅거리면서 지면을 휩쓸었다.

발타르는 허공으로 솟구쳐서 그것을 피했다. 동시에 허공을 박차고 직각으로 몸을 틀면서 가속, 그대로 샤디카와의 거리를 좁혀간다.

샤디카는 발타르의 접근을 마다하지 않았다. 샤디카의 양손이 빛을 발하기 시작한다. 오른손에는 공격적인 붉은 섬광이, 왼손에는 방어적인 푸른 섬광이 맺혀 맹렬하게 타올랐다.

쾅!

허공에서 둘의 몸이 교차하면서 폭음이 울려 퍼졌다.

교차는 한순간이었으나 그 찰나 둘은 일곱 번의 공방을 교환했다. 발타르는 즉시 허공에서 반전하며 몸을 회전시켰다.

파바바바바!

둘의 위치가 어지럽게 바뀌면서 충격파가 사방을 휩쓸었다.

발타르의 움직임은 잠깐씩 멈출 때 외에는 일반인의 눈에는 보이지도 않는 속도였다. 거기에 미묘하게 타이밍을 어긋나게 하기까지 하는데도 샤디카는 조금도 뒤처지지 않고 대응했다.

발타르가 감탄했다.

'이놈, 제법이군!'

샤디카는 흥분하고 있었다.

'내가 따라가기 벅차다니, 정말 빠르군! 맨몸이었다면 위험했겠어.'

그가 입은 키메라 슈트는 스스로의 육체를 조사해서 만들어 낸 것이다. 그가 천년간 쌓아온 마법의 정수라 할 만한 것으로, 인간 형태를 취한 그의 모든 능력을 폭발적으로 증가시키며, 드레이크 형태일 때와 거의 동등한 수준의 방어 능력을 갖추게 된다.

그런데 키메라 슈트를 입은 지금도 발타르의 움직임을 겨우 따라붙고 있다. 이보다 더 빨라진다면 도저히 따라갈 수 없을 것이다.

팟! 팟! 파바바밧!

둘의 주변에서 무수한 스파크가 터졌다.

싸움은 육체와 육체의 격돌만으로 끝나는 게 아니다. 서로 떨어져 있을 때도 둘은 초 단위로 수십 번의 공방을 나누고 있었다.

발타르의 기격이 다각도에서 다양한 형질로 천변만화하며 샤디카를 노린다. 어떤 때는 뒤에서 불길이 덮치고, 그것이 다시 뇌격으로 변하는 듯하다가 물리적인 충격으로 짓누르고, 그런가 하면 사방에서 폭풍처럼 진공파가 그를 휘감는다.

샤디카는 그 모든 것에 마법으로 대응하고 있었다. 아크 드레이크의 연산 능력이 아니었다면 도저히 따라가지 못하고 두들겨 맞았을 것이다.

발타르가 짜증을 냈다.

'이놈은 도대체 무슨 수로 기격을 막고 있는 거냐?'

발타르는 마법에 대해서 잘 모른다. 하지만 마법사와 싸워 본 경험은 풍부했다. 심지어 왕국 최강의 마법사인 하라자드와도 실험 삼아서 몇 번이나 대련을 치러보았다.

하지만 하라자드조차도 그의 기격에는 제대로 대응해 내지 못했다. 감각을 유린하는 기격을 차단하면 물리적 기격에 취약해지고, 제3의 관측 마법을 이용해서 이 둘을 모두 파악한다고 하더라도 그때부터는 눈 깜짝할 사이에 몇 번이나 속성을 바꾸면서 몰아치는 기격에 대응할 수 없게 된다.

그런데 샤디카의 대응은 완벽했다. 어떤 방향에서 어떤 타이밍으로 어떤 공격을 가해도 조금도 뒤처지지 않고 방어한 뒤 반격해 온다.

둘에게 있어서 이 대결은 완전히 다른 의미로 다가왔다.

발타르 입장에서는 마치 같은 수준의 강체술사와 기격전을 벌이고 있는 것 같았다.

'최고의 수싸움이로군! 나와 같은 수준에서 싸울 수 있는 놈은 처음이다!'

그레이슨과 만나지 못한 이후, 발타르는 한 번도 제대로 된 적수와 만나본 적이 없었다. 어떤 강체술사도 그와 기격전을 벌이면 압도당할 뿐이었다. 심지어 같은 6단계 강체술사인 루그조차도 기격전에서는 그에게 미치지 못했다.

그런데 샤디카는 정말 완벽하게 그와 동수를 이루고 있었다.

샤디카 입장에서는 마치 같은 수준의 마법사와 마법전을 벌이고 있는 것 같았다.

'악몽 같군! 도저히 압도할 수가 없어! 내 마법 시전 속도를 이 정도까지 따라온 녀석은 하나도 없었는데!'

세 개의 머리가 연동된 독특한 정신 구조를 가진 샤디카의 연산 능력은 비범하다. 지금까지 만난 그 어떤 상위 용족도 마력이나 마법의 이해도 면에서 그를 앞설지언정 속도 면에서는 그를 따라오지 못했다.

하지만 이성보다는 감성에 중점을 두고 초현상을 제어하는 발타르의 기격은 섬전 같은 속도로 완성되는 그의 마법과 대등한 속도와 위력을 자랑했다.

콰과과과광!

점점 가속화되는 둘의 격전을 견디지 못한 왕궁 건물들이 무너져 내리기 시작했다. 둘이 서로에게 발하는 공격의 7할 이상이 상쇄되고 있는데도 그 여파만으로 주변이 박살 나는 것이다.

"우와아아아!"

"도망쳐!"

건물 안에 있던 이들이 비명을 지르며 달아났다. 혹시나 끼어들 기회가 없을까 하는 심정으로 지켜보고 있던 왕궁 수비대의 기사들과 마법사들 역시 자기들이 낄 싸움이 아니란 걸 깨닫고 멀찍이 물러나야만 했다.

투두두두두두!

원거리에서 연타로 날아드는 기격을 샤디카의 방어막이 남김없이 차단한다. 그 틈을 타서 은밀하게 기척을 죽이고 사방으로 휘어져 날아든 기격들도 마찬가지.

루그와 싸울 때는 전혀 대응하지 못했던 물리적 기격에 대응할 수 있는 이유는 그가 사방에 흩뿌려 놓은 도구 덕분이었다.

헌드레드 아이즈.

이름 그대로 총 100여 개의 숫자를 자랑하는 관측 도구.

처음에 주변에 띄워두었다가 투명화 마법으로 사라진 은색 구체들이 바로 그것이었다.

중거리에 스물두 개가, 그리고 원거리에 일흔일곱 개가 띄워진 이 은색 구체들은 하나하나가 용족의 감각에 필적하는 관측 능력을 갖추고 있었다. 영상, 소리, 그리고 마력을 비롯한 온갖 에너지의 흐름을 관측해서 그 결과를 종합한 뒤 샤디카에게 전송한다. 그 정보 송신 루트는 완벽하게 제한되고 암호화되어 있기 때문에 기격에 농락당할 염려가 없었다.

즉, 샤디카는 기격으로 감각을 공격할 수 있는 루트를 완벽하게 차단시킨 뒤 외부에 전개시킨 관측 도구를 이용해서 감각기관의 모자람을 보강하고 있는 것이다.

"스톰 폴!"

샤디카가 깔아둔 온갖 마법을 돌파한 발타르가 머리 위에서 발을 내리찍는다. 성벽조차 부술 수 있는 거대한 힘이 담긴 일격이다.

콰아아아앙!

폭음과 함께 샤디카와 발타르가 서로 반대편으로 튕겨 나간다.

샤디카는 스톰 폴을 받아서 흘려낸 왼팔이 저리는 것을 느꼈다. 왼손에 맺힌 푸른 섬광은 온갖 충격을 분산시키는 성질을 지녔다. 하지만 발타르의 공격은 하나하나가 너무 압도적이라, 맨몸으로 받아냈다면 벌써 팔이 날아가고 말았을 것이다.

그런데도 샤디카가 발타르의 공격을 받아낼 수 있는 것은, 역시 도구의 힘을 빌리고 있기 때문이었다.

데몬 핸즈.

이것은 샤디카가 격투전을 위해 만들어낸 마법인 '철벽의 왼손, 진격의 오른손'의 위력을 세 배 이상으로 증폭시켜 준다. 이 도구가 아니었다면 일찌감치 발타르와의 격투전을 포기하고 본체로 변신했어야 할 것이다.

'진격의 오른손!'

마력이 집약된 오른손이 날카로운 붉은 빛을 발한다. 거리가 좀 떨어져 있는데도 샤디카는 허공에다 대고 수도를 내려쳤다.

동시에 발타르도 몸을 회전시키며 돌려차기를 날렸다.

"라이징 블레이드!"

샤디카가 내리친 수도의 궤적을 따라서 붉은 섬광이 칼날처럼 쏟아지고, 발타르의 발차기 궤적을 따라서 불꽃의 칼날이 발사되었다. 둘이 격돌하면서 열파가 터졌다.

콰아아아아!

4

열파에 밀려나는 발타르를 향해 거대한 보이드 테일이 휘둘러졌다. 아래에서 위쪽으로 비스듬히 휘둘러지는 보이드 테일의 끄트머리에서 공간 절단의 힘을 가진 검붉은 칼날이 불길하게 진동한다.

"서걱!"

아슬아슬하게 그 궤도에서 벗어난 발타르의 뒤쪽에 있던 거대한 탑이 일격에 절단되었다. 절단면이 유리처럼 매끈하게 잘려 나간 탑이 그 경사를 따라서 옆으로 미끄러지기 시작했다.

쿠구구구궁!

"흠!"

샤디카는 보이드 테일을 조종해서 연거푸 발타르를 몰아붙이면서 미끄러지는 탑에 달라붙었다. 그리고 마법으로 역장을 발산, 잘린 탑을 그대로 허공으로 솟구치게 만들었다.

"받아라!"

허공에서 계속 보이드 테일과 쏟아지는 마법을 피하느라 움직임이 제약된 발타르의 위쪽으로 거대한 탑이 떨어져 내렸다.

'이런!'

잘려 나간 부분만 해도 두께가 10미터 이상, 길이가 20미터 이상 되는 첨탑이다. 게다가 샤디카가 역장을 덧씌우기까지 했으니 이것에 깔렸다간 끝장이다.

"재미있는 재주를 부리는구나!"

그러나 발타르는 당황하는 대신 사납게 웃었다. 동시에 그가 몸을 비스듬히 누이면서 오른발을 첨탑에 가져다 댔다. 발차기를 날린 게 아니라 말 그대로 그냥 부드럽게 댔을 뿐이다.

당연히 탑의 압도적인 중량과 낙하하는 기세에 밀려 그의 몸이 지상으로 떨어져 내리기 시작했다.

"흡!"

지상과의 거리가 가까워지자 발타르가 몸을 살짝 틀면서 탑에 댄 오른발을 밀었다. 그러자 놀랍게도 수십 톤에 이르는 탑이 낙하를 멈추고 살짝 떠올랐다.

발타르는 그 반동으로 지상에 착지, 다시 몸을 띄우면서 반대쪽 발로 탑의 모서리를 스치듯이 후려쳤다.

쉬이익……!

그 발차기는 단순히 물리적 충격만을 전달한 것이 아니라, 발타르의 의도하에 치밀하게 계산된 기격까지 전달하는 한 수였다. 그러자 첨탑이 비스듬히 누운 채로 허공에서 빙글빙글 회전하기 시작했다.

"저런 게 가능한가?"

샤디카는 그 광경을 보고 경악했다. 인간이 크기도, 무게도 자기 몸의 수십 배가 넘는 탑이 낙하하는 것을, 그것도 전혀 손상하지 않고 받아내더니 발로 살짝 건드려 준 것만으로 고속 회전시키기까지 하다니!

콰콰콰콰콰!

급기야 탑이 회전하는 속도에 가속이 붙으면서 주변에 광풍이 휘몰아치기 시작했다. 탑을 보호하는 역장이 버티지 못하고 찢겨져 나가면서 그 표면이 조금씩 부서져 나간다.

"공놀이라면 나도 좋아하지."

발타르가 씩 웃으며 몸을 띄웠다. 그리고 고속회전하는 탑의 면을 정확히 발로 걷어찼다.

"어디 받아보거라!"

거대한 탑이 폭풍처럼 회전하면서 샤디카를 향해 날아들었다.

'이놈, 말도 안 되는 짓을 하는군!'

수십 톤도 넘는 탑을 놀이용 공이라도 되는 것처럼 걷어차다니!

샤디카는 황당해하면서 대응에 들어갔다. 이까짓것, 보이드 테일로 절단해 버리면……!

'그럴 수는 없지!'

욱해서 탑을 절단하려던 샤디카가 멈칫했다. 생각해 보면 발타르는 자기가 절단해서 내던진 탑을 손상조차 없이 받아서 다시 날려왔다. 그런데 여기서 이걸 부숴 버리고 다시 맞붙는 것은 샤디카의 자존심을 상처 입히는 짓이었다.

"흥! 도전을 받아들여 주마! 무식한 인간!"

샤디카는 스스로도 바보 같다고 생각하면서도 발타르가 건 승부를 받아들였다. 헌드레드 아이즈가 관측한 탑의 무게, 면

적, 형태, 회전각도와 속도, 그리고 날아드는 속도와 궤도까지 완벽하게 계산한 뒤 그것에 대응하는 역장을 구성해 냈다.

"합!"

샤디카가 왼팔을 뻗자 데몬 핸즈에 맺혀 있던 푸른 섬광이 확장되며 탑을 감쌌다. 그러자 탑이 날아드는 궤도가 미묘하게 뒤틀리면서 회전하는 속도가 줄어들기 시작했다.

"제법이군!"

발타르가 신을 내면서 뛰어올랐다. 점차 회전이 약해지는 탑에 달라붙은 다음, 그대로 회전을 따라서 샤디카를 향해 달려든다.

샤디카는 코웃음을 치며 아래로 가라앉았다. 동시에 그도 정확히 발타르가 있는 곳의 반대편에 달라붙은 뒤 붉은 섬광을 머금은 오른손을 내질렀다.

쫘르르릉!

공간 절단의 힘이 실린 진격의 오른손이 발동, 붉은 섬광이 뻗어 나가서 반대편에 있는 발타르를 노렸다.

"이크!"

발타르는 아슬아슬하게 그것을 피해냈다. 동시에 그의 발차기가 뻗어 나온 섬광의 칼날을 후려갈겼다.

투하아아악!

충격파가 터지면서 거대한 탑이 산산조각 났다. 사방으로 흩어지는 탑의 파편 속에서 발타르가 경악했다.

'저건 도대체 뭐지? 아까부터 막을 수도, 내 쪽에서 부술 수도 없군. 저 꼬리 끝에 달린 것과 비슷한 성질을 가진 것 같은데……'

놀랍게도 샤디카의 오른손에서 뻗어 나온 붉은 섬광은 발타르의 공격에도 꺾이지 않았다. 충격을 그대로 갈라서 흩어뜨렸고 그 결과 탑이 박살 난 것이다.

처음 보이드 테일을 보는 순간부터 발타르는 그것이 방어 불가능한 무기라는 것을 직감했다. 온갖 속성력을 다루는 그지만 공간 절단의 힘은 이해하지 않는 한 대응하는 게 불가능하다. 그렇기에 다른 공격은 전부 받아치면서도 보이드 테일의 끄트머리와 진격의 오른손만은 철저하게 회피하고 있었던 것이다.

그것은 발타르 입장에서는 자존심 상하는 일이었다. 상대가 그 무엇이든 부딪쳐서 박살 낸다. 그것이 로드리고의 의지를 잇는 자의 긍지! 그런데 적의 무기를 보면서도 그 형질을 이해하지 못해서 피할 수밖에 없다니!

'이해가 갈 듯 말 듯한데……!'

쉬리리리리리!

아까 전부터 관찰해 본 결과, 저것이 물리적으론 무적의 절단력을 가졌음을 확인했다. 그리고 그것은 에너지에도 완벽하게 적용되었다. 기격이든 속성력이든 저것에 걸리면 깨끗하게 잘려 나가고 만다.

하지만 그것은 보이드 테일의 끝에 달린 검붉은 칼날에만 해당하는 현상이다. 나머지 부분은 그저 자유자재로 움직이는 거대한 채찍 같은 물질이기에, 그 부분의 움직임을 봉쇄하면 끄트머리도 위력을 발휘할 수 없다.

진격의 오른손의 경우는 보이드 테일에 비해 공간 절단의 힘이 발현되는 범위가 적다. 붉은 섬광 전부가 아니라 그 심(芯)에 해당하는 부분만이 공간 절단을 일으키고, 나머지는 초고열을 이용해서 절단을 꾀하고 있었다.

발타르는 아예 샤디카의 오른팔 움직임을 막아서 공격을 사전 차단하거나, 아니면 초고열을 발산하는 붉은 섬광 부분에 간섭해서 공격을 비껴내고 있었다. 이것만으로도 백점 만점의 대응이라 할만 했지만, 그의 자존심은 공간 절단의 힘을 정면으로 맞닥뜨려서 깨부수라고 말하고 있었다.

어느 순간 발타르의 움직임이 멎었다.

"쯧!"

혀를 찬 발타르가 한곳에 멈춰 서서 양팔을 벌리는 것을 본 샤디카가 당혹감을 느꼈다.

'이놈, 무슨 생각이지?'

자신에게 충분한 거리를 둔 채로 움직임을 멈추다니, 죽고 싶어서 환장한 것으로밖에 보이지 않는다. 이 거리라면 보이드 테일을 최고속도로 가속시켜서 그에게 작렬시킬 수 있었다.

'함정인가?'

설마 헌드레드 아이즈로도 관측할 수 없는 은밀한 힘을 이용, 함정을 깔아두고 있는 것일까?

그런 의심을 떠올리면서도 샤디카는 발타르의 유혹을 거부하지 못했다. 그의 의지로 조종되는 보이드 테일이 크게 원을 그리며 초진동하는 검붉은 칼날을 발타르에게 향했다.

콰아아아앙!

초음속으로 가속된 보이드 테일이 발타르를 맹습했다.

폭음이 울려 퍼지며 충격파가 퍼져 나갔다. 발타르는 속에서 피가 울컥 치솟는 것을 느끼며 그대로 한쪽 무릎을 꿇었다.

"크흐… 죽여주는구나!"

발타르는 피로 물든 웃음을 지으며 몸을 일으켰다.

그가 펼친 양팔에는 궁극의 방어 기술 리버스 도메인이 전개되어 있었다. 그러나 그것으로도 보이드 테일의 일격을 완전히 방어해 내지 못했다.

'이해하지 못한다면 죽을 것이다.'

발타르는 그 사실을 깨달았다.

보이드 테일이 일으키는 공간 절단 현상의 근본을 이해하지 못한다면, 그리하여 불완전한 방어밖에 할 수 없다면 자신은 죽게 될 것이다.

"바, 발타르님……!"

발타르의 뒤쪽에서 떨리는 목소리가 들려왔다. 소녀의 목소리였다.

"조용히."

발타르는 돌아보지 않고 말했다. 먼 곳에서 또다시 보이드 테일이 구불텅거리며 가속을 시작하고 있었다.

"하지만……!"

눈물이 그렁그렁한 얼굴로 주저앉아 있는 것은 어린 시녀였다. 무너진 건물 더미에 다리가 깔려 이도저도 못하고 있는 그녀 때문에 발타르는 이곳에서 정면으로 샤디카의 공격을 받아내야만 했던 것이다.

발타르가 천둥 같은 목소리로 외쳤다.

"왕궁에는 겁쟁이만 있느냐! 어린 꽃을 위해 목숨을 거는 것은 사나이라면 당연히 갖춰야 할 소양이거늘!"

그 말에 샤디카가 눈을 휘둥그레 떴다. 그제야 그는 헌드레드 아이즈를 통해 발타르의 뒤쪽에 있는 시녀를 발견했다.

"흥! 고작 그런 하잘것없는 목숨을 위해 죽음을 자초하겠다는 거냐? 실망이다! 자신의 가치조차 모르는 어리석은 것!"

"괴물 주제에 생명의 가치를 논하다니, 도리가 무엇인지 모르는 놈이 어찌 피지 못하고 지는 꽃의 안타까움을 알겠는가! 어디 다시 한 번 덤벼보거라! 네 영혼까지 불태워서 덤비더라도 내가 정면에서 박살 내주겠다!"

발타르가 다시 한 번 양팔을 펼치고 리버스 도메인을 전개했다.

필요한 이미지는 이미 완성되어 있다.

다른 어떤 법칙도 끼어들지 못하는, 자신의 의념이 지배하는 절대 공간.

스승의 가르침을 넘어 스스로 완성시킨 고고하고 완벽한 성채.

'이 영역 속에 들어온다면, 신이라도 내 뜻에 따라야만 한다!'

그러니 이 안에 들어온 것이라면 무엇이든 이해할 수 있어야만 한다.

발타르는 리버스 도메인 안에 남은 공간 절단의 자취를 좇았다.

절대적인 파괴의 힘. 앞을 가로막는 물질도, 의념으로 제어되는 에너지도 종잇장처럼 찢어버리는 무자비한 파괴의 칼날.

불길하게 진동하는 그 칼날의 실체가 어렴풋이 보인다. 발타르가 지배하는 리버스 도메인의 영역을 찢어발기며 들어왔다가 물러갈 때, 그때 자신을 붙잡은 에너지의 흐름을 뿌리치며 남긴 자취가 발타르의 머릿속에서 해석되고 있었다.

'궁극의 파괴.'

물질이 존재하는 공간 그 자체를 파괴함으로써, 어떠한 물성도 무시하고 '절단된다' 는 결과를 이끌어내는 것.

보이드 테일의 칼날에게 있어 표적은 있으면서도 없는 것이다. 중요한 것은 그 칼날이 그려내는 불길한 궤도와 그 힘을 발산하기 위한 속도뿐.

그것은 그야말로 파괴의 이상이다. 자신이 파괴하고자 하는 곳에 도달하기만 하면 상대는 없는 것과 같다. 그저 주먹을 뻗고 발을 뻗는 것만으로도 그곳에 있는 모든 것을 지워 버릴 수 있다면, 그것은 세상에 홀로 남아 춤을 추는 것과 같으리라.

'그렇군!'

순간 발타르의 뇌리에 벼락같은 깨달음이 내리꽂혔다.

머릿속에서 완벽하게 구축된 이미지가 강체력을 변화시킨다. 그의 움직임을 따라 공간이 물결치듯이 흔들렸다.

문득 그의 눈앞에 환영처럼 스쳐 가는 광경이 있었다.

어린 시절 보았던 폭풍우.

인간의 힘으로 맞설 수 없었던 거대한 자연의 분노. 그 권역에 집어삼킨 도시를 초토화시키며 불어닥친 거대한 재앙 앞에서 발타르는 궁극의 힘이 무엇인지 뼈저리게 이해하고 말았다.

'어째서 지금 이런 기억이 떠오르는 거지?'

발타르는 눈살을 찌푸렸다. 왜 최고조로 집중해야 하는 지금 상황에 이런 기억이 떠오르는 것인지 이해할 수 없었다.

하지만 그는 그 기억을 뿌리치지 못했다. 그의 직감이 이것은 결코 놓쳐서는 안 되는 순간이라고 경고하고 있었기 때문이다.

문득 뇌리에 흐릿한 문의 형상이 떠올랐다.

그 문을 보는 순간, 발타르의 눈이 크게 떠졌다.

그것은 언제나 발타르의 뇌리에 단단히 각인되어 있던 이미지다. 강체술사가 열어야만 하는 일곱 개의 문. 그리고 그가 넘어야만 마지막 시련으로 가는 열쇠.

그저 막연하기만 했던 그 문의 이미지가 손에 닿을 것처럼 가까이 다가오고 있었다. 하지만 아직은 닿을 수 없다. 아무리 발버둥 쳐도 더 이상은 가까워지지 않는다.

'알겠다.'

그리고 발타르는 자신이 지금 손에 넣은 힘이 무엇을 위한 것인지 깨달았다.

펼쳐진 발타르의 양손이 느릿하게 회전했다. 그리고 그 정중앙을 노리고 보이드 테일이 초음속으로 날아들었다.

콰아아아아아!

붉은 충격파가 사방을 휩쓸었다.

5

한편, 도시 외곽에서 벌어지는 싸움은 그야말로 극과 극의 격돌이었다.

두두두두두두!

수백 개에 달하는 방패의 군세가 하늘을 뒤덮고, 사방에서 섬광이 소나기처럼 쏟아지는 가운데 붉은 질풍이 달리고 있었다.

이미 황폐화된 도시 한가운데서 섬광의 비가 변화무쌍한 궤적을 그리며 내리꽂힌다. 하나하나가 인간을 즉사시키기에 충분한 위력이 초당 수십 발씩, 벌써 수천 번 이상 대지를 관통했다. 설령 수십 초 전에 이 자리에 살아 있는 인간들이 있었다 한들, 이제는 뼈조차 추리지 못했으리라.

그러나 수천 명을 잡을 수 있는 파괴의 힘은, 단 하나의 표적을 잡아내지 못하고 있었다.

"지치지도 않나?"

메이즈가 질린 목소리로 중얼거렸다.

다르칸과 아레크스가 싸우기 시작한 지 15분이 지났다. 그 사이 메이즈도 사람들을 피신시키고 나서 합류하여 2대 1로 그를 몰아붙였다.

그러나 아레크스는 마법으로도 따라가기 버거운 속도로 둘이 퍼붓는 공격을 피하고 있었다. 15분 동안 쉬지도 않고 움직인 주제에 아직도 속도가 떨어지지 않는다.

어느 순간 섬광의 포위망을 돌파한 아레크스가 불꽃을 휘감고 달려들었다. 다르칸이 모은 방패를 후려갈겨서 흩어뜨린 그를, 메이즈가 가로막고 뇌격을 폭발시켰다.

꽈르릉!

하지만 아레크스는 뇌격이 발생하기도 전에 그 자리에서 이탈, 폭염을 두른 거검을 내리꽂고 있었다.

화아아아악!

격하게 소용돌이치는 폭염이 메이즈의 뇌격을 단번에 집어삼키고 그녀를 후려갈겼다.

"꺄아아아아!"

메이즈는 비명을 지르며 나가떨어졌다. 마력의 차이가 너무 압도적이라 속성력으로는 상대가 되지 않는다. 레비아탄 코어까지 연동시켜서 마력을 증폭시키고 있는데도 격차가 너무 컸다.

넘어진 그녀에게 아레크스가 달려든다. 속성력을 이용, 폭염 마법을 연타해서 메이즈를 그 자리에 붙잡아놓으면서 불길에 휘감긴 검을 내려쳤다.

파아아앙!

그러나 다르칸이 한발 먼저 움직였다. 실드 콜로니의 방패들이 아레크스를 가로막더니, 잠시 움직임이 멈춘 틈을 타서 울부짖는 바람에 그를 휘감았다. 그 직후 소용돌이치는 바람을 타고 물방울들이 몰려들더니, 곧 초수압을 자랑하는 물기둥으로 화해 그를 짓눌렀다.

콰과과과과!

수증기가 격렬하게 끓어오른다.

아레크스가 일으키는 폭염이 물기둥을 일순간에 증발시켰다. 아레크스는 폭발하는 수증기의 압력을 견디지 못하고 뒤로 물러났다.

"으으윽……."

그새 메이즈가 정신을 차리고 일어났다. 다르칸이 물었다.

"괜찮나?"

"장난이 아니야. 혼자 상대했으면 순식간에 당해 버렸겠는걸."

아레크스의 속도는 대책이 없을 정도로 빨랐다.

그저 그뿐이면 맞으면서 파고들어 가서 일격 승부를 노리겠는데, 문제는 파워도 아레크스 쪽이 월등하다. 경이로운 신체 성능과 그것을 활용하는 기술, 그리고 압도적인 마력이 더해지니 도저히 감당할 수가 없었다. 보이드 아머의 압도적인 방어력이 아니었다면 벌써 무너졌을 것이다.

메이즈가 말했다.

"하지만 방법이 없는 건 아니야. 다르칸, 그거 하자. 33번 작전."

"그걸? 너무 위험하다."

다르칸이 흠칫했다.

그동안 둘은 볼카르의 가상현실 속에서 무수한 적과 싸워보았다. 볼카르가 온갖 막강한 적들과 재앙에 가까운 상황을 구현하여 둘을 몰아붙였기 때문에 아레크스와 비슷한 타입과 싸우는 경험도 해본 적이 있었다.

33번 작전은 그런 적과 싸우기 위한 것이다. 문제는 이 작전에서 메이즈는 큰 위험을 무릅쓰는 역할이었다.

메이즈가 말했다.

"다른 방법 없잖아? 시간 끌면 불리해지는 건 우리야."

메이즈가 자신들과 동조하는 레비아탄 코어의 상태를 살피면서 말했다.

레비아탄 코어는 둘의 마력을 세 배 가까이 증폭시켜 주지만, 그 안에 비축된 에너지의 양에는 한계가 있다. 이 기세로 소모한다면 앞으로 20분 안에 바닥날 것이다.

다르칸이 말했다.

"알겠다. 인간들이 지금 우리를 본다면, 분명 나를 한심한 놈이라고 하겠군."

"왜?"

"보통 이럴 때 앞장서서 위험을 무릅쓰는 것은 남자의 몫인 것 같으니 말이다."

"그러게. 주인님이라면 내가 이런 역할을 맡게 하진 않겠지."

메이즈는 피식 웃은 다음 말을 이었다.

"다르칸, 정말 인간을 많이 이해하게 되었구나. 그런 가정도 할 줄 알다니, 놀라울 정도로 상상력이 발전했어."

"그런가?"

"그래."

고개를 끄덕인 메이즈가 보이드 블레이드를 허공에다 대고 한 번 휘둘렀다.

그 사이 멀찍이 물러나서 쏟아지는 섬광을 피하고 있던 아레크스가 재차 거리를 좁혀왔다. 메이즈가 말했다.

 "간다, 다르칸."

 "알겠다."

 고개를 끄덕인 다르칸이 무수한 섬광의 궤도를 조작하기 시작했다. 지금까지와는 달리 조준을 한쪽으로 치우치게 해서 아레크스가 자신의 의도한 방향으로 회피하도록 유도한다. 그리고 원하는 타이밍에, 원하는 지점에 도달하도록 교묘하게 길을 열어준다.

 아레크스는 별 생각 없이 그 유도에 따랐다. 폭염을 일으켜 섬광을 뿌리치면서 20미터 거리를 한순간에 좁혀온다.

 쾅!

 그 앞을 가로막은 거대한 방패가 종잇장처럼 튕겨 날아갔다. 그리고 그 뒤에 서 있던 메이즈가 공허의 힘을 개방, 검신이 새카맣게 물든 보이드 블레이드를 휘둘렀다.

 슈화아아악!

 공허의 힘을 해방한 보이드 블레이드는 아레크스도 막을 수 없다. 그러나 전속력으로 휘두른 검격은 허공을 가를 뿐이었다.

 이미 아레크스는 공허의 칼날을 방어 마법이 집약된 장갑으로 받아내려다가 팔이 통째로 날아가는 타격을 입었다. 그 한 번으로 보이드 블레이드가 방어 불가능하다는 사실을 학습하자 그 다음부터는 무조건 피하고 있었다.

'역시 짜증날 정도로 빨라!'

메이즈도 결코 느린 게 아니다. 육중한 갑옷을 입고 있다곤 해도, 메이즈가 보이드 블레이드를 휘두르는 속도는 강체술사가 펼치는 속검술에 필적할 정도다.

그러나 아레크스의 속도 앞에서는 그야말로 정지한 거나 다름없었다. 공격이 빗나갔다는 사실을 깨닫는 순간, 메이즈는 몸에 힘을 주고 충격에 대비했다.

그 직후 아레크스의 발차기가 그녀의 몸통에 작렬했다.

쾅!

"꺄악!"

메이즈가 비명을 지르며 날아간다. 그러나 그 반동으로 물러나려던 아레크스는 이상함을 느껴야 했다.

그의 발이 보이드 아머에 붙은 채 떨어지지 않는다.

검은 헬멧 안에서 메이즈가 울컥 피를 토하며 말했다.

"네가 빠른 건 인정해. 하지만 못 움직이면 상관없잖아?"

쫘르르르릉!

황금의 뇌격이 작렬했다.

살을 주고 뼈를 취한다. 메이즈는 애당초 한 대 맞아줄 각오를 하고 아레크스를 가로막았다. 그가 검격을 날려온다면 맞고 날아갈 수밖에 없겠지만, 신체를 이용해서 타격을 가해 온다면 붙잡기 위해 보이드 아머의 표면에 마법을 깔아둔 것이다.

지지지지지직!

황금의 뇌격이 멈추지 않고 쏟아졌다. 아레크스의 거구가 정신없이 흔들렸다. 아무리 항마력이 강하다고 해도, 이렇게 붙잡힌 상태에서 전력으로 쏟아붓는 뇌격에 걸린 이상 잠시 동안은 정신을 차릴 수 없다!

"다르칸! 쏴!"

메이즈는 천신만고 끝에 잡은 찬스를 놓칠 생각이 없었다. 뒤에서 강력한 마법을 준비하고 있던 다르칸이 곧바로 그 지시에 따랐다.

막 화염을 폭발시켜 벗어나려던 아레크스의 눈이 크게 떠졌다.

소용돌이치는 섬광이 하늘을 찢어발기고 있었다. 그물처럼 퍼져 나간 청백색 뇌격이 온통 하늘을 불태우고, 그리고……!

쫘르르릉!

한 자루 창이 되어 아레크스의 몸통을 관통했다.

"……!"

아레크스는 입을 찢어져라 벌렸지만 비명조차 지를 수 없었다.

세상을 온통 새하얗게 불태우는 압도적인 힘이 그의 몸을 파괴하고 있었다.

이 힘 앞에서는 도망치는 것조차 허용되지 않는다. 온몸을 붙잡고 말단부터 심장까지를 모조리 태워 버리는 격통은 몇 번이나 죽어본 아레크스조차도 경험해 보지 못한 영역이었다.

빛 속에서 그의 감각이 파괴되어 간다. 망막이 불타 섬광이 가득 찼던 세상이 한순간에 검게 물들고, 고막이 터지면서 아무것도 없는 고요함이 찾아들고, 이어서 후각이, 미각이, 마침내 통각조차 파괴되고 에너지의 흐름을 느끼는 마법사로서의 감각만이 남는다.

'크다.'

아레크스는 자신이 파괴된다는 사실을 명확하게 인식한 채 생각했다.

온통 빛으로 이루어진 파괴의 거인이 그를 붙잡고 압살시켜 간다. 아무리 그라도 재생할 수 없는 절망적인 타격임을 이해하는 순간, 문득 뇌리를 스쳐 가는 기억이 있었다.

"왜, 왜 용족님이 우리를 죽이는 거에요?"

세상에서 가장 부조리한 일을 접한 것처럼 자신을 바라보던 작고 약한 인간 아이들의 눈.

왠지 모르지만 그 기억이 마지막까지 남아 있는 의식을 사로잡고 놓아주지 않았다.

'명령받았으니까.'

고민할 것도 없는 명료한 답을 가졌으면서도, 한 번도 대답할 수 없었다.

가슴이 억눌려서 숨을 쉴 수 없을 것 같은 답답함의 정체가 무엇인지, 아무리 고민해도 모르겠다. 그들이 그러했듯이 항거할 수 없는 거대한 힘에 짓눌려 파괴되어 가는 지금도 그들이 왜 그런 눈으로 자신을 보는 건지 알 수가 없었다.

쿠르르릉……!

자욱하게 일어 올랐던 흙먼지가 서서히 가라앉았다.

"콜록, 콜록!"

메이즈가 건물더미에 파묻힌 채로 기침을 했다.

전신이 타는 것처럼 아프다. 아레크스한테 한 방 얻어맞고, 다르칸이 작렬시킨 궁극의 뇌격 마법 '재앙의 가지'가 작렬하는 여파로 튕겨 나가서 건물을 무너뜨리면서 처박혔으니 멀쩡하길 기대하면 도둑놈 심보이긴 했지만.

문득 그녀의 몸이 허공으로 들려서 대롱대롱 매달렸다. 축 늘어진 메이즈가 입술을 삐죽였다.

"다르칸, 일으켜 주는 건 좋은데 기왕이면 꼬리 말고 팔이나 어깨를 잡아줄래?"

"꼬리만 나와 있어서 어쩔 수 없었다만."

"그럼 마법으로 잔해부터 치우면 되잖아."

메이즈가 투덜거렸다.

다르칸은 무너진 건물 더미 속에서 쏙 나와 있던 메이즈의 꼬리를 잡고 그녀를 들어 올렸던 것이다.

메이즈는 꼬리에 힘을 주고 몸을 바로잡으며 착지했다. 그리고 물었다.

"아무리 초재생 능력을 가졌어도 이 정도면 죽었겠지?"

"아마도. 하지만 확인해 봐야 한다."

메이즈와 다르칸은 뇌격이 작렬한 지점으로 다가가 보았다.

파괴 지점은 아직도 열기가 끓어오르고 있었다. 한복판에 뚫린 커다란 구멍을 중심으로 번져간 파괴 여파가 그 자리에 있던 모든 것들을 녹여서 용접시켜 버렸다.

그 한가운데 새카맣게 타버린 아레크스의 시체가 있었다.

"아직도 살아 있다니……."

메이즈가 숨을 삼켰다.

아레크스는 몸의 절반 이상이 소실되고, 나머지 부분도 재생조차 불가능할 정도로 파손되었다. 그런데도 아직 숨이 붙어서 헐떡이고 있었다.

"있잖… 아……."

아레크스가 당장에라도 꺼질 듯 불안정한 목소리로 입을 열었다.

"인간, 은…… 왜, 나를, 그런, 눈으로……."

그 말은 끝까지 이어지지 못했다. 결국 힘이 다한 아레크스의 숨이 끊어졌기 때문이다..

"……."

다르칸은 뭐라고 말할 수 없는 기분을 느끼며 아레크스의 시체를 바라보고 있었다.

왠지 모르게 아레크스가 무엇을 묻고 싶어했는지 알 수 있을 것 같았다.

예전이라면 왜 그런 의문을 품는지, 그리고 왜 자신에게 그런 것을 묻는지 이해할 수 없었으리라. 하지만 이젠 안다. 인간을 알고, 그들을 이해하고… 그들을 사랑하게 된 지금의 다르칸은 그가 무엇 때문에 괴로워했는지, 그리고 그 의문에 대한 대답이 무엇인지 말해줄 수 있었다.

"그는 나와 닮았군."

다르칸이 중얼거렸다.

메이즈가 물었다.

"무슨 소리야?"

"이 아레크스라는 자는… 예전의 나와 닮았다."

선악을 따지지 않고 그저 명령을 따라서 움직이던 존재.

그때의 다르칸에게도 인간이 어떤 존재인지는 중요하지 않았다. 다른 간부들에 비해서 비교적 인간의 인명을 존중한 것은, 쓸데없는 혼란을 일으키는 것을 꺼려하는 성향과 메이즈의 의향을 존중하는 마음이 결합된 결과일 뿐이다. 필요하다고 생각하면 인간을 죽이는 것을 망설이지 않았고, 그들 개개인이 어떤 생각을 하고 어떤 감정을 품었는지 따윈 고려하지 않았다.

아레크스는 그 시절의 다르칸보다도 훨씬 더 순수했다. 미

성숙한 지성체라는 의미에서도, 그리고 처음부터 도구로 태어난 존재라는 점에서도.

그렇기에 자신을 덮쳐 온 의문에 혼란스러워한 것이리라. 가슴을 찔러오는 의문을 무심하게 덮어버리기에는, 아레크스는 너무 순수한 존재였다.

"다시 만나게 된다면, 그때는 답을 알려줄 수 있겠지."

아레크스는 현재로서는 완전히 죽일 방법을 찾을 수 없는 불사의 존재다. 필시 머지 않은 미래에 다시 만나게 되리라.

두 용족은 아레크스의 시체를 완전히 소각한 뒤, 도시를 유린하는 다른 적들을 처리하기 위해 그 자리를 떠났다.

6

뚝… 뚝……!

정적 속에서 핏방울이 떨어져 내린다.

방울져 떨어져 내리는 피가 땅을 흉측하게 적셔 나가고 있었다.

폭발 직후 찾아온 정적 속에서, 발타르는 바위처럼 그 자리에 선 채 움직이지 않았다. 그리고 마치 마법이 풀리듯이 그의 몸에서 피가 솟구쳤다.

"발타르 공!"

상황을 보고 있던 자들이 경악해서 그의 이름을 외쳤다. 그

중에는 그 사이 목숨을 걸고 그의 뒤쪽으로 접근해 온 젊은 기사의 목소리도 있었다.

"사내 구실하는 놈이… 하나는 있었군……!"

발타르가 울컥 피를 토하며 말했다. 발타르는 어린 시녀의 손을 잡은 기사를 흘끔 돌아보며 한마디 덧붙였다.

"네놈이 죽더라도, 그 아이를 지켜라."

그리고 피투성이가 된 거구가 땅을 박차고 허공으로 솟구쳐 올랐다.

단 세 번 허공을 박차는 것만으로도 자신에게 육박해 오는 발타르를 샤디카가 비웃었다.

"스스로 죽음을 자초하는구나! 다 죽어가는 몸으로 뭘 하겠다는 말인가?"

동시에 그 목소리에는 씁쓸한 실망감이 담겨 있었다.

200년의 세월을 뛰어넘어 겨우 만났다, 데커드 듀렌이 각인시킨 패배감을 지울 수 있는 인간을.

그러나 그는 인간이 가진 나약함을 벗지 못했다. 스스로가 얼마나 존귀한 존재인지 모르는 채 하잘것없는 생명을 위해 스스로를 무너뜨렸다.

"나를 실망시킨 죄는 크다! 처참하게 죽어라! 이곳이 바로 네가 살아서 맞이할 지옥이다!"

사방에서 날카로운 섬광이 날아들었다. 발타르가 달려들기만을 기다렸다는 듯 이빨을 드러내는 섬광의 소나기 속에서,

피투성이가 된 발타르가 분노한 사자처럼 눈을 빛냈다.

"내가 무엇을 할 수 있는지는……!"

허공을 딛고 달리던 그의 발이 움직였다. 그저 발을 들어 올려 뻗는 것만으로도 허공에 기묘한 일그러짐이 일어나면서 투명한 궤적을 그려낸다.

"…네가 정하는 것이 아니다! 도리를 모르는 마물!"

천둥 같은 외침과 함께 발타르의 발이 허공에 거대한 궤적을 그려냈다. 그리고……!

콰콰콰콰콰쾅!

사방을 포위하고 날아들던 섬광이 모조리 날아가 버렸다.

샤디카가 경악했다.

"아니!?"

있을 수 없는 일이다.

분명 발타르는 다 죽어가고 있었다. 헌드레드 아이즈의 관측 결과에 따르면, 그가 발하는 힘은 이미 처음의 절반 이하로 떨어졌고 불안정하게 뒤틀렸다. 방금 전의 움직임도 전혀 위협적이지 않은 수준의 에너지만이 발산되었는데, 그런데 어째서?

콰콰콰콰콰!

샤디카는 당황하면서도 보이드 테일을 휘둘렀다. 섬광의 감옥을 만들면서 이미 보이드 테일을 가속시켜 두고 있었다. 발타르가 온 힘을 다해 그것을 방어하고, 그 대가로 허공에서 정지하는 순간 보이드 테일의 칼날로 몸통을 꿰뚫을 의도였던 것이다.

그 의도대로 발타르는 허공에서 멈춰 있었다. 그리고 날아드는 보이드 테일을 똑바로 노려보면서 발차기를 날렸다.

파아아아아앙!

발타르가 거구라고는 하나 고작 한 인간이었다. 거대한 보이드 테일에 비하면, 그는 마치 거대한 뱀에게 맞서는 사마귀처럼 작아 보이는 존재에 불과하다.

그러나 그 인간의 발차기가 거대한 꼬리 끝의 불길한 칼날과 맞부딪치는 순간, 공간이 뒤흔들리며 절대적인 파괴의 힘이 상쇄되었다. 그 사실을 알아본 샤디카가 경악했다.

"공간 절단! 말도 안 돼! 인간이, 세계의 구조도 이해하지 못하는 우매한 존재가 어떻게… 어떻게 맨몸으로 여기에 도달했단 말인가?"

공간을 다루는 것은 오로지 마법의 영역이다.

아무리 강체술이 온갖 현상을 감각적으로 다룬다고 해도 인간이 이해할 수 없는 개념을 통제할 수는 없었다.

인간의 감각은 불의 뜨거움을 알고, 바람의 사나움을 알고, 물의 차가움을 알고, 철의 단단함을 알고, 뇌격의 무서움을 알며, 대지의 굳건함을 이해한다. 그러나 시간과 공간의 본질을 이해하지는 못한다.

감각이 닿는 곳은 시공의 표면뿐이며 그 본질은 오로지 위대한 마법의 비의를 터득한 자만이 도달할 수 있는 영역이었다. 샤디카는 지금까지 그렇게 믿어 의심치 않았다.

그러나 지금 눈앞에서 그 믿음이 부정당했다. 발타르는 그저 발짓 한 번으로 그가 천년에 걸쳐 이해하고 집약시킨 공간 절단의 힘을 재현하고 있었다.

"하루살이 주제에 감히! 부나방처럼 눈앞의 죽음에 달려드는 것들이 어떻게……!"

분노하던 그는 문득 섬뜩함을 느꼈다. 헌드레드 아이즈가 그에게 공격을 경고하고 있었다.

'이런……!'

다음 순간, 샤디카는 비명조차 지르지 못하고 날아가 버렸다.

주변에 거미줄처럼 퍼져 있던 기격이 발타르의 의지에 따라 물리력으로 화해 그의 몸통에 작렬했던 것이다. 눈앞의 상황에 동요하는 바람에 대응이 늦은 것은 샤디카의 뼈아픈 실수였다.

균형을 잃고 날아가는 그에게 발타르가 날아들었다. 샤디카가 반사적으로 날리는 마법들을 모조리 뿌리치면서 공간 절단의 발차기를 날린다. 샤디카가 철벽의 왼손으로 그것을 받아내지만, 기세가 약하다. 푸른 섬광이 갈가리 찢겨 나가면서 왼팔에서 섬뜩한 소리가 울려 퍼졌다.

'공간의 간섭력만으론 막을 수 없나?'

공간 절단의 힘을 막는 법은 간단하다. 공간이 올바른 형상을 유지하려는 힘을 강화해 주기만 하면 된다.

그러나 발타르가 다루는 공간 절단의 힘은 샤디카가 공간에 행사하는 간섭력을 능가하고 있었다. 아무리 공간을 고정시키려고 해도 종잇장처럼 꿰뚫고 들어온다.

콰지직!

갑옷에 감싸진 팔이 부서지는 소리가 울린다. 격통이 몰려온다.

'실수하면 죽는다!'

그러나 샤디카의 집중력은 흐트러지지 않는다. 등 뒤로 사신의 발소리가 가까워지는 것을 느끼면서 무한정 날카롭게 벼려져 간다.

스칵!

날아드는 발차기가 샤디카의 헬멧을 스친다. 악마의 형상을 닮은 헬멧이 종잇장처럼 찢겨져 나가면서, 그 안에 감춰져 있던 샤디카의 녹회색 눈동자가 발타르의 푸른 눈동자와 마주한다.

샤아아아아!

샤디카의 몸에서 강력한 독무가 퍼져 간다. 그것은 그가 의식을 부여받는 순간부터 가졌던 힘. 어떤 생명도 죽음에 이르게 하는 사신의 숨결.

하지만 발타르는 개의치 않는다. 그가 주변에 흩뿌려 둔 기격이 모든 에너지를 통제한다. 격렬한 불길이 독무를 태워 버리는 가운데, 공간을 격해서 작렬하는 비기 격공(隔空)의 타격이 연달아 샤디카의 몸을 두들겼다.

콰광! 콰과과광!

공격의 반 이상을 상쇄시켰거늘, 그의 몸을 감싼 키메라 슈트가 엉망으로 부서져 나가면서 내장이 진탕했다. 샤디카는 이를 악물고 그 충격을 이겨내면서 발타르와 격투를 벌였다.

그리고 마침내 둘은 지상에 착지했다.

발타르를 노려보는 샤디카의 눈이 결사의 의지로 불타올랐다.

'마지막이다.'

다음 순간이 이 싸움의 끝이 될 것이다.

목숨을 판돈으로 내걸고 역전을 노릴 수 있는 단 한 번뿐인 기회.

그 사실을 자각하자 공포가 해일처럼 밀려온다. 200년 동안이나 그를 붙잡고 놓아주지 않았던 데커드 듀렌의 자취가 심장을 움켜잡는다.

'지금 이 자리에서, 너를 떨치겠다!'

심장이 미친 듯이 고동친다. 최악인 동시에 최고의 순간이다.

정신없이 몰리면서 몸이 만신창이가 되었지만, 샤디카의 정신은 더없이 예리해져 있었다. 계속 밀리면서도 이 한순간을 예비하고 있었다. 발타르가 승리를 확신하는 순간, 누가 봐도 벗어날 수 없는 죽음으로 이어질 수밖에 없는 상황이 그려지는 순간이 바로 기사회생의 찬스였다.

착지의 충격에서 먼저 회복한 것은 발타르였다. 샤디카가 물러나는 것보다 한발 빠르게 창을 찌르듯이 몸을 앞으로 내던진다. 다리가 죽 뻗어 나가며 공간을 관통하고, 그리고……!

그대로 멈춰 버렸다.

"……."

굉음이 잦아들면서, 무거운 정적이 내려앉았다.

왕궁을 초토화시켜 가며 싸우던 둘은 이 순간 시간이 정지한 것처럼 멈춰 있었다. 한참 동안이나 서로를 노려보던 둘 중에서 먼저 움직인 것은 샤디카였다.

"어째서 이리도 어리석단 말이냐? 어째서 고작 이런 것들을 위해서……!"

샤디카가 울 것 같은 얼굴로 탄식하는 순간, 발타르의 몸에서 폭발하듯 피가 솟구쳤다.

파하아아악!

"…원통하군. 겨우… 궁극의 영역으로 가는 문을 발견했는데……!"

처절하게 웃은 발타르는 스스로의 몸에서 나온 피분수에 파묻히듯이 무너져 내렸다.

샤디카는 굳은 표정으로 그를 바라보았다. 그런 그의 뒤쪽에는 검보랏빛으로 뭉쳐진 독무가 소용돌이치고 있었고, 그 너머에는 아직 이 자리에서 빠져나가지 못한 젊은 기사와 어린 시녀의 모습이 있었다.

그들 앞에 착지한 것은 샤디카가 의도한 바가 아니었다. 처음에 시녀를 지키기 위해 발타르가 정지한 것조차도 샤디카에게는 짜증나는 상황이었다.

되살아나는 200년 전의 공포를 견뎌내면서 자신의 목숨을 담보로 내걸고 마지막 카운터를 준비했거늘, 고작 두 명의 인간들 때문에 상대가 목숨을 포기할 줄이야! 죽음으로 완결되거나, 아니면 승리로 극복되었어야 할 최고의 순간이 엉망으로 망쳐지고 말았다.

"꺼져라, 버러지들."

샤디카는 당장에라도 그들을 죽여 버리고 싶은 마음을 눌러참으면서 말했다.

"그가 너희들의 목숨을 샀다. 거스름돈이 너무 많아서, 앞으로 천년이 지나도 갚을 수 없겠군."

샤디카는 쓰러진 발타르를 노려보며 몸을 돌렸다.

모두 다 때려치우고 싶어졌다. 200년간 가장 가치있게 빛나던 순간이 시궁창에 빠져서 더럽혀지고 말았다. 이제 또다시 기회를 얻으려면 얼마나 많은 시간이 필요할 것인가?

그때였다.

"그 거스름돈, 내가 받아주지."

샤디카는 흠칫하며 목소리의 주인을 바라보았다.

일어 오른 연기를 헤치고 한 남자가 걸어오고 있었다. 선명한 붉은 코트 자락을 휘날리는 그 남자의 이름을 샤디카는 잘 알고 있었다.

"루그……!"

7

숨막힐 듯한 긴장감 속에서 루그가 샤디카를 향해 걸어왔다.

'최악의 타이밍이군.'

샤디카는 낭패감을 느꼈다.

발타르와의 격전으로 그는 완전 너덜너덜해져 있었다. 이런 상황에서 완전히 멀쩡해 보이는 루그와 싸우는 것은 무리다.

그렇다면 아크 드레이크 형상으로 변신해서 날개를 펼치고 달아나는 수밖에 없다. 그렇게 판단했을 때였다. 루그가 입을 열었다.

"내가 너라면 지금 드레이크 형태로 변신하는 바보짓은 하지 않겠어."

"뭐라고?"

마치 자신의 속내를 꿰뚫어본 듯한 말에 샤디카가 움찔했다.

하지만 곧 그는 씩 웃었다.

"허세가 능숙하군."

인간 형태에서 드레이크 형태로 변신하는 것은 한순간에 이루어진다. 게다가 샤디카는 만약을 대비해서 갖가지 방어 마법을 준비해 두고 있었다.

그러니 아무리 루그라고 해도 그 허점을 찌르는 것은 불가능하다. 용제의 힘이 통용된다면 모를까, 종속의 계약으로 완전히 차단되고 있는 상황에서는……

샤디카는 루그의 말을 무시하고 아크 드레이크로 변신했다. 동시에 루그의 눈이 빛났다.

'가속.'

루그의 체내에 각인된 마법이 발동하면서 시간이 가속하기 시작했다. 세상의 모든 것이 느려지면서 오로지 루그의 시간만이 열 배 이상 빨라졌다.

샤디카의 변신 속도는 루그가 마법으로는 타이밍을 맞출 수 없을 정도다. 그러나 부족한 속도는 시간을 가속함으로써 채운다. 루그는 손을 들어 하늘을 가리켰다. 그리고……!

콰작!

"크억……!"

섬뜩한 파육음이 울려 퍼지며 샤디카가 신음했다.

막 아크 드레이크로 변신하려던 그는, 피투성이가 되어 한쪽 무릎을 꿇었다. 전신이 부서질 것 같은 통증 속에서 그가 이해할 수 없다는 듯 물었다.
"무, 무슨 짓을 한 거냐?"
"다행히 타이밍이 맞았군. 네가 너무 빨라서 망신당할 뻔했는데."
루그가 히죽 웃었다. 샤디카가 발끈했다.
"나한테 무슨 짓을 한 거냐!"
"설마 직접 겪어놓고도 이해하지 못하는 건 아니지? 광륜 전개."
루그가 그를 조롱하며 광륜의 팔찌를 전개시켰다. 손목에 채워진 두텁고 각진 팔찌가 빛을 발하면서 빛의 고리 열 개가 허공에 떠올랐다.
샤디카는 이를 갈며 하늘을 올려다보았다. 천공에 거대한 마법진이 빛을 발하고 있었다.
'내 변신을 봉하다니 어떻게 이런 게 가능하지?'
그 마법진은 오로지 샤디카의 아크 드레이크 형태를 봉하기 위해서 만들어진 것이다.
이전에 한 번 샤디카를 놓쳤던 루그는 다음에 만났을 때는 확실히 잡기 위해 않기 위해 만전을 기했다. 볼카르가 샤디카의 정보를 해석하여 만들어낸 이 마법진은 루그의 실력으로는 완벽하게 구현할 수 없었다. 본래는 자동으로 샤디카의 변신을 억제하는 마법진이었지만, 루그가 구현한 것은 타이밍을 맞춰서 발동시켜야만 한다는 단점이 있었다.

전설의 종말

루그 본래의 마법 실력으로는 도저히 샤디카의 변신을 타이밍 맞춰서 저지할 수 없었을 것이다. 하지만 스포르카트가 부여한 시간 가속의 권능 덕분에 그 일이 가능해졌다.

"이번에는 도망칠 수 없어, 샤디카. 여기가 네 무덤이다."

루그가 무시무시한 살기를 뿜어내며 선언했다.

샤디카는 오싹함을 느끼며 자세를 잡았다. 심장이 쿵쾅거린다.

그런 그의 앞에서 루그가 말했다.

"에리체 양, 발타르 공을 부탁합니다."

"네."

대답한 것은 백과 청의 갑옷을 입고 거대한 언월도를 든 에리체였다. 자연스럽게 루그의 뒤쪽에서 걸어나온 에리체는 아무런 두려움도 없이 발타르에게로 다가가더니, 갑자기 허공에다 대고 언월도를 휘둘렀다.

팍!

그러자 언월도의 궤도에 걸려든 헌드레드 아이즈 중 하나가 박살 나버렸다.

"이건 당신의 눈이군요?"

"……."

그 말에 샤디카는 전율을 느꼈다. 헌드레드 아이즈는 강적과 싸우기 위해 반드시 필요한 도구다. 그렇기에 충분히 신경 써서 은닉시켜 두었고, 발타르조차도 그 존재를 관측하지 못했다. 그런데 그것을 아주 자연스럽게 발견하고 부숴 버리다니? 게다가 한눈에 그 용도까지 파악해 냈다.

"루그님, 이 주변에 저 사람의 눈이 한 백 개쯤 있는 것 같은데요? 굉장히 다양한 각도에서 여길 보는 시선이 느껴져요."

에리체의 순간 예지력은 자신의 능력이 닿는 곳에서 수집되는 모든 정보를 통찰력으로 활용했다. 그렇기에 그녀는 언뜻 헌드레드 아이즈의 시각을 공유하면서 그 기능을 파악할 수 있었다.

루그가 대답했다.

"상관없습니다. 알고 있으니까요."

"저 사람은 저도 때려주고 싶지만… 루그님께 양보할게요. 영차!"

그렇게 말한 에리체는 피투성이가 된 발타르를 들어서 짊어졌다. 자기보다 훨씬 큰 발타르를 짊어진 모습은 우스꽝스러워보였지만, 그녀는 전혀 균형이 흐트러지지 않았다.

루그가 말했다.

"발타르 공을 잘 부탁합니다."

"네. 무운을 빌게요."

에리체는 고개를 끄덕이고는 뒤로 물러났다.

루그가 볼카르에게 말했다.

—볼카르, 정령을 소환한다. 정신 장벽을 약화할 테니 정신 감응을 개시해.

〈알겠다.〉

"이프리트, 운디네, 프로스티아."

불의 정령과 물의 정령, 눈과 얼음의 정령이 모습을 드러냈다.

루그는 그것으로 끝내지 않고 말했다.

"나칼라즈티."

쉬이이이이!

리루가 모습을 드러냈다. 리루는 세 정령들을 보며 눈을 휘둥그레 떴다.

「이 정령들은 왜 전부 볼카르님인가요?」

"하다 보니 그렇게 됐어."

루그가 투덜거렸다.

정령은 자아가 없는, 오로지 본능과 감정만을 가진 존재이며 자아는 소환자에 의해 부여되게 마련이다. 그러다 보니 정신감응을 통해서 그들을 제어하는 볼카르의 자아가 투영된 것이다.

〈오랜만에 현실에 영향을 끼치는 재미가 쏠쏠하군.〉

볼카르는 즐거워하고 있었다. 루그와 함께 한 이래 처음으로 자신만의 의지로 현실에 개입하는 것이 가능해진 것이다. 그가 루그에게 정령을 종속시키는 권능을 얻게 한 것은 이것을 위해서였다.

천천히 가진 무기들을 드러내는 루그를 보며 샤디카는 전율했다. 루그의 힘이 이전에 싸웠을 때와는 확연히 다른 수준임을 느낄 수 있었다.

'놀랍군.'

도대체 인간이 어떻게 이런 수준에 도달할 수 있단 말인가?

그가 발하는 마력도, 그가 사용하는 마법도, 그가 사용하는 장비도 모두 인간의 수준이 아니었다. 그가 팔다르가 새로 만든 인간 형태의 용족이라고 해도 믿을 수 있을 것 같다.

'그럴 리는 없겠지만……'

드래곤들이 창조한 용족들은 다들 드래곤의 흔적이라고 할 수 있는, 용제의 힘에 반응하는 인자를 가졌다. 그것을 통해 용족은 서로를 용족으로 인식할 수 있었다. 그러나 루그에게는 그런 인자가 존재하지 않는다.

샤디카가 말했다.

"덫에 걸렸다는 건 인정하지. 하지만 날 잡을 수 있을까?"

"도망칠 수 있을까?"

루그는 질문으로 답함과 동시에 샤디카에게 뛰어들었다.

파바바바밧!

거리를 좁히는 아주 짧은 순간에 샤디카와 루그 사이에서 기격과 마법이 충돌하면서 수십 번의 스파크가 튀었다. 그리고 거리를 좁힌 루그 앞에서 샤디카가 솟구치며 마법을 난사했다.

콰콰콰콰쾅!

샤디카의 몸은 만신창이였고 왼팔은 완전히 망가졌다. 통각을 마비시키고, 키메라 슈트를 이용해서 억지로 움직이고 있긴 하지만 움직임이 둔했다. 이런 상황에서 루그와 격투전을 벌이는 것은 자살행위다.

그 사실을 알기에 샤디카는 거리를 벌리고 마법으로 승부를 내고자 했다. 화력으로 루그를 누르고 도망칠 길을 찾는다면 그의 승리다!

우우우웅!

그러나 그때 폭염 속에서 광륜이 무시무시한 속도로 솟구쳤다. 샤디카가 미처 반응하기도 전에 그 광륜이 샤디카의 뒤쪽에 자리한다.

'이건……?'

날고 있는 기세를 멈출 수 없었기 때문에 샤디카는 광륜에 걸린 마법이 자신을 침식할 수 없도록 방어 마법을 강화했다. 그러나 광륜을 통과하는 순간, 갑자기 움직임이 극도로 느려졌다는 사실을 깨달았다.

'감속 마법?'

광륜은 통과하는 대상을 감속시킨다. 그리고 그 외에도 더 악몽 같은 효과를 갖고 있었다.

'마력이 억제되고 있어!'

물리적인 움직임만이 아니라 마력의 흐름까지 저하되고 있었다.

그 틈을 타서 루그가 솟구쳤다. 그 앞에는 두 개의 광륜이 배치되어 있었다.

화아아아악!

두 개의 광륜을 통과한 루그의 움직임이 급가속했다. 그리고 오른팔에 두른 불의 소용돌이가 엄청난 기세로 증폭된다.

그것을 본 샤디카는 광륜의 효능을 완전히 파악하고 경악했다.

'이런 말도 안 되는 마법이 있다니!'

그 직후 루그의 스톰 브링거가 그의 방어 위에 작렬했다.

콰아아아앙!

폭음과 함께 샤디카의 몸이 뒤로 튕겨져 나갔다. 그의 몸이 반쯤 무너진 성벽에 그대로 충돌하며 폭발이 치솟았다.

8

쿠구구구……!

"으으윽……."

샤디카는 신음하며 몸을 일으켰다. 당장에라도 정신을 잃을 것 같았지만, 일어나지 못한다면 죽는다.

'왼팔은 끝장났군.'

가까스로 스톰 브링거를 막아낸 왼팔은 반쯤 박살 나 있었다. 이제는 억지로 움직이게 하는 것조차 무리다.

우우우웅!

잔해를 헤치고 나오는 샤디카의 앞에서 섬뜩한 소리가 울렸다. 세 개의 광륜이 그의 앞에 떠올라 있었다.

"큭!"

퍼버버버벙!

샤디카는 즉시 마법으로 광륜을 파괴하려고 시도했다. 그러나 광륜은 그의 마법을 그대로 통과시켜 버릴 뿐 전혀 반응하지 않았다.

정말 악마적인 마법이다. 루그는 광륜을 통해 스스로를 가속시키고, 공격의 위력을 증폭시킨다. 그리고 표적으로 삼은 자를 감속시키고, 마력의 흐름마저도 억제시킨다.

'도대체 누가 이런 걸 만들었지?'

광륜의 팔찌는 드워프 장인 워즈니악에 의해 만들어졌고, 볼카르에 의해 개량되었다. 그 힘을 자유자재로 다룰 수 있게 된 지금, 루그의 전투력은 이전과는 비할 바 없을 정도로 상승해 있었다.

광륜의 팔찌를 피해서 도망치던 샤디카에게 헌드레드 아이즈가 경고를 발했다. 60미터 거리에서 위협적인 마법이 구현되고 있었다. 그리고……!

쫘르르릉!

초음속의 섬광이 공간을 관통했다.

"크악……!"

샤디카가 비명을 질렀다.

검으로 추정되는 물체가 마법의 뇌광을 두르고 음속의 1.2배 속도로 날아들었다. 겹겹이 둘러쳤던 샤디카의 방어 마법이 일거에 관통되면서, 스치는 것만으로도 키메라 슈트의 일부가 뜯겨져 나갔다.

하지만 루그는 혀를 차고 있었다.

"쥐새끼처럼 잘도 피하는군."

그것은 대규모 파괴 마법 '샤이닝 노바'의 축약판 '샤이닝 쉘'이었다. 샤이닝 노바를 위해 만들어진 일회용 검을 보다 효율적으로 활용하기 위해 볼카르가 만들어준 마법이다. 광륜을 통해 초음속으로 가속시키는 이 마법은 샤디카라고 해도 정통으로 맞았다면 일격에 끝장낼 수 있는 위력을 자랑했다.

꽈릉! 꽈광! 꽈과과광!

루그가 광륜을 앞에 배치하고 연달아 샤이닝 쉘을 쏘아내자 왕궁 성벽이 만신창이가 되었다. 그리고 그것을 아슬아슬하게 피해내는 샤디카 역시 피투성이가 되어 지상에 처박혔다.

쉬쉬쉬쉬쉭!

그러나 샤디카도 당하고 있지만은 않았다. 은밀하게 루그 근처에 배치시켰던 보이드 테일이 휘둘러졌다.

"흥!"

하지만 루그는 사전에 그 움직임을 눈치채고 있었다. 광륜을 배치해서 그 앞을 통과시키자 보이드 테일의 움직임이 갑

전설의 종말 71

자기 확 느려진다. 그 위로 리루가 일으키는 바람과 일체화된 라이징 블레이드가 거대한 진공의 칼날이 되어 내리꽂힌다.

파아아아아!

보이드 테일이 충격을 이기지 못하고 튕겨 나갔다. 그리고 루그가 그 반동을 이용해서 샤디카에게로 쏘아져 나갔다.

"이 자식, 인간 주제에……!"

샤디카가 분노하며 마법을 쏟아냈다. 세 개의 머리가 연동되어 탄생한 연산 능력이 무시무시한 속도로 마법을 구현해 낸다.

루그가 눈을 부릅떴다.

동시에 그의 기격과 마법이 갖가지 변화를 일으킨다. 샤디카가 일으키는 마법의 움직임을 사전에 예측하고 거기에 대응하는 속성력과 마법을 짜내 대응했다.

파밧! 팟! 파바바바밧!

그러나 궁지에 몰린 샤디카가 짜내는 마법의 기세는 루그를 한순간이나마 압도했다. 기격과 마법의 난타를 뚫고 뇌격과 섬광, 맹독이 날아든다.

퍼버버버벙!

그 앞을 볼카르가 투영된 정령들이 가로막았다. 정령들의 힘은 미약했지만, 바람과 물과 냉기의 힘을 손에 넣은 볼카르는 그것을 정밀히 조작하는 것만으로도 마법과 동일한 효과를 구현해 낼 수 있었다.

"말도 안 돼……!"

샤디카가 경악했다. 용족 중에서도 대적자를 찾기 힘들 정도로 지고한 경지의 마법사이기에 알 수 있었다. 방금 정령들을 통해 일어난 일이 얼마나 경이로운 것인지!

〈매번 느끼는 거지만 끔찍할 정도로 낭비가 심하군.〉

볼카르가 투덜거렸다.

마법이란 기본적으로는 마력을 다양한 속성과 형태의 조각으로 가공한 뒤 그것을 입체적으로 조립해서 원하는 효과를 구현하는 것이다. 그에 비해 볼카르는 속성이 특화된 정령들의 힘을 조각조각 모아서 원하는 형태로 구현시켜야 했다.

그것은 그의 입장에서는 비참할 정도로 비효율적인 일인 데다가, 당연히 할 수 있는 일보다 할 수 없는 일이 압도적으로 많았다. 그러나 현실에 개입할 수단이 그것밖에 없기에 그는 새로운 계통의 마법이라 할 만한 유사 기술을 창조해 냈다.

그것은 마법의 비의를 추구하는 자에겐 이미 기적이었다.

"하하… 하하하하!"

샤디카는 자기도 모르게 웃음을 터뜨렸다. 그는 오로지 호기심과 충동에 이끌려 천년 이상을 살아온 존재다. 마법사로서 온갖 비의를 탐구하고 자신을 위협하는 가능성을 탐닉해 온 그에게는 루그가 보여주는 모든 것들이 감동적이었다.

루그가 달려든다. 거미줄처럼 깔린 기격이 찰나지간에 물리력으로 화해 그를 두들긴다. 그것을 막는 순간, 이번에는 사방에서 화염이, 진공파가, 섬광이, 충격파가, 냉기가 변화무쌍하게 날아들며 그의 방어 마법을 유린한다.

'모르겠군.'

이해할 수가 없다. 이젠 루그가 쓰는 것이 강체술인지 마법인지조차 모르겠다. 못 보던 새에 강체술 6단계에 도달했는가, 아니면 새로운 마법의 경지를 개척한 것인가? 그의 모든 것이 경이와 혼돈이다.

질풍 같은 공방을 제압한 것은 루그였다. 불과 수초간에 오간 수십 번의 난타전을 뚫고 들어간 루그의 왼주먹이 샤디카가 뻗은 진격의 오른손을 휘감듯이 뻗어 나가서 작렬했다.

쾅!

"크아악!"

샤디카가 비명을 질렀다. 간발의 차이로 어깨를 들어서 머리에 맞는 것만은 가까스로 피했다. 그러나 이 일격으로 오른쪽 어깨가 박살 나버렸다. 게다가 한순간의 틈을 비집고 들어온 루그의 스파이럴 스트림이 그의 몸을 휘감고 있었다.

콰드드득!

가혹한 열기를 띤 스파이럴 스트림이 그의 오른팔을 참혹하게 꺾어버린다. 관절을 무시하고 쥐어짜 내듯이 꺾인 팔은 단번에 재기불능이 되었고, 몸통까지 비틀리려는 것을 간신히 역장을 구현해서 막아내고 있었다.

샤디카는 고통으로 신음했다. 통각을 차단하는 것보다 빠르게 격통이 뇌를 찔러대고 있었다.

'위험해······.'

정말 위험하다. 다음 공격을 막아내지 못하면, 그는 확실하게 죽는다.

그 사실이 샤디카의 집중력을 다시 날카롭게 살려놓았다. 샤디카는 땅을 박차는 루그를 노려보며 마지막 기력을 쥐어짜냈다.

마력이 움직인다. 인간은 인지할 수도 없을 정도로 빠르게 형태가 완성되고, 속성이 결정된 조각들이 놀랍도록 정밀하게 맞춰지면서 샤디카가 원하는 효과를 구현해 낸다.

'가속!'

샤디카가 마법을 구현하는 순간, 루그가 눈을 부릅 뜨며 상대 시간을 열 배로 가속시켰다. 동시에 그의 앞에 두 개의 광륜이 나타나면서 돌진 속도가 두 배 이상 빨라졌다.

지금껏 도달한 적 없는 초고속의 세계가 펼쳐졌다. 볼카르와의 정신감응을 통해 최고조로 활성화된 루그의 감각은 섬전 같은 마력의 흐름마저도 세분화해서 잡아내고 있었다. 지금까지는 전혀 그 과정을 파악할 수 없었던 샤디카의 마법조차도 그 구성 과정이 뚜렷하게 보인다.

'왼쪽 대각선.'

왼손이 뻗어 나가며 그곳에서 구현되던 공간 절단 마법을 와해시킨다.

'오른쪽 위.'

기격이 움직여 그곳에서 구현되던 빛의 칼날을 부서뜨린다.

〈오른발 아래, 왼쪽 무릎 위, 복부 앞.〉

아래쪽에 함정을 파듯이 깔리는 마법들은 볼카르가 정령을 이용해서 무너뜨렸다.

샤디카의 눈이 부릅떠졌다. 지금까지 살면서 단 한 번도 침해당해 본 적이 없는 영역이 무참하게 짓밟혔다. 인간의 형상을 띤 괴물이 누구도 범접하지 못했던 그만의 시간, 누구보다도 빠르게 마법을 구현시키는 그 과정을 추월하고 있었다. 그리고……!

'스톰 브링거!'

초음속으로 쏘아져 나간 오른 주먹이 샤디카의 명치를 관통했다.

콰아아아앙!

너덜너덜해져 있던 키메라 슈트가 박살 나면서 몸 전체에 충격이 퍼져 나갔다. 샤디카는 피를 토하면서 뒤로 날아가 처박혔다.

'커어……!'

비명조차 지를 수 없다. 전신에 그의 말을 듣는 부위가 단 한 군데도 안 남은 것 같다.

쿠구구구구…….

자욱하게 일어났던 흙먼지가 리루가 일으킨 바람에 쓸려 나가면서, 그 사이로 루그가 걸어온다. 천천히 가까워져 오는 그의 발소리가 쓰러진 샤디카에게는 마치 사신의 그것처럼 들렸다.

꿈틀.

샤디카의 손가락이 움직였다.

그의 본능이 죽음을 직감하고 있었다. 이젠 틀렸다. 아직 정신은 살아 있지만 육체는 빠르게 죽음을 향해 돌이킬 수 없는 추락을 개시했다.

그런데도 샤디카의 몸이 일어났다, 마치 불사의 괴물이라도 되는 것처럼.

금방이라도 무너질 듯 비틀거리는 그가, 꺼져 가는 목소리로 물었다.

"루그… 너는, 도대체… 뭐지?"

평생 동안 호기심과 충동에 따라온 삶이었다. 죽음을 바로 앞에 둔 이 상황에서도 샤디카는 묻지 않고서는 견딜 수 없었다.

"너의 종말이지."

루그는 그를 쏘아보며 대답했다. 그러자 샤디카가 웃음을 터뜨렸다.

"큭큭, 종말? 인간 따위가… 내 종말이라고?"

인정할 수 없다. 세상에 단 하나뿐인 자신이, 천년에 걸쳐 마법의 비의를 추구해 온 자신이 인간 따위에게 죽을 리가…….

"인간 따위라고?'

 문득 그의 뇌리에서 되살아나는 목소리가 있었다. 수백 년 전에 그에게 지워지지 않는 상처를 각인시켰던 남자.
 '데커드 듀렌?'
 놀라는 샤디카 앞에서 데커드의 환영이 웃는다. 그가 영원히 잊을 수 없도록 각인된 그 창을 샤디카에게 겨누며 말했다.
 '너는 200년 동안이나 인간에게 집착했다. 네 삶이 인간에게 구속되어 있었지. 그런데 인간 따위라고 말할 수 있겠는가?'
 그 말에 샤디카는 얼어붙었다. 샤디카는 환영처럼 스러져 가는 데커드에게 손을 뻗었지만, 닿지 않는다. 그의 목소리만이 희미하게 울려올 뿐이다.
 '네가 유일하듯이 인간도 유일하다. 나는 나다. 그 누구도 나를 대신할 수 없지.'
 그 말에 샤디카는 지금껏 외면하고 있던 사실을 깨달았다.
 '그렇군.'
 데커드를 대체할 존재 따위 없었다.
 샤디카 자신이 유일한 존재였듯이, 그의 내면에 각인된 인간들 역시 유일했다.
 데커드도, 발타르도, 그리고 루그도 모두······.

잔혹할 정도로 유일해서, 그가 치유할 수 없는 상처를 입고 구애받을 수밖에 없는 존재였다.

'아아, 인간.'

데커드의 말대로다. 그에게 공포를 준 것도, 동기를 부여한 것도, 모든 것이 인간이었다. 그의 삶은 인간에게 묶여 있었다.

'인간이야말로 내 종말이 되기에 어울리는 존재였군. 나는 아직도 인간을 얕보고 있었어.'

웃음이 나온다. 인정하고 나니 수백 년 동안 안고 있던 스스로의 어리석음을 비웃지 않을 수 없었다.

"크크크큭……."

"……."

피투성이가 되어 웃는 그를 루그는 불꽃처럼 타오르는 시선으로 쏘아보았다.

"샤디카."

루그는 악귀처럼 그를 노려보며 증오스러운 이름을 불렀다.

한 걸음, 한 걸음 가까워질 때마다 분노가 증폭되어 간다.

불과 한 시간 전까지만 해도 이곳은 아름다운 도시였다. 번화한 도시 속에서 수많은 사람들이 웃고 떠들며 살고 있었다. 그러나 지금은 불길 속에서 공포에 질려 비명을 지르는 사람들만 가득하다.

그 모든 것이 샤디카가 저지른 짓의 결과다. 자신들의 목적을 위해서 수많은 인간의 삶을 유린하는 파괴자.

'네놈이 메이즈를……!'

주먹을 드는 루그의 뇌리에 메이즈를 잃을 뻔했던 그 순간이 스쳐 지나갔다. 살의가 뻗어 나가면서 주먹에 힘이 들어간다.

금방이라도 무너져 내릴 듯 비틀거리던 샤디카가 키득거리며 말했다.

"루그… 그래, 진정 네가 내 종말이라면 그것을 증명해라."

샤디카는 양팔을 펼치고 루그를 도발했다. 그것이 허세에 불과하다는 것은 한눈에 알 수 있었다. 샤디카는 더 이상 아무것도 할 여력이 남아 있지 않았다.

"소원대로 해주지."

그를 노려보던 루그가 부서질 듯 꽉 쥔 주먹을 들어 올렸다. 그리고 처절한 웃음을 짓는 샤디카를 향해 혼신의 힘을 다해 내리꽂았다.

쾅!

충격이 샤디카의 심장을 관통했다. 샤디카는 그 어느 때보다도 빠르게 가속한 시간 속에서 자신의 심장이 파괴되어 가는 과정을 생생하게 느끼며 최후의 의문을 떠올렸다.

'죽음 이후에는 뭐가 있지?'

그 직후 샤디카는 그 답을 얻을 기회를 얻었다.

심장이 산산조각 나면서 그의 숨이 끊어졌다. 천년 만에, 그리고 영원히.

9

　왕도 전체에 혼란과 파괴가 들불처럼 번져 갔지만, 시간이 지날수록 상황은 점점 정리되고 있었다. 워낙 적들이 광범위하게 퍼져서 무차별 파괴 활동을 일으킨 것이 문제지, 왕도에 주둔하고 있는 병력의 전투력은 막강했기 때문이다.
　그 중에는 그랑드를 단신으로 처단할 수 있는 자들도 다수 있었다.
　"이얍!"
　긴박한 소리와는 좀 안 어울리는 귀여운 소녀의 기합 소리와 함께 커다란 언월도가 휘둘러졌다. 길이 2미터 50센티에 달하는 언월도가 노리는 것은 얼음으로 이루어진 거인이었다.
　쾅!
　언월도가 작렬하는 순간, 폭음이 울려 퍼지며 거인의 몸 일부가 터져 나갔다. 거인이 경악하며 외쳤다.
　"어째서 얼어붙지 않지?"
　얼음의 거인은 그랑드였다. 그는 주변에 다수의 스피릿 비스트를 거느린 채 무시무시한 냉기를 휘몰아치게 하고 있었다. 그런데 언월도의 주인은 마치 그 냉기가 존재하지도 않는 것처럼 파고들어 와서 그에게 일격을 먹인 것이다.

"흥!"

 코웃음을 친 것은 양옆으로 묶어 내린 백발을 휘날리는 에리체였다. 백과 청의 갑옷을 입은 그녀는 무시무시한 힘으로 스피릿 비스트들을 유린하고 있었다.

 크아아아!

 에리체가 그랑드의 공격을 피해서 착지하자 뒤쪽에서 몸길이가 10미터도 넘는 얼음 늑대가 달려들었다. 그러자 에리체가 뒤돌아선 자세 그대로 언월도의 뒤쪽 끄트머리를 뻗었다.

 쾅!

 일격으로 얼음 늑대의 머리통이 박살 나면서 움직임이 주춤했다. 에리체는 그대로 허공으로 뛰어오르면서 호쾌하게 언월도를 휘둘렀다.

 콰가가각!

 얼음 늑대의 거구가 단번에 동강 나버렸다. 언월도의 날에 실린 강검(強劍)의 기운이 어찌나 강렬했는지, 참격의 궤도가 엘레멘탈 코어를 벗어났는데도 그 여파만으로 몸 전체가 폭사해 버렸다.

 콰과과광!

 엘레멘탈 코어에서 터져 나온 새하얀 빙설을 뒤로 한 채, 에리체가 그랑드를 노려보았다. 그러자 그녀의 주변에서 무수한 빛이 일어나더니 그대로 열기를 띤 광선이 되어 뻗어 나갔다.

 파아아아아!

하지만 하나하나가 집채도 날려 버릴 그 광선들은 그랑드에 겐 별 소용이 없었다.

"우, 얼음은 짜증나."

에리체가 눈살을 찌푸렸다.

그녀가 다루는 빛의 속성력은 얼음의 스피릿 비스트에겐 별로 효용이 없었다. 주변에 흩날리는 얼음 입자, 그리고 스피릿 비스트의 몸을 이루는 얼음이 그것을 흩어뜨려서 파괴력을 떨어뜨리기 때문이다.

"귀찮지만 하나하나 때려 부숴야지."

에리체가 반쯤 무너진 건물 지붕을 박찼다. 그러자 그녀가 박찬 자리가 충격을 이기지 못하고 터져 나가면서 그녀의 모습이 일순간 사라졌다.

아니, 사라졌다고 생각한 것은 그녀를 포위하고 있던 스피릿 비스트들의 착각이었다. 그들의 시각이 에리체의 돌진 속도를 따라가지 못한 것이다.

쾅! 콰광!

연달아 폭음이 울리며 스피릿 비스트들이 하나하나 박살 나기 시작했다. 한번 가속을 붙인 에리체가 무시무시한 속도로 돌진을 계속하면서 휘두른 일격이 스피릿 비스트를 일격필살로 보내 버리고 있었다.

"이노오오오옴!"

부하들이 연달아 당하자 그랑드가 분노했다. 그 분노에 호응하듯 근처에 휘몰아치고 있던 차가운 바람의 기세가 점입가경으로 가속했다.

휘오오오오오!

마침내 냉기의 용권풍이 구현되면서 에리체를 끌어당겼다. 에리체의 움직임이 주춤하는 순간, 사방에서 스피릿 비스트들이 달려들었다. 도저히 피할 길이 없는 상황이었다.

에리체가 외쳤다.

"바리엔!"

순간 그녀의 등뒤에 바리엔이 홀연히 나타났다. 그리고 그녀의 손을 잡고 사라졌다.

공간 이동으로 사라진 바리엔과 에리체의 모습이 그랑드의 머리 위에서 출현했다. 바리엔은 에리체를 놓아주고 서로 마주보면서 양발을 맞댔다. 그리고 힘차게 밀어서 그녀를 밑으로 떨구면서 말했다.

"끝장내 버려!"

"웅!"

가속을 붙여 아래쪽으로 떨어져 내린 에리체가 언월도를 뒤로 당겼다가, 혼신의 힘을 다해 내리쳤다. 언월도에 맺힌 강검의 기운이 새하얗게 불타오르면서 그랑드의 머리통을 후려갈겼다. 그리고 그대로 얼음의 거체를 두 쪽으로 갈라놓으며 땅에 내리꽂혔다.

콰아아아앙!

폭음과 함께 두 동강 난 그랑드의 몸이 박살 나서 흩어졌다. 에리체는 그것으로 끝내지 않고 언월도를 거두어 들였다가 방금 전에 그려낸 궤적과 십자로 교차시키며 횡으로 휘둘렀다.

촤아아앙!

섬광이 교차하면서 그 중심부에 집중된 에너지가 폭발했다. 동시에 에리체가 외쳤다.

"바리엔!"

"간다!"

기다렸다는 듯 공간 이동해 온 바리엔이 그녀를 붙잡고 이탈했다. 그 직후 부서진 그랑드의 엘레멘탈 코어로부터 강대한 빙설의 속성력이 폭발했다.

콰콰콰콰콰콰!

새하얀 폭발이 사방 수십 미터를 휩쓸면서 모든 것을 얼려버렸다. 상공에서 바리엔에게 매달린 채 그것을 내려다보던 에리체가 중얼거렸다.

"후아. 또 하나 처리했네."

그녀는 루그의 곁을 떠나기 전에 하나, 그리고 지금 또 하나의 그랑드를 처리했다. 손발이 척척 맞는 바리엔 덕분에 혼자서 상대하는 것보다 훨씬 쉽게 해낼 수 있었다.

바리엔이 투덜거렸다.

"무거워! 매달리지 마! 너도 날 수 있잖아!"

"나는 게 아니고 허공을 걷는 거야. 그리고 무겁다니! 내가 갑옷을 입고 있어서 그렇지 바리엔 너보다 가볍다는 건 하늘도 알고 땅도 알고……."

"떨어져서 납작해져 버려라!"

바리엔이 자기를 붙잡은 에리체의 손을 뿌리치고 등을 뻥 걷어차 버렸다. 하지만 에리체는 허공을 딛고 통통 튀듯이 움직이더니 사뿐하게 착지했다.

"칫. 어차피 자기 힘으로 나는 것도 아니면서 쩨쩨하게."

"비행 마법 도구를 움직이는 건 내 마력이란 말야."

봉인의 조각을 품은 바리엔은 방대한 마력을 품고 있었다. 비록 마법을 터득하진 못했지만 몇 가지 쓸모있는 마법 도구를 이용해서 그것을 활용하고 있었고, 지금 사용하는 비행 마법 도구 역시 그 중 하나였다.

지상에 내려선 에리체는 주변을 돌아다니면서 얼음 속에 파묻힌 스피릿 비스트를 하나하나 찾아서 깨부쉈다. 문득 그녀가 왕궁 쪽을 돌아보며 눈을 크게 떴다.

"어?"

"왜 그래?"

"루그님이 이겼어."

전투 중에는 완전히 개방해 두고 있는 에리체의 순간 예지력이 그 사실을 알려주고 있었다. 바리엔이 물었다.

"가볼 거야?"

"아니."

에리체는 고개를 저었다. 그리고 예지력이 인도하는 방향을 바라보며 말을 이었다.

"지금은 일단 잔당들을 처리하는 게 우선이야. 저쪽으로 300미터 정도 떨어진 곳에 괴물들이 바글바글해. 거기로 가자, 바리엔."

"응."

바리엔은 에리체를 붙잡고 다시금 공간 이동해서 사라졌다.

10

샤디카와 아레크스가 사망하자 상황은 빠르게 정리되어 갔다. 루그와 메이즈, 다르칸이 적 키메라들과 스피릿 비스트를 처리하는 데 합류하니 그야말로 학살이라고 할 만한 결과로 이어졌기 때문이다.

적들을 다 처리하고 나자 루그는 폐허를 돌며 인명 구조 작업을 도왔다. 난리통에 무너진 집에 깔리거나 지하실에 숨은 채로 갇혀 버린 사람도 상당수인지라 구조 작업에 나서지 않았다면 적어도 백 단위의 사망자가 추가로 발생할 뻔했다.

"후우."

한바탕 난리를 치른 루그가 반쯤 무너진 왕궁 성벽에 걸터앉은 채 한숨을 쉬었다. 어느새 해가 저물고 어둠이 드리워져 있었다. 캄캄한 도시 여기저기서 모닥불이나 마법의 등불이 떠올라 있는 것을 보니 가슴 한구석이 먹먹해진다.

"최악이군."

루그는 입술을 깨물었다.

바로 어젯밤까지만 해도 라무니아는 야경이 보석의 산처럼 아름다운 도시였다. 한밤중에 황금빛을 발하는 성벽부터 시작해서 도시 전체에 빛나는 마법의 불빛들이 마치 신세계에 온 것 같은 감동을 선사해 주었다.

그러나 지금 그 아름다움은 흔적도 없었다. 죽은 시체들 앞에서 슬퍼하는 이들의 오열이 들려올 뿐이다.

"주인님."

문득 뒤쪽에서 메이즈가 다가왔다. 보이드 아머를 벗은 그녀는 조심스럽게 성벽의 잔해를 딛고 올라와서 루그 옆에 앉았다.

루그가 물었다.

"다르칸은?"

"아직 사람들 도와주고 있어."

"좀 쉴 것이지."

"나도 그렇게 말했는데 듣질 않네. 정말 인간이 너무 좋아졌나 봐. 마력도 다 떨어졌으면서, 몸으로 도우면 된다면서……"

메이즈가 다르칸이 있음 직한 곳을 바라보며 쓴웃음을 지었다. 블레이즈 원에 있을 무렵에는 다르칸이 이렇게 변하리라고는 상상도 못해봤다.

'생각해 보면 그때는… 다르칸에 대해서 잘 알고 있다고 생각하면서도 아무것도 몰랐지.'

그때는 그저 블레이즈 원 안에서 그나마 말이 통하는 상대였을 뿐이다. 지금처럼 깊이 서로를 알고, 동료로서의 정을 갖진 않았다.

만약 다르칸이 블레이즈 원을 배신하지 않고 루그에게 죽었다면, 메이즈는 옛정을 생각하며 씁쓸해했을 것이다. 하지만 그 이상 슬퍼하진 않고 마음을 정리했을 터.

'지금은……'

문득 메이즈는 루그를 바라보았다.

루그와 만난 뒤로 모든 것이 변했다. 과거의 비극을 막고자 한 그의 행동이 그녀의 인생을 살 만한 것으로, 목숨을 바쳐서라도 지키고 싶은 가치를 좇는 것으로 바꾸어주었다.

문득 메이즈가 머리를 쓸어넘기며 말했다.

"오늘 신경 써서 꾸미고 나온 거였는데… 다 엉망이 됐네."

한참 전투를 치르고, 그 후에 사람을 돕느라 분주했던 그녀의 모습은 엉망이었다. 모자랑 치렁치렁하게 달아났던 장신구 몇개는 난리통에 잃어버렸고, 옷도 오늘 새로 입었다는 것이 믿어지지 않을 정도로 더러워지고 여기저기 찢겨져서 다시 수선해서 입기도 어려워 보였다.

입술을 삐죽이는 그녀에게 루그가 말했다.

"지금이 아까보다 더 나은걸."

"어머, 주인님. 설득력없는 아부는 욕이나 마찬가지야."

"정말이야. 사람들을 돕느라 땀 흘리고 더럽혀진 거잖아. 누가 그걸 지저분하다고 하겠어."

"말이 이상해."

메이즈는 투덜거리면서도 슬그머니 미소 지었다. 그러다가 문득 루그를 보며 말했다.

"주인님."

"응?"

"주인님 책임이 아냐."

그 말에 루그가 그녀를 돌아보았다.

메이즈는 슬그머니 루그에게 엉덩이를 움직여 다가가서 어깨에 머리를 기댔다. 그리고 그를 올려다보며 말을 이었다.

"주인님은 무슨 일이든지 자기 탓이라고 생각하는 게 문제야. 아무리 시간을 거슬러 왔다고 해도 주인님은 신이 아닌걸. 사람이 두 손으로 할 수 있는 일에는 한계가 있어."

"……."

그 말에 루그는 양손을 들어 바라보았다.

온갖 일들을 겪으며 거칠어진 손이다. 굳은살이 흉하게 박혀 있었고, 흉터도 많아서 아이들은 보기만 해도 겁을 집어먹을 것 같은 손.

두 주먹만 있으면 뭐든지 할 수 있을 거라고 믿었던 때도 있었다. 하지만 지금은, 그때보다 훨씬 강해지고 많은 것을 할 수 있게 되었는데도 언제나 손 닿지 않는 곳에서 일어나는 일을 안타까워한다.

"있잖아."

루그는 밤하늘을 올려다보며 입을 열었다.

"나는 언제나… 내가 강해지면 모든 게 해결될 거라고 생각했어."

자신이 약했기에 소중한 것들을 잃었다. 그러니까 좀 더 강해지면, 누구도 범접할 수 없을 정도로 강해진다면 그러지 않아도 될 것이다.

그러나 그 믿음은 어리석은 치기에 불과했다. 아무리 강해져도 그는 한 사람에 불과했고, 자신의 손이 닿지 않는 곳에서 일어나는 비극은 어찌할 도리가 없다.

"나는 눈앞의 적과 싸우는 일밖에 못해. 어떻게 하면 내가 걱정하는 일들을 막을 수 있을지도 잘 모르겠어."

그 점만은 시공 회귀 전이나 지금이나 변하지 않았다. 말하자면 루그는 잘 벼려진 한 자루 검과 같다. 그러나 검은 적을 베어버리는 데는 효과적일지 몰라도, 미래에 대비할 지혜를 발휘하지는 못한다.

"그래서……."

루그는 팔을 들어 메이즈의 머리를 끌어안으며 말했다.

"좋은 동료들을 만나서 다행이라고 생각해."

자신이 하지 못하는 일이라면 할 수 있는 동료에게 맡기면 된다. 혼자 싸우던 시절에는 그렇게 할 수 없었다. 하지만 지금은 그가 못하는 일을 해줄 든든한 동료들이 있었다.

"주인님……."

메이즈는 얼굴을 살짝 붉히며 눈을 감았다. 둘은 잠시 동안 그렇게 적막 속에서 평온을 구하고 있었다.

CHAPTER 52
가출 소녀

폭염의 용제

1

 지아볼은 드래코니안의 모습으로 블레이즈 원의 아지트를 거닐고 있었다. 불카누스의 거처로 들어가서 그곳에서 연구되고, 제조되는 무수한 아레크스의 육체 샘플을 구경하던 그의 시선이 봉인 구역 안쪽에 있는 불카누스의 육체로 향했다. 드래곤의 형태를 취한 불카누스의 육체는 그 정신을 먼 곳으로 보낸 채 잠들어 있었다.
 문득 그의 뒤쪽에서 뱀이 지면을 기는 소리가 났다.
 "음? 지아볼 공, 언제 돌아온 것이오?"
 그렇게 물은 것은 반인반사의 몸을 가진 나가 여성, 비요텐이었다.

불카누스의 본체를 관찰하고 있던 지아볼의 붉은 눈동자가 그녀를 돌아보았다.

"돌아온 건 아니오. 이건 또 다른 몸일 뿐."

"외유인가? 당신은 그 비술을 정말로 능수능란하게 다루는구려."

비요텐이 놀란 눈으로 그를 바라보았다. 그녀는 그 짤막한 설명만으로도 지아볼이 지금 이 순간 최소 두 개 이상의 육체를 동시에 조종하고 있음을 알아차린 것이다.

문득 비요텐이 말했다.

"다수의 육체를 동시에 조종하는 기술을 아레크스에게 적용시킬 수 있다면 무적의 존재가 될 수도 있을 텐데……."

"글쎄. 그의 정신은 너무 여리고 불안정하지. 다수의 육체를 동시에 조종하는 것은 그리 좋은 영향을 끼칠 것 같지 않소만."

"하긴 그럴지도 모르겠구려. 이번에도 깨어나는 데 시간이 걸리고 있으니……."

로멜라 왕국에서 사망한 아레크스의 정신은 이전보다 더욱 강화된 새로운 육체에 깃들었다. 그러나 육체와 정신의 동기화가 완벽하게 이루어졌음에도 아직 깨어나지 못하고 있었다.

비요텐이 물었다.

"왕께서는?"

"계획대로 움직이고 있소. 의외로 성실한 남자라니까. 그렇게 생각하지 않소?"

"그렇지 않았다면 백년 동안 한결같이 한 가지 목표만 추구할 수는 없었겠지요."

비요텐이 아레크스가 든 유리관을 쓰다듬으며 대답했다.

잠시 그녀를 지켜보던 지아볼이 물었다.

"당신은 그가 하는 일을 탐탁지 않아 하는군."

"…무슨 근거로 그렇게 말하는 거요?"

"후방지원에 전념하는 모습만 봐도 알 수 있소. 당신이 직접 나서서 싸운 적은 한 번도 없지."

그 말대로 비요텐은 직접 현장에 나서서 인간을 죽인 일이 없었다. 고작해야 아레크스를 데리고 다니면서 그를 돌본 정도다.

그녀는 철저하게 이곳에서 아레크스를 개량하고, 마법의 도구를 만들어 블레이즈 원의 일원들에게 쥐어주는 것에 전념했다. 물론 그것만으로도 블레이즈 원의 힘은 크게 상승했지만, 그녀 자신이 적극적으로 움직였다면 모든 일이 훨씬 빠르게 성사되었을 것이다.

지아볼이 물었다.

"인간이 좋은 거요?"

"난 작은 것들을 함부로 대하지 못하오."

나가는 남방에서는 인간들에게 신으로 숭상받았던 존재다. 천년간 인간에게 숭상받은 비요텐은 작고 연약한 그들을 사랑스럽다 여겼다. 그녀가 왕으로 인정한 불카누스의 뜻에 따라 움직이긴 하지만, 그의 비원에 동참할 수는 없어 이런 식으로 도피하고 있었다.

"그것도 좋겠지. 어찌할 방법이 없어서 피한다면, 그 또한 한 가지 방편이 아니겠소?"

알 수 없는 미소를 지으며 이야기한 지아볼은 봉인 공간 속으로 걸어 들어갔다. 잠들어 있는 불카누스의 본체를 바라보면서 말을 잇는다.

"이 세계는 이토록 아름답고, 모든 지성체는 그토록 추악하면서도 눈부시게 삶을 구가하고 있거늘, 그는 어째서 그들 모두를 증오하고 말살하고자 하는 것인지……."

"언젠가 왕은 자신의 이유를 깨달으실 것이오."

"확신하고 있구려. 근거가 있소?"

"왕에게 지배당하는 순간, 나는 그분이 위대한 예지를 품고 있음을 확신했소. 그렇기에 그분을 따른 것이오."

"그저 용제의 힘에 지배당했기 때문이 아니라?"

"왕께는 도저히 미치지 못하나 나 역시 적수를 만나지 못한 용제요. 적어도 왕을 따르지 않기로 결정하고 목숨을 끊을 수는 있었지. 벌써 천년도 넘게 살았으니 별로 미련도 없고 말이오."

"그건 거짓말이군."

지아볼이 미소 지었다. 검은 머리칼 아래 요사스러운 붉은 눈동자가 비요텐의 속을 꿰뚫어보는 듯했다.

"당신은 자신의 삶을 충분히 사랑하고 있어. 천년의 시간은 적어도 그 마음을 마모시키진 못한 것 같소."

"……."

"나는 당신보다도 훨씬 오래 살았지만, 아직 삶을 사랑하오. 내 고향은 숨쉬는 것조차 지옥처럼 고되었지만, 그렇기에 더욱 살아 있다는 사실을 감사하게 되지."

"당신의 정체는 무엇이오?"

비요텐이 눈살을 찌푸리며 물었다. 지금까지 어떤 존재도 그녀의 마음을 완전히 꿰뚫어보지 못했다. 심지어 레비아탄이었던 기즈누조차도. 그런데 지아볼은 마치 그녀의 마음을 담은 책을 들고 페이지를 넘겨보듯이 진심을 콕 집어 이야기하고 있었다.

지아볼이 되물었다.

"당신이 그를 따르는 진짜 이유가 무엇이오?"

"그분이 추구하는 목표의 끝에 진리가 있다고 여기기 때문이오."

"당신은 마치 신의 계시를 받는 인간처럼 말하는군."

"용제의 힘 때문이겠지. 왕의 힘과 내 힘이 공명하는 순간, 나는 그분의 밑바닥에 감히 나의 예지로는 측량할 수 없는 위대한 존재가 있다고 느꼈소."

"오로지 그 직감을 믿고 여기까지 왔단 말인가?"

지아볼은 피식 웃으며 날아올랐다. 허공에 뜬 그가 눈을 감고 있는 불카누스의 머리를 정면으로 바라보았다. 천천히 불카누스의 콧등을 쓰다듬는 그의 표정은 마치 사랑에 빠진 것 같았다.

그런 그의 뒷모습을 바라보며 비요텐이 말했다.

"당신이 대답할 차례요."

"마왕."

지아볼이 그녀를 돌아보며 미소 지었다. 소름끼칠 정도로 아름다운 미소였다.

"아득할 정도로 오래전부터, 그들은 나를 그렇게 불렀소."

비요텐은 그를 보며 잠시 동안 굳어 있었다. 불카누스의 머리에 기대어 있는 그의 그림자는 악마처럼 불길해 보였다.

2

꿈을 꾸었다.

자신이 아닌 타인의 기억을 방관자의 입장에서 바라보는 꿈을.

'아, 오랜만이군, 이거.'

루그는 꿈속에서 자신이 볼카르가 되어 압도적인 감각 정보를 받아들이고 있는 것을 발견하고도 놀라지 않았다. 요즘은 한동안 경험할 일이 없었지만, 이번에 전투 중에 볼카르와 정신감응을 강화했으니 한 번쯤 겪게 되리라 예상하고 있었다.

'이번에는 뭔 기억일까나?'

동시에 볼카르는 자신의 어떤 기억을 보고 있을지 걱정된다. 현재는 거의 모든 시간을 공유하는 볼카르라고 해도 그 이전의 과거가 들춰지는 건 그리 유쾌한 경험은 아니니까.

'뭐지?'

문득 루그는 장대한 어둠이 세상을 감싸안는 것을 알아차렸다.

지금까지 들여다보았던 꿈에 비해 시야가 넓다. 아득히 높은 곳에서 신처럼 세상을 굽어보며 헤아릴 수 없을 정도로 많은 변화가 일어나는 것을 관찰한다.

그 속에서 한줄기 여명이 어둠을 가르는 광경을 본다.

온통 어둠밖에 없는 세계 속에서 눈부신, 그리고 거대한 빛이 일어나 세상을 가득 채운다. 짙은 어둠 속에 묻혀 어떤 모습을 하고 있는지 알 수 없었던 세계는 비로소 자신의 모습을 알고 즐거워한다.

그러나 드러난 세계는 혼돈 그 자체였다. 거대한 공간이 확장되어 가면서 그 속에서 무수한 요소들이 뒤얽혀 격렬하게 흔들리고 있었다. 나무도, 물도, 바위도, 불도… 세계를 이루는 모든 것들이 자신의 자리를 몰라서 우왕좌왕한다.

그런 혼돈은 급속도로 정리되어 간다. 이 세계는 새로이 태어났지만 동시에 다른 세계의 동생이기도 한 세계. 그렇기에 신들은 별 어려움 없이 세계를 구성하는 요소들을 있어야 할 곳으로 배치하여 올바른 형상을 구축해 낸다.

세계가 완성되어 가는 과정은 환희로 가득 차 있었다. 천지만물, 삼라만상이 기쁨의 노래를 부른다. 태어나거라. 마침내 태어나 살아가거라!

그 속에서 슬퍼하는 존재는 단 하나뿐이었다.

갓 태어난 세계가 완성됨과 동시에 그곳에 파수꾼 역할을 하기 위해 떨어질 존재, 드래곤.

"몇 번을 시도해도 그 이전으로는 돌아갈 수 없어."

누군가의 목소리와 함께 눈을 뜬다. 방금 전까지 응시하던 창세의 광경과는 다른, 너무나도 적막한 공간 속에서 루그는 눈을 뜬다.

"어떤 수단을 써도 우리의 의식이 도달할 수 있는 시간은 창세의 순간까지. 볼카르, 너도 오래 전에 포기한 줄 알았는데 아직도 시도하고 있었던 거냐?"

어처구니없어하며 묻는 것은 푸른빛이 감도는 은색 털을 가진 늑대인간이었다. 늑대와 인간을 합쳐 놓은 것 같은 실루엣을 가진 늑대인간이 황색 눈동자로 그를 바라보고 있었다.

볼카르가 무심하게 대꾸했다.

"그러는 디르커스 너는 꽤나 할 일이 없나 보군. 남의 마법 실험을 방해하다니."

'또 디르커스냐?'

늑대인간의 정체를 알게 된 루그는 어이가 없었다. 어제 꿈을 통해 볼카르의 기억을 엿볼 때마다 디르커스라는 드래곤이

등장하고 있었다. 게다가 그의 모습은 볼 때마다 다른 종족의 것으로 바뀌어서 통일성이라곤 없었다.

디르커스가 말했다.

"그야 몇 번이고 연락을 시도했는데 대답이 없으니 그랬지. 뭘 하고 있나 했는데 시공 회귀를 시도하고 있었다니."

"이 세계의 특이점에 뭐가 있었는지 확인하고 싶었을 뿐이다."

"거긴 아무것도 없는 지점이잖아. 우리가 아직 이 세계에 떨어지기 전인데?"

"혹시 그 순간에는 찰나지만 존재하지 않을까 싶었다. 이전의 기억이."

"무리야. 우리의 의식과 기억은 창세 이후에 묶여 있으니까. 우리는 우리가 무엇이었는지는 알지만 구체적으로 그때의 기억을 갖는 것은 허락받지 못했다는 것을 너도 알잖아?"

"안다. 하지만 분명히 우리 중에는 희미하게나마 이전의 기억을 가진 자들이 있다. 아니, 실은 모두가 그렇지. 우리가 파수꾼으로서의 업을 수행하기 위해 받은 마법이라는 도구 자체가 이전의 기억에서 온 것이 아닌가?"

"그건 아직 가설이잖아. 신들이 이 영혼의 감옥 속에 마법을 안배해 둔 것인지, 아니면 사라진 우리의 기억 중에 마법이 있었던 것인지는 모르는 일이지. 볼카르 너는 그쪽을 지지하는구나."

가출 소녀 103

"가설을 지지하는 단계가 아니다. 확신이지."

"근거가 뭔데?"

"879번의 시공 회귀를 통해 수집한 정보를 통해 확신했다."

그 말에 루그는 깜짝 놀랐다. 879번의 시공 회귀라고? 자신이 볼카르와 함께 겪었던 시공 회귀가, 그 이전에 세 자릿수에 달할 정도로 많이 일어났던 일이란 말인가?

"우리는 이 세계에 떨어지는 순간부터 개체마다 가진 마법 지식이 서로 달랐다. 그렇기에 우리는 빈약한 교류를 통해서 서로 부족한 부분을 채우고 마법을 여기까지 발전시킬 수 있었지. 디르커스, 너는 분명 초기 1400년까지는 시공 회귀에 관련된 마법 지식이 없었다."

"정확히는 1432년 4개월째에 너와의 정보 교류를 통해서야 알았지. 그럼 넌 떨어지는 순간부터 이미 시공 회귀에 관련된 마법 지식을 갖고 있었나?"

"시공이 작동하는 방식에 대해서는 어렴풋이 그 근본을 알고 있었다. 그것을 이론화하고, 시공 회귀에 도달하기까지 그 정도의 시간이 걸린 것이지. 그리고 대신 나는 영혼과 의식에 대한 부분이 부족했다. 그 부분은 스포르카트와의 교류를 통해서 얻었지."

"그리고 나는 물질의 구성과 변화에 대해서 알고 있었지. 하지만 그건 마법에 곧바로 적용시킬 수 있는 지식은 아니었어. 우리가 마법이라는 공통된 형식의 기술을 정립할 수 있었던 것은 똑같이 드래곤이라는 종족이기 때문이라고 보는데?"

"너와 나를 같은 종족이라고 볼 수 있는가?"

드래곤은 성장하지 않고, 노쇠하지 않고, 잉태하지 않으며, 서로 유대감조차 없다. 이런 그들을 같은 종족으로 묶을 수 있는 것일까?

디르커스가 대답했다.

"그것이 드래곤이라는 종족의 특성일지도 모르지. 어쨌든 우리는 같은 기원과 같은 상실, 같은 집착을 가졌어. 그것만은 분명해. 뭐, 인간을 보면 알 수 있잖아. 전혀 다른 곳에서 태어나서, 수백 년 동안 서로의 존재조차 모르고 사는 인간들의 집단들 사이에서도 공통된 인식과 기술이 많이 발견되지."

"그 점은 우리도 마찬가지라는 건가? 그 의견은 부정할 수 없군."

"어쨌든 시공 회귀는 슬슬 그만두라고. 신들이 항의한 적도 한두 번이 아니고 이러다가 진짜 강림해서 직접 얼굴을 보는 사태가 일어날 수도 있어. 아니면 스노우화이트가 움직일 수도 있고. 우린 그들을 찾아갈 수도 없고, 찾아가고 싶지도 않지만 그들 입장은 다르니까."

"알겠다. 원하는 자료는 수집이 끝났으니⋯ 분석이 끝나고 나면 심상 공간에서 가상 세계를 구축하는 방법을 완성할 거다."

"그건 완성하게 되면 나한테도 공유해 줘. 나도 상응하는 연구 성과를 준비해 두지."

"알겠다."

"그럼 시공을 다시 건드려야겠는데… 시공 복원은 가능한 거야?"

"정보는 저장해 뒀다. 다만 한 번에 복원하다가는 문제가 생길 수 있으니 내 인식으로는 5년에 걸쳐 복원하도록 하지."

"정보를 나한테도 공유해 줘. 나도 도와주면 3년으로 단축시킬 수 있을 테니까."

"그러지."

볼카르는 순순히 자신이 마법으로 저장해 둔 시공의 정보를 디르커스에게 공유해 주었다.

그리고… 한번 창세 시점까지 되돌아간 시공이 다시 수천 년 후로 복원되기 시작하면서 꿈이 끝났다.

"…말도 안 돼."

잠에서 깨어난 루그가 어이없어하며 중얼거렸다.

지금까지 볼카르의 기억을 엿보면서, 그리고 스포르카트와의 만남을 통해서 드래곤들이 진짜 말도 안 되는 초월적인 존재라는 것은 절절하게 실감했었다. 하지만 이번에 본 것은 정말로 상상을 초월하다 못해 두려움으로 몸이 덜덜 떨릴 지경이었다.

〈무엇을 본 거지?〉

볼카르가 물었다.

드래곤이라는 존재에게 충분히 익숙해진 루그가 대체 뭘 보앉기에 이토록 두려움에 떨고 있는지 궁금했다.

루그가 심호흡을 통해 정신을 진정시킨 뒤 말했다.

"정확히 어느 시점인지는 모르겠는데… 네가 디르커스에게 879번의 시공 회귀를 했다고 말하고 있는 기억이었어."

이 사실을 불카누스의 곁에 있는 마왕 지아볼이 알았다면, 자신의 세계에서 관측한 것과 이 세계 내부의 시간이 그토록 많은 오차가 생긴 이유를 알고 무릎을 쳤으리라. 수천 년 전에 드래곤들이 시공 회귀를 반복하면서 엄청난 시간차가 누적되었던 것이다.

〈아아, 그때로군. 4천 년쯤 전의 일이다.〉

"어떻게 그럴 수가 있지? 볼카르, 너는… 아니, 너희 드래곤들은 시공 회귀를 그렇게 아무렇지도 않게 수백 번이나 저질렀던 거야?"

루그는 볼카르와 함께 22년의 시간을 거슬러 왔다. 아무리 드래곤이라고 해도 그런 일은 쉽게 해낼 수 없는 일이라고 생각해 왔다. 그런데 지금 본 볼카르의 기억은 그러한 생각을 송두리째 뒤흔드는 것이 아닌가?

〈그게 그렇게 놀라운 일인가? 나는 너와 함께 시공 회귀를 했다. 그렇다면 그 이전에 이미 그 마법이 완성되어 있는 것은 당연하지 않은가?〉

"그렇긴 하지만… 아무리 그래도 시공 회귀가 그렇게 쉽게 가능한 거였다니. 그러면 지금 이 순간에도, 그리고 내가 모르는 동안에도 내 인생이 몇 번이나 되돌려졌을지도, 그리고 뒤틀렸을지도 모른다는 거잖아?"

시공 회귀의 주체가 되어 살아가면서, 루그는 홀로 다른 시간을 살아가는 이방인 같은 고독을 느껴야만 했다. 지금은 그 진실을 공유하는 이들이 늘어나서 정신적으로 여유가 생겼지만, 예전에 살아갔던 시간을 영원히 상실하고 말았다는 아픔이 사라지는 것은 아니다.

그런데 자신에게도 똑같은 일이 일어났다면?

그것은 기억을 조작당하는 것과 비슷한 공포다. 자신이 타인에게 저지를 때는 필요를 우선하며 그 행위를 합리화할 수 있겠지만, 자신이 당할 것을 생각하면 견딜 수 없는 공포로 다가온다.

볼카르가 말했다.

〈그런 걱정은 할 필요 없다. 시공 회귀는 최근 2천 년간은 너와 내가 한 것 외에는 한 번도 일어나지 않았다.〉

"확실한 거야?"

〈확실하다. 왜냐하면 신들이 시공 회귀에 엄청난 거부감을 보이기 때문이다. 초기 273번의 시공 회귀가 일어난 이후 신들은 우리에게 직접적으로 경고를 해 왔고, 그 후로 우리는 시공 회귀를 할 때는 시공 복원을 염두에 두고 그 시점을 저장해 왔다.〉

"네 꿈에서도 그런 이야기가 있었어. 시공 복원이라는 건…

그러니까 시공 회귀 전으로 단번에 복원이 가능한 거야?"

〈가능하다. 세계 전체의 정보를 저장해 두고 있다가 복원시키는 방식이지. 하지만 이 방법조차도 하지 말라는 경고가 날아온 데다가, 우리도 어느 순간부터는 더 이상 시공 회귀를 필요로 하지 않게 되었기 때문에 꽤 오랫동안 묻혀 있던 주문이다.〉

"시공 회귀가 필요한 이유라는 게 뭔데?"

루그가 눈살을 찌푸렸다. 자신과 볼카르가 시공 회귀를 했을 때처럼 아주 특수한 경우가 아니라면, 어떤 존재에게든 집착하는 일이 없다는 드래곤들이 시간을 되돌릴 필요성을 느끼는 경우가 뭘지 궁금했다. 인간이 그런 힘을 갖는다면 죽음을 피하기 위해서, 실패를 되돌리기 위해서 몇 번이고 시공 회귀를 하겠지만 드래곤들은 다르지 않은가?

〈내가 시공 회귀를 시작한 것은… 창세 이전으로 돌아가기 위해서다.〉

"창세 이전?"

그러고 보니 꿈속에서도 그런 이야기가 있었다. 볼카르가 말을 이었다.

〈전에 말했다시피 우리는 드래곤이 되기 이전의 기억이 없다. 그래서 그 이전의 기억을 확인하기 위해 시공 회귀 주문을 만들었고, 수백 번에 걸쳐 조금씩 변화를 줘가면서 창세 이전으로 돌아가고자 시도했지. 물론 결과는 전부 실패였다. 우리에게 걸린 제약은 창세 이전으로 돌아가는 것을 허락지 않았

고, 우리는 아직까지도 기억을 되찾지 못했지.〉

"그랬던 건가······."

루그는 혀를 내둘렀다. 누가 드래곤 아니랄까 봐, 잃어버린 기억을 되찾겠다고 수천 년의 역사를 엎어버리다니 너무나도 터무니없지 않은가?

〈네가 본 기억이 사실상 천년 이상의 시간을 되돌린 마지막 시공 회귀고, 그 후로는 고작해야 몇 분에서 수십 년 단위의 시간이 되돌려졌을 뿐이다. 예를 들면 마족의 침입을 허용했을 때라던가.〉

"너희들은 마족을 압도하고 있는데 굳이 시간을 되돌리기까지 해야 하나?"

〈그건 네 착각이다. 넌 아직 마족에 대해서 아는 게 별로 없으니 그런 이야기를 할 수 있는데… 우리가 모든 마족을 압도한 것은 비교적 최근의 일이다. 고작해야 1,300년 정도?〉

"정말이야?"

루그가 믿을 수 없다는 듯 물었다. 볼카르가 피식 웃었다.

〈네가 내 기억을 통해 본 마족이 마왕 지아볼이 통솔하는 세력뿐이었기 때문에 그렇게 생각하나 본데… 마족 중에서는 지금의 우리조차도 방심할 수 없는 놈들이 꽤 된다. 초기에 아직 우리의 힘이 부족했을 때는 용족들의 도움이 없으면 도저히 그들을 상대할 수 없을 정도였지.〉

그래서 드래곤들은 무수한 용족들을 만들어내어 자신들의

병사로 썼다.

 하지만 시간이 흘러 차원의 균열이 점차 안정되어 가고, 드래곤의 마법이 점입가경으로 발전하면서 용족들의 필요성은 점점 줄어들었다. 그래서 레비아탄 같은 특수한 존재를 제외하면 용족들조차도 마족의 존재를 신화의 일부로 기억하게 된 것이다.

 루그가 물었다.

 "잠깐. 그러면… 지금도 드래곤들은 시공을 복원하는 게 가능하단 소리 아냐? 우리가 시공 회귀하기 전으로?"

 〈그렇기야 하다.〉

 "그럼 위험하잖아? 지금까지 해온 일들이 다 물거품이 될 수도 있고……."

 루그는 그 가능성을 떠올리는 순간, 등골이 오싹해졌다. 드래곤 중 하나가 마음만 먹으면 지금까지 해온 일들은 죄다 없었던 일이 되고, 모든 것이 실패한 채 끝나 버렸던 비극의 미래로 되돌려질 수도 있다는 것 아닌가?

 〈가능성이 아주 없진 않지만, 아마 절대 그런 일이 벌어지지 않을 거다.〉

 "어떻게 확신해?"

 〈일단 시공 복원을 위해서는 시공 회귀 전에 세계 전체의 정보를 저장해 둬야 한다. 이 정보량은 대단히 막대하기 때문에 드래곤들도 이것을 실시간으로 저장해 두진 않지. 내가 시공 회귀를 한 것은 드래곤들 중 누구에게도 예고되지 않은 것

이었고, 나 자신도 시공 복원을 염두에 두지 않았다.〉

"음……."

〈두 번째는 그들이 우리를 지켜보기로 협정을 맺었다는 점이다. 그동안 생각해 보니, 그건 아무래도 불카누스가 그들 입장에서 도저히 손댈 수 없는 존재이기 때문인 것 같다.〉

"불카누스에게 손을 댈 수 없다고? 그게 무슨 소리야? 드래곤들이 훨씬 강하잖아?"

루그의 입장에서 보면 불카누스와 블레이즈 원은 재앙이라고 할 만한 존재다. 하지만 드래곤의 입장에서 보면 그들은 언제든지 짓밟아 버릴 수 있는 미약한 존재에 불과할 것이다.

〈그것과는 다르다. 이건 이야기를 안 해줬던가? 우리는 신과 다른 드래곤의 정보만은 손을 댈 수가 없다.〉

"뭐?"

〈맹약 때문이지. 그렇기 때문에 나는 심상 공간에서 무엇이든 재현할 수 있지만, 신과 다른 드래곤은 재현할 수 없다. 그런 상황에서 불카누스라는, 전혀 예상치 못한 가능성이 튀어나왔는데 그들이 시공을 복원할 것 같은가? 그저 지켜보는 수밖에 없는 것이다.〉

"그런 거군."

그 말에 루그도 볼카르의 추측에 동의할 수 있었다.

수천 년 동안 추구해 왔던, 잃어버린 기억을 되찾기 위한 유일한 실마리.

모든 것을 조종하고 재현할 수 있는 그들이 손댈 수 없는 존재에게서 그런 가능성이 싹텄다면… 그저 지켜보는 수밖에 없을 것이다. 섣불리 손을 댔다간 모든 것을 망쳐 버릴 수도 있으니까.

〈네가 무엇을 걱정하는지 안다, 루그. 하지만 이 일에 대해서는 나를 믿어라. 시공 회귀도, 시공 복원도 일어나지 않을 것이다. 그리고 만약 모든 일이 끝나고, 우리가 승리한다면… 다른 드래곤이 네 삶에 영향을 끼치는 시공 회귀를 일으키려고 할 경우 내가 반드시 막아주겠다.〉

"그거 믿음직한데. 네가 그렇게 약속한다면 믿어도 되겠지?"

〈물론이다.〉

볼카르는 자신있게 대답했다.

3

"오오, 마스터! 이건 정말 대단하오! 멋져! 훌륭해!"

알더튼은 루그가 갖다준 물건을 들고 호들갑을 떨었다. 그것은 중심부에서 희미한 빛을 발하는, 사람 몸통만 한 사각 유리판이었다.

루그가 한마디 했다.

"그러다 떨어뜨려서 깨질라."

"에이, 농담도. 이게 고작 그 정도로 깨질 리가 없잖소? 보시오."

"그런다고 집어던지면 어떡해!"

알더튼이 벽에다 유리판을 집어던지는 걸 본 루그가 버럭 소리를 질렀다. 하지만 벽에 튕겼다가 땅에 떨어졌는데도 유리판은 전혀 손상되지 않았다.

알더튼은 그걸 다시 주워 들고 노란 파충류의 눈을 어린애처럼 반짝반짝 빛냈다.

"대륙 어디서든 실시간으로 통신이 가능한 마법 도구라니! 캬아, 정말 끝내주는구려. 이런 걸 손에 넣고 써볼 수 있다니, 난 마스터의 노예가 되어서 정말 행복하오!"

"…왠지 뉘앙스가 참 미묘한데 그거."

루그가 투덜거렸다. 그러자 그 옆에 있던 이가 깔깔거렸다.

"참 유쾌한 놈을 노예로 삼았구려."

"유쾌하긴. 불쾌해. 여기 와서 한 일 중에 제일 후회되는 일이라고."

"하하하! 우리 마스터께서는 솔직하지 못한 분이시지! 너무 그렇게 까칠하게 애정 표현을 하시지 않아도 나는 충심으로 모실 것이오."

"그만 안 할래?"

"이크크. 아, 전설의 드워프 장인을 만나 뵙게 되어서 영광이오. 난 마스터의 충실한 노예, 청춘의 희망을 저 듬직한 어깨에 맡긴 알더튼이라고 하오."

알더튼이 과장스럽게 고개를 숙이며 인사한 것은 천사처럼 귀여운 사내아이의 모습을 한 드워프, 워즈니악이었다. 죽 라나의 숲에 머무르고 있던 그는 그동안 만든 장비도 전해줄 겸, 루그에게서 라나의 생일선물도 받아서 배달해 줄 겸 로멜라 왕국으로 찾아왔던 것이다.

워즈니악이 고개를 갸웃했다.

"노예인 건 알겠는데 청춘의 희망 어쩌구 하는 건 뭔 소린가?"

"그런 게 있다오. 우리 마스터는 내 사랑의 천사님이시지."

루그를 향해 눈을 찡긋하는 알더튼을 본 워즈니악이 조심스럽게 물었다.

"혹시 둘이 사귀나?"

"…아, 진짜 나 알더튼 네가 계속 떠들게 됐다간 정신이 이상해질 것 같아. 그냥 입 다물래, 아니면 맞고 입 다물래?"

루그가 으르렁거리자 알더튼이 킥킥 웃으면서 물러났다. 루그에게 지배받은 지 얼마 되지도 않았는데 이리도 뻔뻔하게 속을 긁어대니 정말로 앞으로가 두려울 정도였다.

한숨을 쉰 루그가 워즈니악에게 물었다.

"저 통신 도구는 양산도 가능한 거야?"

"이미 충분한 물량을 확보해 두었소. 루그 당신이 갖고 있을 것은 일단 간이 계약을 맺고 아공간에 넣어두면 연락이 왔을

시 알려주기도 하지."

"그럼 여기 왕궁에도 한 세 개쯤 둬야겠군. 아쿠아 비타의 총본부가 될 테니……."

사각 유리판은 루그가 이전에 리누스와 워즈니악에게 주문했던 실시간 통신 장치였다. 시간이 꽤 걸리긴 했지만 결국 그들은 루그가 원하는 대로 언제 어디서나 실시간 통신이 가능한 마법 도구를 만들어내고 말았던 것이다.

문득 루그가 물었다.

"아, 이거 지금도 쓸 수 있나?"

"물론이오. 일단 거치대에 놓고 옆을 가볍게 두드리시오."

루그가 그 말에 따르자 사각 유리판의 전면이 검게 물들었다. 그리고 그 속에 녹색 동그라미가 떠올랐다.

워즈니악이 말했다.

"잠금 상태니까 저걸 눌러서 옆으로 밀어서 풀면 되오."

"밀어서 잠금해제를 한다고?"

"밀어서 잠금해제? 그렇게 표현하니 직관적이고 괜찮군. 앞으론 그렇게 말해야겠어."

워즈니악은 손가락으로 녹색 동그라미를 쿡 찍더니 옆으로 죽 밀어서 당겼다. 그러자 검은 화면이 사라지며 대신 화면에 물음표가 떠올랐다. 루그의 눈이 휘둥그레졌다.

"신기하게 만들었네."

"후후. 기왕이면 사용자 친화적 인터페이스를 갖추는 편이 좋지 않겠소? 이 물음표는 이 통신 단말기의 이름을 설정하라는 뜻이오. 대륙 여기저기에서 서로 통신해야 할 테니 이름을 정해둬야 서로의 위치를 알 수 있지. 여긴 일단 로멜라 왕궁 1이라고 설정하겠소. 어떻게 설정하는지 봐두시오."

워즈니악이 통신 단말기의 이름을 설정한 뒤, 그 밑으로 줄지어 나타난 여백 속에 유일하게 존재하는 이름을 가리켰다. 줄의 한쪽을 차지한 그림은 라나의 숲 정경을 기록한 정지화상이었고, 그 옆에는 '라나'라고 써 있었다.

"이걸 꾹 누르면 바로 통신 요청이 될 거요."

"그, 그렇단 말이지?"

루그는 긴장하면서 조심스럽게 손을 들어서 정지화상이 있는 부분을 눌렀다. 그러자 유리판이 부르르 떨리더니, 화면 속에서 삐리리리― 삐리리리― 하는 소리가 울리기 시작했다. 루그가 화들짝 놀라서 물었다.

"어? 뭐야? 이거 괜찮은 거야?"

"아, 신호가 가는 중이니 놀랄 것 없소."

"신호라니?"

"저쪽 통신 단말기에 통신을 할 사람이 와서 신호를 받아야만 통신이 되는 구조요. 저쪽에서는 이 소리가 좀 더 크게 울리고 있을… 아, 음악으로 설정해 뒀던가? 리루 양의 아름다운 노랫소리가 울려 퍼지고 있겠군. 소리 설정하는 법은 좀 이따가 알려 드리리다."

가출 소녀 117

잠시 후, 소리가 멈추면서 화면이 밝아졌다. 그리고 눈을 휘둥그레 뜬 라나의 모습이 나타났다.

"어, 라나?"

"루그?"

화면에 비춰지는 라나의 모습은 선명하기 이를 데 없었다. 한순간 바로 눈앞에 라나가 있다고 착각했을 정도로.

"라나, 오랜만이에요. 잘 있었어요?"

"으응. 루그는?"

라나는 좀 부끄러워하면서 물었다. 슬쩍 화면 밖으로 나가서 머리를 만지작거리는 것이, 뭔가 작업을 하다가 부스스한 모습 그대로 온 모양이다.

"저도 잘 있었어요."

루그는 신기해하면서 라나를 바라보았다.

이렇게 먼 거리에서 실시간으로 그녀와 이야기하고 있다는 사실 때문만은 아니다. 수줍어하면서 자신을 바라보는 그녀의 모습이 마지막으로 봤을 때보다 훨씬 성숙한 것처럼 보였기 때문이다.

'세 달도 안 지났는데.'

라나의 숲을 떠나 이곳으로 온 지 불과 세 달도 지나지 않았다. 그런데 그동안 라나는 많이 자란 것 같았다.

물론 라나는 아직도 어린 소녀에 불과하고, 루그가 기억하는 과거의 성숙한 그녀와 닮으려면 몇 년은 더 자라야 할 것이다. 하지만 조금이나마 눈에 띄게 성장한 라나의 모습을 보고 있노라니 가슴 한구석이 간질거린다.

'어쩜 이리 귀엽담.'

예전에는 딸 가진 아빠나 나이차 많이 나는 여동생을 가진 오빠들이 보이는 주책 맞은 태도를 이해하지 못했다. 하지만 시공 회귀 후 라나를 만난 후로는 그들의 마음을 절절하게 알 수 있을 것 같다.

"루그?"

한동안 루그가 말없이 자신을 바라보고만 있자 라나가 고개를 갸웃거렸다. 루그는 퍼뜩 정신을 차리고 헛기침을 했다.

"흠흠. 아, 이거 정말 멋진데요. 이제 언제라도 만날 수 있겠네요."

"응. 정말 그러네."

라나가 배시시 웃어 보였다. 예전에는 상상할 수 없을 정도로 밝은 미소였다.

루그가 미안한 표정으로 말했다.

"이번 생일에는 못 가보게 되어서 미안해요."

"아니야. 루그가 중요한 일을 하고 있다는 걸 알아. 마음 써주는 것만으로도 기뻐."

그 말에 루그는 가슴 한구석에서 뭔가 울컥 치솟는 걸 느꼈다.

'아, 어쩌면 이렇게 사려 깊은 말을 할 줄 알게 됐지?'

그동안 진짜 많이 어른스러워진 것 같다. 예전에는 오랫동안 곁에 있던 사람에게 어리광 부릴 줄만 알고, 자신에게 지워진 운명을 참아 넘기려고 안간힘을 쓰던 어린애였는데… 이제는 사람을 똑바로 바라보면서 웃을 수 있는 그런 소녀로 자라나고 있었다.

하지만 그것은 루그가 기억하고 있는 라나 아룬데의 미소와는 너무 다르다.

"루그."

어딘가 서글픈 그늘이 있었던 미소를 지으며 자신을 불러주던 여성은 이제 없다.

이대로 시간이 지나면 라나는 아름다운 여성으로 성장하리라. 루그가 기억하는 것과 똑같은 모습으로, 하지만 그때보다 훨씬 밝게 미소 지으며 자유롭게 세상을 활보할 수 있는 그런 여성으로…….

그리고 그것이 루그의 추억 속에 살아 있는 라나 아룬데의 진정한 죽음이 되리라.

"사람은 자신을 기억해 주는 사람이 있는 한, 영원히 살아가는 거야."

예전, 칼리아가 그런 이야기를 해주었던 적이 있었다.

인간은 죽음을 두려워하기에 이름을 남기고 싶어한다. 자신의 이름이 세세토록 남아 불려져 생명을 얻기를 바란다.

지금은 사라져 버린 시간을 살아간 라나와 칼리아를 기억하는 것은 오직 루그뿐이었다. 그리고 현재의 그녀들이 루그가 기억하는 것과는 전혀 다른 시간을 살아가 행복한 미래에 도달한다면, 그것은 루그의 바람이면서 동시에 가장 큰 슬픔이 될 것이다.

4

장비들을 전해준 워즈니악은 곧바로 돌아가지 않고 며칠간 라무니아에 머물렀다. 한 번 죽었다 재생되기 전의 시간까지 합하면 인간 역사 전부와 필적할 정도로 오래 살아온 그는, 이 도시가 막 개축할 당시에 와본 적이 있었다고 한다.

"그때는 용족들이 잔뜩 관여해서 도대체 어떤 결과물이 나올까 싶었는데 상당히 훌륭한 도시를 만들었군. 문명의 정수라고 할 수 있는 도시가 이렇게 파괴되다니……."

대낮이라 어린 소년의 모습을 한 그는 파괴된 시가지를 둘러보며 안타까워했다. 루그가 말했다.

"아무리 공들여서 도시를 만들고 방어 시스템을 구축해도 한계가 있어. 이번에 샤디카가 쓴 우회책은 솔직히 현재 구축할 수 있는 시스템으로는 막을 수가 없는 방법이었지."

샤디카가 어떤 수단을 써서 키메라와 스피릿 비스트들을 도시 안으로 들여보냈는지는 볼카르에게 들었다. 그런 방법을 쓰면 아무리 방어 시스템을 잘 구축해도 막을 수가 없다. 기본적으로 라무니아는 인구가 20만을 넘는 도시고, 국가의 중추인지라 유동인구만 해도 엄청난 것이다. 그 속에 섞여서 인간으로 위장한 존재를 들여보내서 작업하는 걸 무슨 수로 잡아낼 것인가?

그리고 일단 자신이 통제할 말을 들여보내기만 하면, 블레이즈 원의 상위 용족 간부쯤 되는 존재라면 누구나 끔찍한 피해를 초래할 수 있다. 드넓은 도시를 안전하게 보호하려는 쪽보다는 무차별 파괴를 일으키려는 쪽이 목적을 달성하기 쉬운 게 당연하니까.

문득 워즈니악이 말했다.

"하지만 이런 도시를 재건하는 일이라면 데니스가 관심을 가질 수도 있겠군."

"데니스?"

데니스라면 일곱 명의 드워프 장인 중에 건축 기술과 결계 구축법을 융합해서 마법적인 효과를 발휘하는 시설을 만드는 방법을 개발한 존재다. 즉, 라무니아의 모든 시설이 데니스가 만든 방법에 기반하고 있다고 해도 과언은 아니었다.

워즈니악이 말했다.

"지금은 남방에 가 있소. 그쪽 왕이랑 이야기해서 무슨 피라

미드인가 하는 외계와 소통하는 건축물을 만들겠다고 하던데……"

"뭐야, 그건?"

"나도 잘 모르겠소. 때때로 좀 이상한 일을 벌이는 녀석이라. 예체넨 평원이라고 아오?"

"거기? 그러니까… '그림 그리는 탑'들이 있는 곳 말하는 거지?"

대륙 서부에는 수수께끼의 탑들이 조금씩 땅 위를 움직이면서 거대한 그림을 그리는 이상한 지역이 있었다. 그 그림은 너무 커서 땅에서는 도저히 그 형상을 알아볼 수 없고, 높은 상공으로 올라가서 보면 마치 거대한 마법진처럼 보이는 패턴을 관찰할 수 있다고 한다. 그것은 대략 10년에 걸쳐 그려졌다가, 일정한 주기로 폭풍이 몰려와서 싹 지워지고 다시 그려지는 일이 끊임없이 반복되고 있다.

이런 말도 안 되는 상황이 벌어지는 곳이 바로 예체넨 평원이다. 이것이 신의 기적인지, 아니면 드래곤이 만든 실험대인지 마법사들 사이에서 논쟁이 천 년 이상 지속되고 있었다.

워즈니악이 말했다.

"그게 바로 녀석의 작품이오."

"데니스가 만든 거라고?"

"그렇소. 3천 년 전쯤이었나? 여신께서 창세에 대한 말씀을 해주시니 그때부터 외계와 교신하려면 개인의 마법으론 부족하다면서 이상한 건축물들을 많이 만들기 시작했지. 그 기술을 리누스가 해석해서 오픈 소스 주의에 의거해 퍼뜨린 게 마법 건축의 시조가 되었고."

"……."

아무래도 데니스라는 드워프도 상당히 이상한 성격의 소유자인 것 같았다. 그때 볼카르가 혀를 찼다.

〈외계와 교신을 하려면 좀 더 간단한 방법이 있는데 왜 굳이 그런 삽질을…….〉

—어떤 방법인데?

〈그냥 원하는 정보를 초차원 도약시키는 방법으로 교신할 수 있다. 물론 그 정보를 전달할 외계의 존재를 명확히 포착하고 있어야 한다는 게 문제인데, 사실 우리 세계는 차원의 균열 때문에 '마족'이라고 통칭되는 여러 지성체들에게 노출이 되어 있기 때문에 그게 별로 어렵진 않지.〉

—…아니, 그건 전혀 간단한 게 아니잖아.

볼카르는 '참 쉽지?' 하고 말하고 있었지만 루그가 보기에는 대략 정신이 아득해질 정도로 고차원적인 방법이었다. 그 방법을 워즈니악에게 말하자 그가 눈살을 찌푸렸다.

"정보를 초차원 도약시킨다니, 이쪽은 애당초 초차원 도약의 개념도 아직 못 잡고 있는데 무슨 소릴."

〈수준 낮은 난쟁이들 같으니.〉

볼카르가 승리자의 미소를 지으며 잘난 척을 했다. 물론 루그는 싹 무시하고 워즈니악에게 전달하지 않았다.

워즈니악이 말했다.

"여기 왕실에서 허가한다면 데니스를 불러서 이 일을 돕게 하고 싶은데 어떻게 생각하오?"

"아, 그렇게 해주면 나야 고맙지. 근데 들어보니 성격이 이상한 것 같은데 오려고 할까?"

"이 정도 규모의 일이면 관심을 가질 거요. 도시의 피해가 워낙 커서 자기가 원하는 대로 재건축할 수 있는 부분이 많다는 것도 흥미로울 거고……."

"그럼 부탁해. 왕실은 내가 설득할게."

루그는 칼리아를 통해서 이야기하면 될 거라고 확신했다. 로멜라 왕실 입장에서도 거부할 이유가 없는 제안이다.

"알겠소. 바로 연락해 보지."

워즈니악은 그렇게 말하곤 손님용 거처로 돌아갔다.

그를 혼자 보내고 시가지를 거닐며 재건 작업 등을 도와주던 루그는 문득 상점가 쪽에 도착했다. 샤디카가 습격해 온 날, 메이즈와 다르칸과 함께 라나의 선물을 사러 오려고 했던 구역이었다.

"아……."

무너진 건물 아래로 흙에 더럽혀지고 망가진 공예품들이 보인다. 루그는 그 중 머리에 다는 꽃 장식을 하나 주워 들고는 마법을 써서 깨끗하게 닦아보았다.

"……."

 그날 이후 정신없이 바쁘긴 했어도 라나의 선물은 제대로 준비해서 워즈니악에게 맡겨두었고, 라나의 생일이었던 어제는 실시간 통신용 수정판을 통해서 생일 파티에 얼굴을 내밀고 축하의 말도 건넸다.

 하지만 원래 이곳에서 선물을 고르려고 했던 시간을 생각하니 가슴이 아프다. 루그는 예전의 활기차고 아름다운 라무니아를 떠올리며 쓴웃음을 지었다.

 그렇게 거리를 거닐고 있을 때였다. 한쪽에서 익숙한 목소리가 들렸다.

 "그만 따라오라고 했잖아요!"

 "음? 바리엔 양인가?"

 두 블럭쯤 떨어진 곳에서 울려 퍼진 목소리였지만 익숙한 목소리다 보니 쉽게 인지할 수 있었다. 루그는 훌쩍 뛰어 건물들 위로 올라서서 소리가 들려온 곳으로 가보았다.

 다른 곳에 비하면 비교적 상태가 양호해 보이는 구역에 사람들이 잔뜩 몰려들어 있었다. 그리고 그 한가운데 바리엔과 한 남자가 실랑이를 벌이고 있는 게 보였다.

 '뭐지?'

 잘 보니 바리엔의 주변에는 그녀 가문의 도장 사람들이, 그리고 남자의 주변에도 똑같은 옷을 갖춰 입은 남자들이 잔뜩 있었다. 언뜻 보면 도장끼리 시비라도 붙은 것처럼 보이지만…….

"몇 번이나 거절했잖아요. 더 이상 쫓아다니지 말아달라고 했을 텐데요?"

바리엔이 남자를 노려보며 으르렁거렸다. 금발을 찰랑거리는 남자는 30대 초반 정도로 보이는 잘 생긴 얼굴의 소유자였는데, 느끼한 미소를 지은 채 바리엔에게 달라붙으려고 하고 있었다.

"오, 바리엔 양, 그리 매정하게 대하지 말아주시오. 당신에 대한 내 마음은 진심이란 말이오."

"전 당신한테 관심없거든요? 다른 데 가서 나이랑 취향이 맞는 분을 찾아보세요."

"당신이 나를 그 폐허 속에서 구해준 이후로, 내 눈에는 당신 외의 여성은 보이지도 않는다오."

"거기가 아마 윤락가 술집이었던 것 같은데, 대낮부터 그런 곳에서 술 취해서 뻗어 계시던 분께서 그런 말씀을 하시니 참……."

바리엔이 눈을 부라렸다. 멀찍이서 보고 있던 루그가 휘파람을 불었다.

'저러니까 옛날 생각 나는데?'

지금의 바리엔은 예전에 비하면 인상이 훨씬 온순한 편이다. 하지만 있는 대로 경멸을 드러내며 눈을 치켜뜨니 예전과 비슷한 박력이 있었다.

어쨌든 둘이 한참 동안 옥신각신하던 것을 지켜보던 루그는 슬슬 지루해졌다. 바리엔이 뭔 말을 하든 남자가 능글맞게 받

가출 소녀

으면서 똑같은 화제가 반복되고 있었기 때문이다.

"저놈 진짜 끈질기네. 나잇살 처먹은 놈이 한참 어린 소녀한테 뭔 수작이야?"

〈왠지 네가 할 소리는 아닌 것 같다만.〉

"뭐? 어, 어째서?"

볼카르의 한마디에 루그는 자기도 모르게 말을 더듬었다. 볼카르가 능글맞게 웃으며 슬쩍 말을 흐렸다.

〈그냥 그렇다는 말이다. 흠흠. 뭐 딱히 네가 나잇살 처먹고 새파랗게 어린 여자애를 어떻게 해보려는 그런 놈이라는 건 아니고.〉

"그거 무슨 뜻이야? 야, 확실하게 말하라고. 내가 언제 그랬어?"

〈어허, 가슴에 손을 얹고 과거 행적을 되새겨 봤을 때 한점 부끄러움이 없다면 그걸로 된 거 아니겠나? 라나라던가 리루라던가 칼리아라던가 하는 이름이 떠오르는 것 같기도 하지만 착각이겠지.〉

"……"

그때 군중들 중 한 소년이 지붕 위에 올라서 있던 루그를 발견했다.

"앗, 용제님이다!"

"이런."

조금 전까지는 일부러 기척을 죽이고 숨어 있었는데, 이제 슬슬 내려가서 사람들 사이로 섞여들어야겠다고 생각하는 순간 발견된 것이다. 두 남녀의 실랑이에 정신이 팔려 있던 사람들의 주의가 단번에 루그에게 쏠렸다.

루그는 자연스럽게 사람들 사이를 헤치고 바리엔에게 다가와서 말을 걸었다.

"아, 바리엔 양. 약속 시간이 되어도 오지 않길래……."

"네?"

눈을 휘둥그레 뜨고 묻는 바리엔의 반응에 루그는 속으로 혀를 찼다. 기껏 도와주려고 말을 걸었건만, 이런 때는 척 하면 착 하고 알아듣고 손발을 맞춰줘야 할 텐데 그녀는 그런 임기응변과는 좀 거리가 먼 것 같다.

'하긴 옛날에도 고지식했었지.'

너무 고지식해서 엄격하기 그지없는 자기 기준으로 칼리아의 안전이 확실하게 확보된 상황이 아니면 밤잠조차 설치면서 그 주변을 지키곤 했다. 루그는 물밀듯이 밀려오는 추억을 떨쳐 내면서 능청스럽게 말했다.

"광장 앞에서 보기로 했었잖아요. 많이 찾아다녔어요. 그런데 무슨 일이지요?"

─말 좀 맞춰줘요. 저 남자 상대하기 슬슬 지겹지 않아요?

루그가 트랜스 메시지를 사용해서 말하자 그제야 바리엔은 그의 의도를 알고 어색한 표정을 지었다.

"아… 그, 그러니까 그게 말이죠."

가출 소녀 129

"이분 때문에 그런 건가요?"

루그가 남자를 슥 돌아보았다. 그러자 남자와 그가 데리고 온 이들이 흠칫했다.

제법 권세가 있는 집안의 자제 같지만 감히 집안을 내세우거나 강한 태도로 나올 엄두를 내지 못한다. 현재 루그는 라무니아의 모든 사람들이 신분고하, 남녀노소를 막론하고 열광하는 영웅이었고, 인간을 초월한 그의 무위는 온 나라를 쩌렁쩌렁 울리고 있었으니까. 아무리 방탕하게 살았다고 해도 루그에 대해서 모른다면 그야말로 간첩이라고 할 수 있겠다.

루그가 정중하게 물었다.

"제가 바리엔 양이랑 선약이 있어서 그런데, 혹시 급한 볼일이십니까?"

"아, 아닙니다. 지극히 개인적인 일일 뿐이지요."

남자가 헛기침을 하며 말했다. 루그가 빙긋 미소 지으며 대꾸했다.

"그럼 제가 바리엔 양을 데려가도 되겠군요. 실례하겠습니다."

"아, 네."

남자는 뭐라고 제대로 말하지도 못하고 루그와 바리엔을 보내주었다. 사람들 사이를 벗어난 루그와 바리엔은 한창 인부들이 복원 작업 중인 거리를 걸었다.

잠시 후, 바리엔이 한숨 섞인 목소리로 말했다.

"감사합니다."

"뭘요. 실례가 되지 않는다면 무슨 일인지 들려주실 수 있을까요?"

"아, 별건 아니고… 그냥 그 남자가 저한테 청혼을 해서……."

"청혼?"

루그가 깜짝 놀라서 물었다. 그냥 사귀자거나 친구로 시작하자거나 그런 것도 아니고 대뜸 청혼을 해왔단 말인가?

바리엔이 얼굴을 새빨갛게 붉히며 고개를 끄덕였다.

"며칠 전에 저랑 에리체가 그 사람을 구해줬거든요."

"그때… 말인가요?"

루그가 조심스럽게 물었다. 당연히 샤디카가 왕도를 파괴한 바로 그날을 가리키는 말이다. 바리엔이 대답했다.

"네. 그날, 에리체랑 적들을 청소하면서 생존자들을 발견해 구출하다가 저 남자를 구해줬어요. 대낮인데도 고주망태가 되도록 술을 퍼마시고는 반쯤 무너진 술집 한구석에 처박혀 있더라고요."

그는 바리엔의 아버지인 라한드리가 백작과 젊은 시절부터 막역한 사이인 라조스 후작의 장남이었다. 참고로 나이는 서른다섯 살이고 아직까지 독신이며, 신분이 낮은 여자들을 상대로 난봉꾼 노릇을 하고 있는 걸로 유명하단다.

"다들 시름에 잠겨 있는데 혼자 신이 나서는……."

가출 소녀

바리엔이 생각만 해도 불쾌한 듯 입술을 깨물었다.

지금 왕도는 기쁜 일이 있어도 남들 앞에서는 웃지 않는 것이 예의일 정도로 사람들이 슬픔에 잠겨 있다. 그런데 이런 상황에서 헤헤 웃으면서 와서는 열 살 이상 어린 소녀에게 끈덕지게 달라붙어서 청혼하는 꼴이라니, 바리엔으로서는 경멸할 수밖에 없었다.

"한심한 놈이로군요. 나이도 많은 것 같은데 뭔 주책이야?"

"그러게 말이에요. 지금까지는 어디서 봐도 아는 척도 안 하더니만."

부친이 막역한 사이인 만큼, 그와는 사교계에서 여러 번 본 적이 있었다. 하지만 그동안 그가 바리엔에게 관심을 보인 적은 한 번도 없었다고 한다. 애당초 나이 차이가 두 배 가까운데다가, 바리엔은 미인이긴 해도 별로 남자들에게 인기있는 타입은 아니었으니 당연한 일이다.

서로 친구인 라한드리가 백작과 라조스 후작의 자식들이 나이 차이가 많이 나는 것에는 이유가 있었다. 라한드리가 백작이 원래는 차남이어서 오랫동안 독신으로 군에 복무하다가 장남이 전사하는 바람에 뒤늦게 후계자가 되어 결혼, 40이 다 되어서야 바리엔과 형제자매들을 낳았기 때문이다.

"어쨌든 골치 아파요. 어딜 가도 따라다니니 원."

"확실하게 거절할 거면 그냥 상대하지 말고 공간 이동으로 따돌려 버리지 그래요?"

"그러자니 가문이 좀 걸려서……."

바리엔이 한숨을 쉬었다. 늦둥이로 태어나 장녀로서 책임감을 갖고 살아온 그녀로서는 영향력있는 가문의 자제를 함부로 무시하는 것이 어려웠다.

"어쨌든 다시 한 번 감사드립니다. 조금만 더 있었다간 폭발해 버렸을지도 몰라요."

"한 번쯤 따끔한 맛을 보여주는 것도 좋았을 텐데요."

"그럴지도 모르겠지만… 벼, 별로 여자답지 못하잖아요."

"음?"

루그가 의아해하며 바라보자 바리엔이 빨개진 얼굴로 고개를 푹 숙였다. 왠지 자기에게 어울리지 않는 말을 해버리고 말았다고 생각한 그녀가 기어 들어가는 목소리로 말했다.

"가뜩이나 남자 같다는 소리를 듣는데, 그런 짓을 하면… 다들 무서운 여자라고 할 거예요."

"……."

그 말에 루그는 자기도 모르게 웃음이 나오려는 것을 가까스로 참았다. 이 순간 발휘한 인내심은 지금까지 그 어느 때 발휘했던 것보다도 뛰어나다고 자부할 수 있었다.

'우, 웃으면 안 돼. 절대로 안 돼!'

루그는 슬그머니 고개를 돌리고 몸을 부들부들 떨었다. 다행히 바리엔은 고개를 푹 숙이고 있느라 그러한 기색을 눈치채지 못했.

'우와, 다른 사람도 아니고 그 바리엔 경… 아니, 양이! 이렇게 안쓰럽고 귀여운 시절이 있었다니!'

격차가 너무 커서 도저히 같은 인물이라고 생각이 안 될 정도다. 거의 메이즈의 시공 회귀 전후의 격차와 맞먹는 수준이다.

겨우 표정을 수습한 루그가 말했다.

"그렇지 않아요."

그 말에 바리엔이 흠칫 놀라며 루그를 바라보았다. 다행히 루그는 완벽하게 표정을 관리하고 믿음직스러운 미소를 짓고 있었다.

"바리엔 양은 충분히 여자답고 아름다워요. 너무 남이 이렇다 저렇다 하는 이미지에 신경 쓰지 말고 여자답게 꾸미면 다들 사랑스럽다고 해줄 걸요."

"그, 그럴 리가 없잖아요."

"난 그렇게 생각해요. 열여덟 살 소녀는 뭘 해도 눈부시고 아름다운 법이라니까요."

루그는 그렇게 말하며 손에 들고 있던, 아까 주웠던 꽃장식을 들어서 바리엔의 머리에 달아주었다. 루그의 손이 머리에 닿는 순간 흠칫했던 바리엔은, 지금껏 한 번도 경험해 보지 못한 상황에 얼어붙어 있었다.

"봐요, 잘 어울리잖아요."

루그가 마법으로 바리엔의 모습을 비춰주었다. 비록 나돌아다니기 편하게 남자옷을 입고 있긴 했지만, 긴 머리를 뒤로 묶어서 늘어뜨린 바리엔의 머리에 달린 수수한 꽃머리핀은 의외로 괜찮게 어울렸다.

"아……."

"그럼 잘 들어가시고, 전 왕태자 전하와 약속 시간이 되어서 이만 실례하겠습니다."

그 말에 퍼뜩 정신을 차린 바리엔은 어느새 자신이 라한드리가 백작가의 저택 앞까지 와 있다는 사실을 깨달았다. 루그는 자연스럽게 그녀를 이곳까지 에스코트해 주었던 것이다.

"저, 정말 고마웠어요."

"별말씀을."

루그는 미소 지으며 인사하고는 몸을 돌려서 왕궁을 향해 멀어져 갔다.

그 뒷모습을 홀린 듯이 바라보고 있던 바리엔은, 잠시 후 퍼뜩 정신을 차리고는 고개를 절레절레 저었다.

"아, 내가 왜 이런담?"

5

그레이슨 다카르가 만들어낸 전이법은, 자신의 힘으로 타인을 키우는 방법의 극한이다.

본래 강체술에는 상대방의 육체는 물론이고 강체력까지도 조종하는 기술이 존재했다. 기격 사용자라면 누구나 상대방의 육체를 뜻대로 조종하고, 강체력의 흐름마저 마음대로 이끄는 것이 가능하다. 물론 상대방이 근본적인 통제력을 가진 만큼 기격 사용자가 할 수 있는 것은 순간적인 뒤틀림을 만들어내는 것뿐이긴 하지만 말이다.

하지만 상대방이 마음을 허락하고 제어권을 완전히 넘겨준다면 이야기가 달라진다.

때때로 뛰어난 강체술 스승들은 제자가 잘못된 길을 갈 것을 우려해서, 그리고 고속으로 성장시키기 위해서 이러한 방법을 사용한다. 제자의 강체력을 자신이 제어해서 올바른 강체력의 흐름을 알려주는 것이다. 추상적인 설명을 듣고 스스로 기감을 일깨우고, 강체력을 성장시켜서 올바른 방식으로 흐르게 하기까지는 상당한 시간이 걸리지만 이 방법을 쓰면 아주 직관적으로 그 과정을 단축시켜 줄 수 있었다.

전이법은 거기서 한발 더 나아간다. 단순히 기초를 다지는 것에 불과했던 다른 이들에 비해, 그레이슨은 라나가 무려 강체술 4단계에 이를 때까지의 모든 단련 과정을 대행해 주는 말도 안 되는 짓을 해냈다.

그리고 루그도 같은 일을 하려고 하고 있었다.

스스스스……

긴장을 풀고 가만히 서 있는 아사르의 몸 안에서 강체력이 흐르고 있었다.

태어난 그대로의 감각으로는 인지할 수도 없는 힘을 인지하게 만들어주는 기감을 일깨우는 것은 그저 기격으로 자극해 주는 것만으로도 가능했다. 특히 아사르는 생존의 문제로 기격을 자주 접해왔기 때문에 반쯤은 기감이 깨어나 있었고, 그것을 완전한 각성으로 이끄는 것은 불과 한 시간도 안 되어서 해낼 수 있었다.

그 다음은 체내에 존재하는 기운을 일정량까지 증폭시키는 것이었는데, 이것도 전혀 어렵지 않았다. 아사르는 신분에 어울리게 몸에 좋다는 것들은 다 먹고 자라왔기 때문에 강체력으로 변환시킬 수 있는 잠재력이 굉장했기 때문이다.

'이거 정말… 신기한 감각인데.'

루그는 온 신경을 아사르에게 집중시키고 있었다. 눈을 감은 채 기격을 제어하는 데만 전념하여, 그것을 통해 아사르의 몸을 들여다보고 그 안에 있는 기운들을 뜻대로 움직인다.

기격은 크게 두 가지로 나뉜다.

감각 정보를 다루는 기술과 물리적인 힘을 다루는 기술.

이 두 가지를 모두 자유자재로 다룰 수 있어야만 제대로 된 기격 사용자라고 할 수 있다. 예를 들어 루그가 만났던 오크의 기격 사용자들은 그 성향상 물리적인 힘에만 치중하기에 진정한 기격의 효능을 이끌어내지 못했다.

무엇보다 감각 정보를 능수능란하게 다루지 못하면 결코 6단계의 속성력에 도달할 수 없었다. 그것은 자연에 존재하는 온갖 힘들을 모방하여 재생시키는 기술이기 때문이다.

가출 소녀

6단계에 도달한 지금, 루그는 이전과는 비교할 수 없을 정도로 정밀하게 기격을 제어할 수 있었다. 지금은 기격을 오감 대신 활용하는 것조차 가능하다. 아사르가 그를 믿고 육체의 통제권을 완전히 넘겨주자 기격을 통해 그가 무엇을 보고, 듣고, 냄새 맡고, 맛보고, 만져서 느끼는지까지 생생하게 전해져 온다.

루그 자신의 감각 정보와 아사르의 감각 정보가 한데 모이자 어느 쪽이 진짜인지 헷갈릴 지경이다. 루그는 이것이 장시간 했다가는 스스로의 자아를 위협할 수도 있는 위험한 작업이라는 사실을 알아차렸다. 그렇기에 전이법을 개발한 자가 그레이슨 이전에는 없었다는 것도.

'스승님도 참 터무니없으시군. 누가 스승님 아니랄까 봐.'

분명 그레이슨도 이러한 위험을 느꼈으리라. 그런데 그것을 무시하고 정면돌파해서 라나를 4단계의 경지에 올려놓은 것이다.

어쨌든 루그도 필사적인 노력으로 자신의 감각 정보와 아사르의 감각 정보를 완전히 분리해서 인식하는 데 성공했다. 그것은 지금까지 볼카르에게 받은 마법 훈련이 많은 도움이 되었다. 어떤 때라도 감정에 휩쓸리지 않고 마법 구성을 짜낼 수 있는 기술이 이것을 가능케 한 것이다.

⟨익숙한 감각이군. 하지만 가까우면서도 먼 듯한 이 감각은 낯설기도 하고.⟩

―익숙해?

루그가 의아해하며 물었다. 볼카르가 피식 웃었다.

〈두 개 이상의 몸을 한번에 조종하다 보면 이것과 비슷한 기분이다.〉

―아, 외유 기술인가.

볼카르는 외유 기술을 이용해서 다수의 육체를 동시에 조종할 수 있었다. 그는 드래곤으로서의 삶을 살며 동시에 인간의 그릇을 이용해서 인간들 사이에 섞여 들어가지 않았던가? 그것은 분명 루그가 지금 맛보는 것과 비슷한 감각이었으리라.

어쨌든 루그는 단 며칠 만에 아사르를 강체술 2단계의 경지에 올려놓는 데 성공했다.

"이제 강체력을 안정적으로 움직이실 수 있게 되었군요."

루그는 수십 번이나 반복해서 아사르에게 강체력을 어떻게 움직여야 하는지 각인시켰다. 이렇게 하니 둔하기 짝이 없는 왕태자도 안정적으로 강체력을 순환시키는 게 가능해졌다.

아사르가 신기한 듯 주먹을 쥐어보며 말했다.

"요 며칠 동안 정말이지 세상이 달라 보이오."

"그럴 겁니다. 기감을 얻는 순간, 그 전까지는 결코 느낄 수 없었던 것들을 느낄 수 있게 되니……."

기본적으로 인간은 자신의 감각으로 받아들일 수 없는 정보는 이해할 수 없다. 태어나면서부터 눈이 멀어 있던 자에게 색에 대해서 이야기한들, 사람의 생김새에 대해서 설명한들 이해할 수 있겠는가? 하지만 그에게 어느 날 기적이 일어나 시각이 주어진다면 그는 그때까지는 접하지 못한 엄청난 정보와 자극을 얻게 될 것이다.

기감을 얻는 것 역시 마찬가지다. 그때까지는 전혀 몰랐던, 주변에 존재하는 온갖 에너지의 흐름을 감지하게 되니 세상을 바라보는 눈이 달라진다.

아사르가 말했다.

"몸에서 불끈불끈 힘이 솟아오르는 기분이오. 정말 뭐든지 할 수 있을 것 같소."

그는 태어난 이래 지금까지 죽 무기력하게 살았다. 그런데 지금은 전신에 힘이 넘친다. 이 힘이 있으면 정말 세상에 불가능한 일 따윈 없을 것 같다.

루그가 상큼하게 웃으며 말했다.

"착각입니다."

"……."

아사르의 끓어오르는 의욕에 가차없이 찬물을 퍼부은 루그가 말을 이었다.

"그런 기분이 들 때가 제일 위험합니다. 들떠서 무리하다가 박살 나는 수가 있거든요. 전하께서는 아직 강체력의 흐름이 안정되지도 않았습니다. 한동안은 절대 무리하지 말고 그것을 굳건하게 만드는 데만 주력해야 합니다."

"으음. 그렇구려."

"뭐, 하지만 워낙 고속으로 진도를 빼고 있으니 그것만 하다

보면 지루하실 겁니다. 체술도 병행해서 몸을 착실하게 만들도록 하죠. 근육을 붙이는 겁니다."

"그러고 보니 근육은 참 안 붙는구려."

아사르가 입맛을 다시며 자신의 팔뚝을 바라보았다. 그동안 나름대로 열심히 운동을 했는데도 아직 근육이 나올 기미는 전혀 보이지 않았다. 그저 빼빼 마른 몸에 살집이 좀 붙어서 그럭저럭 사람다운 몸이 되었을 뿐.

"근육이라는 게 그렇게 쉽게 생기는 건 아니니까요."

사실 루그가 배운 대로, 지극히 오더 시그마스러운 무지막지한 훈련 방식으로 굴려대면 금방 생기긴 할 것이다. 대신 골병이 들겠지만.

'게다가 이놈은 워낙 몸치라서 열심히 하는 것에 비해 운동량은 얼마 안 된다는 것도 문제지.'

아사르는 분명 열심히는 한다. 문제는 열심히만 한다는 것이다.

똑같이 남들이랑 한 시간 동안 운동을 한다 치자. 아사르는 누구보다도 열심히 한다. 그런데 정작 움직인 횟수로만 치면 남들의 절반도 안 된다.

그 이유는 그가 지금까지 보아온 것처럼 '생각하지 않고 움직이는 것 자체가 익숙하지 않은' 몸치이기 때문이다. 단순 반복 동작을 하다가도 손발이 꼬여서 멈칫거리니 그럴 수밖에.

'하긴 이 정도로 답답하지 않았으면 내가 전이법을 사용할

생각도 안 했지.'

 루그는 한숨을 쉬었다. 그래서 이제부터는 아예 몸동작을 가르칠 때도 전이법을 사용하기로 했다.

 "자, 그럼 갑니다."

 "준비됐소."

 아사르가 고개를 끄덕였다. 동시에 루그가 기격으로 그의 몸을 장악하고, 마치 자신의 몸을 움직이는 듯한 감각으로 움직였다.

 쉬익!

 "오오!"

 허공을 가르는 스스로의 주먹을 보면서 아사르가 감탄했다. 지금까지는 아무리 노력해도 허우적거리는 것 같은 주먹질만 할 수 있었는데, 지금은 정말 멋지게 바람 가르는 소리가 나는 것이 아닌가? 직선으로 기세 좋게 뻗어 나가는 주먹질은 그것만으로도 쾌감을 선사해 주었다.

 "하나, 둘, 하나, 둘."

 루그가 천천히 구령을 붙이며 아사르의 몸으로 연속적으로 좌우 연타를 날렸다. 아사르의 몸이 완벽한 숙련자의 자세를 취한 채로 그럴싸한 권격을 날렸다. 내딛는 다리로부터 발생한 힘이 허벅지를 타고 허리로 이어지고, 다시 그 힘을 허리를 비틀어 증폭시키면서 상체로 전달하여 어깨를 따라서 주먹 끝까지 뻗어내는 이상적인 자세였다.

한 서른 번쯤 주먹질을 반복한 루그가 기격을 거두고 말했다.
"자, 그럼 스스로 한번 해보세요."
"알겠소."
아사르는 눈을 반짝이며 방금 전까지 수십 번이나 반복 체험한 감각 그대로 주먹을 날렸다.
"엇?"
하지만 조금 전과는 달리 멋지게 바람을 가르는 소리가 나지 않는다. 혼자서 루그의 자세를 보고 따라 할 때처럼 어설픈 주먹질이 나왔다.

몇 번 그런 주먹질을 하며 답답해하는 아사르를 본 루그가 말했다.
"조급해하지 말고 잘 생각해 보세요. 방금 전에 느꼈던 감각을, 발끝부터 주먹 끝까지 뭐가 어떤 식으로 움직였는지 철저하게 되새겨 보시는 겁니다. 그걸 그 속도 그대로 해내겠다고 생각하진 않아도 돼요. 천천히 하셔도 좋으니 올바른 자세로 재현해 보세요."

루그는 지금까지 살면서 이렇게 친절하게 남을 가르쳐 본 적이 있나 싶을 정도로 잘 풀어서 설명해 주었다. 기격으로 올바른 감각을 체험시켜 주면서 이런 설명을 덧붙이면 바보라도 할 수 있을 것이다.

'생각해 보니 난 누구를 가르쳐 본 경험이… 시공 회귀 전에는 없었군?'

가출 소녀

시공 회귀 후에도 마빈과 요르드를 조금씩 봐준 것 정도? 초심자를 기초부터 차근차근 가르쳐 본 적은 없었다.

그래서일까? 아사르가 하는 양은 참 답답한데도 조금씩이나마 나아지는 것을 보고 있자니 즐거웠다.

〈요르드를 가르칠 때하곤 정말 천지 차이군. 이렇게 인내심이 깊은 줄 몰랐는데?〉

볼카르가 의아해했다. 루그가 피식 웃었다.

—어디의 이상한 드래곤 때문이지.

〈무슨 의미냐?〉

—워낙 인내심 없고 잔인무도한 주입식 교육의 희생자가 되다 보니, 내가 제자를 둔다면 좀 더 관대해져도 괜찮겠구나… 하는 생각이 들더라고.

〈…….〉

아사르가 주먹질을 하는 자세는 아까보다는 확실히 나아져 있었다. 숙련자의 그것으로는 안 보이지만 나름대로 무게중심을 잘 잡고 있어서 허우적대는 것 같지는 않았다.

"잘 안 되는구려. 그렇게 멋진 소리가 안 나는데……."

"쉽게 안 되는 게 당연합니다. 제가 체감시켜 드린 것은 그야말로 몇 년 동안 고생한 끝에 도달한 경지니까요. 숙련된 감각을 맛보셨으니 지금의 미숙함이 답답하시겠지만, 계속 그 감각을 되새기면서 꾸준히 훈련하시다 보면 점점 올바른 형태가 잡힐 겁니다."

루그는 그날, 아사르에게 기본 동작 세 가지를 철저하게 각인시키고 녹초가 될 때까지 반복하게 했다. 아사르도 시간이 지날수록 나아지는 것에 고무되었는지 투덜거리지도 않고 끝까지 잘 따라와 주었다.

"후우. 무술을 배운다는 거, 정말 힘들면서도 재미있구려. 지금까진 이런 기분을 몰랐소."

미소 짓는 아사르가 물을 벌컥벌컥 들이켰다. 기분 좋게 땀을 흘린다. 누구나 한 번쯤 맛본 적이 있을 그런 감각이 아사르에게는 미지의 영역이었다. 운동 후에 마시는 이 한 잔의 시원한 물이 정말 각별하게 다가왔다.

루그는 그런 그를 보며 생각했다.

'너무 서두르는 것 같기도 하지만……'

물론 여기서 서두르는 것은 아사르가 아니고 루그 자신이다.

고속으로 강체술의 경지를 증가시키고, 그것으로도 모자라서 체술까지 하나하나 전이법으로 각인시켜서 빠르게 진도를 빼는 것은 솔직히 아사르에게 득이 된다고만은 할 수 없다. 루그가 도와주는 동안은 빠르게 진도가 나가겠지만, 그 후에는 스스로 일어서는 법을 몰라 절망적인 벽에 부딪치게 될 수도 있으니까.

하지만 루그는 언제 이곳을 떠날지 모르는 몸이다. 최대한 진도를 빼놓고 아사르가 알아서 그것을 되새길 수 있도록 만들어둬야 했다.

'그리고 솔직히 나도 미적거리기 싫단 말이지. 조금이라도 더 이 앞을 보고 싶다.'

루그는 아사르를 통해서 마치 자신이 처음부터 강체술을, 그리고 무술을 다시 익히는 것 같은 기분을 맛보고 있었다. 그 과정은 이전에 그 길을 갔을 때와는 사뭇 다른 느낌이다. 한 번도 아니고 두 번이나 똑같은 길을 갔던 루그지만, 아사를 통한 유사 체험은 그에게 그동안 보지 못했던 새로운 영역을 보게 해주었다.

'이래서 스승님이 전이법을 통해 새로운 경지에 도달하신 거겠지.'

자신이 아닌 타인을 통해 그 과정을 겪음으로써 본질을 파악한다. 그것은 자신의 몸으로 할 때는 본능적으로, 그리고 감각적으로 처리할 수 있었던 것도 타인에게 적용시킬 때는 철저하게 알아야만 가능하기 때문에 자연스럽게 이루어진다. 루그는 아사르를 통해서 자신의 강체술을 뿌리부터 되새겨 볼 수 있었다.

—뭐, 그래도 이번에도 한 가지는 너한테 감사해야겠네.

〈당연히 감사해야지.〉

—겸양할 줄 모르는 녀석 같으니.

〈겸양은 인간의 미덕이지 드래곤의 미덕이 아니다.〉

볼카르가 우쭐거렸다.

하지만 루그는 입술을 삐죽일 뿐, 뭐라고 하지 않았다. 사실 기격으로 하나부터 열까지 아사르를 가르치는 것은 볼카르의 도움이 없었다면 불가능한 일이었기 때문이다.

전이법으로 아사르에게 강체술을 익히게 하는 것은, 루그 혼자서 고심했어도 가능할 일이다. 하지만 체술을 가르치는 것은 불가능에 가까웠다.

왜냐하면 루그의 몸과 아사르의 몸이 다르기에, 같은 동작을 해도 이상적인 감각이 전혀 다르기 때문이다. 대충 자세를 잡아주는 정도라면 모를까, 지금처럼 완벽한 감각을 체감하게 하는 건 불가능했다.

하지만 볼카르의 도움은 그것을 가능케 했다.

―몽상 세계는 날이 갈수록 만능 도구 상자 같은 느낌이 든단 말야.

볼카르는 몽상 세계에서 루그의 몸을 아사르의 그것으로 바꿈으로써 루그가 아사르에게 필요한 감각을 얻을 수 있게 해주었다. 그리고 그 경험을 바탕으로 루그는 아사르가 추구해야 할 숙련된 체술을 각인시켜 줄 수 있었던 것이다.

루그가 말했다.

"오늘은 꼭 마사지를 받고 주무세요. 안 그러면 내일은 잘 움직일 수도 없을 테니까요."

"그러겠소. 지금까지도 근육통이 심했는데 오늘은 정말……."

아사르는 아직 몸이 만들어지지 않다 보니 남들보다 못한 운동량으로도 근육통에 시달리는 경우가 많았다. 그런데 오늘은 평소보다 세 배는 격하게 운동을 했으니 뒷일이 두려울 지경이다.

'이 녀석을 어디까지 이끌 수 있을까?'

루그는 아사르를 보며 생각했다.

하지만 그를 가르칠 수 있는 기회는, 유감스럽게도 그렇게 길게 주어지진 않았다.

6

그로부터 사흘 후, 루그는 아침에 거처를 나서자마자 워즈니악이 둘로 증식한(?) 것을 보아야만 했다.

"혹시 당신이 데니스?"

"그렇다. 네가 드래곤 볼카르의 사도라는 인간인가?"

겉보기로는 워즈니악과 똑같은 어린 소년의 모습을 한 드워프 장인, 데니스가 대답했다. 그는 아주 신기한 것 보듯이 루그를 바라보고 있었다.

루그가 그에게 손을 내밀어 악수를 청했다.

"루그 아스탈이야. 만나서 반갑군."

"나도 반갑다."

"이미 왕실 쪽에는 이야기해서 허가를 받았어. 이 일을 할 의향이 있어?"

"그러니까 온 거다. 도시 규모가 꽤 거대한 데다 마법이 개입한 부분도 많더군. 이걸 재설계해서 구축하는 작업은 꽤 보람차겠지. 근데 도시 외관은 좀 내 취향대로 다시 디자인해도 되는 건가?"

"아, 그건… 내가 결정할 수 있는 문제가 아닌데. 어쨌든 왕실 사람들한테 당신을 소개하고 이야기를 해봐야지. 그쪽하고 이야기해 봐."

"알겠다. 아, 그런데 혹시……."

"음?"

"너는 드래곤 볼카르와 항시 소통이 가능하다고 하던데, 지금도 가능한가?"

"가능하지. 왜?"

"그럼 혹시 마족 말고 우리 세계의 외계인과 대화하려면 어떻게 해야 하는지 물어봐 줄 수 있나?"

"……."

외계와 교신한다고 천년도 넘게 거대한 신비로 남은, 마법사들의 논쟁거리를 만들어냈다더니 과연 비범하다. 볼카르도 황당해하면서 말했다.

〈마족 외의 외계 생명체?〉

─그런 게 있어?

〈있긴 하다만, 내가 600년 전쯤에 살펴본 바로는 대화라는 게 성립할 수 있는 존재는 아니었는데… 한 만 년쯤 기다려 보

라고 해라.〉

―만 년? 놀리는 거야, 진담이야?

〈물론 진담이다.〉

―……

〈너라면 몰라도 이 드워프는 어차피 수명이라는 게 없는 존재 아닌가? 진지하게 만 년을 기다리는 것도 가능한 이야기다.〉

―그, 그렇군.

생각해 보니 어린 소년의 모습을 하고 있지만 워즈니악과 데니스는 거의 볼카르와 필적할 정도로 오래 살아온 존재들이다. 만 년을 기다리는 것도 불가능하진 않을 것이다.

그 이야기를 해주자 데니스의 표정이 팍 구겨졌다.

"이유는 잘 모르겠지만, 어쨌든 외계 생명체가 존재하고 그들과 접촉하는 건 당장에라도 가능하단 뜻이군. 그럼 혹시 접촉 방법이라도 알려줄 수 있나?"

"접촉 방법은 아주 쉬운데… 광속보다 빨리 움직일 수 있냐는데?"

"뭐? 광속?"

"기본적으로 그 외계 생명체들이 있는 곳이 무지 멀기 때문에 당신들의 이동속도로는 수천 년이 지나도 도달할 수 없대."

루그는 말을 전해주면서도 이게 진짜 볼카르가 진심으로 하는 소린지 궁금해하고 있었다.

〈진담으로 하는 소리다. 의심도 많군.〉

단언한 볼카르가 덧붙였다.

〈이 세계는 끝이 확장하고 있는 것을 파악할 수 있을 정도로 작긴 하지만, 드워프들의 짜리몽땅한 다리로 걸어서 끝을 보기에는 충분히 넓다. 그리고 현존하는 외계 생명체들은 워낙 생물로서의, 그리고 정신 구조 자체가 이질적이기 때문에 접촉을 하면 그 순간 재앙으로 다가올 거다. 그래서 만 년은 기다려 보라고 하는 거고.〉

―그 만년이라는 시간은 도대체 어떤 근거로 산출한 거야?

〈당연히 가상 세계에서의 시뮬레이션이다. 어쨌든 외계 생명체를 하나의 종족이라고 봤을 때, 현재는 인간과 대화 자체가 성립할 수 없는 상태에서 대화가 성립할지도 모르는 상태까지 변화하려면 그 정도 시간은 필요하지.〉

―정신이 아득해질 정도로 스케일이 다르군.

이야기를 들은 데니스가 투덜거렸다.

"끄응. 당장 어떻게 할 수는 없는 문제라는 거로군. 하지만 그들이 실존한다는 것을 확인해 준 것만으로도 됐다."

"만 년 안 기다리고 계속해 보려고?"

"물론이다. 무엇보다 지금 말을 들어보니 지금의 마법 기술로는 도저히 그들과 접촉이 불가능한 듯하니, 최소한 그게 가능한 수준까진 발전하고 나서 뭘 해야겠지."

데니스는 의욕이 불타오르는 듯 가슴을 탕탕 쳤다. 어린 소년의 모습으로 그러는 걸 보고 있자니 참 귀엽기 그지없었지만, 루그는 그런 내색을 하지 않고 말했다.

"곧 연락해서 자리를 잡도록 할게. 일단은 내 거처에서 쉬고 있겠어?"

"알겠다."

루그는 두 드워프를 거처에서 쉬게 한 뒤 동쪽 별궁으로 향했다. 요즘은 왕실과 관련해서 상의할 일이 있으면 저절로 발길이 칼리아가 있는 곳으로 가게 된다.

〈그냥 국왕에게 직접 말해도 되면서 굳이 칼리아 일리지스를 찾아가는군.〉

"왠지 국왕한테 직접 말하는 건 좀 거북해서. 외부인인 내가 명성을 이용해서 권력을 잡으려고 한다고 오해받을 수도 있고."

〈그럼 왕위 계승권 제2위의 일리지스 대공을 통해서 국왕에게 원하는 이야기를 넣는 건 그런 오해를 받을 소지가 없고?〉

"……."

듣고 보니 그렇다. 할 말이 없어진 루그는 끄응 하고 머리를 긁적였다.

〈그냥 솔직하게 인정하지 그러나? 그녀가 보고 싶다는 걸.〉

"그렇긴 해. 이러면 안 되는데… 후우."

루그가 한숨을 쉬었다.

아쿠아 비타가 조직된 이후 칼리아는 정신없이 바빠졌고, 그리고 샤디카가 왕도를 뒤집어놓은 후로는 한층 더 그 정도가 심해졌다. 그러다 보니 특별한 용건 없이 그녀를 보는 것 자체가 좀 죄스러운 상황이 되었고, 뭔가 핑계거리만 생기면 자연스레 그녀를 찾아가게 된다.

칼리아와 있는 시간은 달콤하면서도 씁쓸했다.

그녀를 통해서 루그는 과거에 대한 긍정과 부정을 모두 맛보곤 한다. 그녀를 시공 회귀 전과 겹쳐 보면서 추억을 부정당하고, 그리고 때때로 이전과 놀랍도록 비슷한 일면을 찾아내곤 가슴을 두근거리기도 한다.

'마음을 정리해야 하는데.'

어떻게 행동해야 하는지는 너무나도 잘 안다. 스스로 세운 결의이고, 그것이 가져올 결과가 어떤 건지도 충분히 각오하고 있다.

그런데 사람 마음이라는 게 정말 마음대로 안 되는 건가 보다. 그녀를 보는 것도 자제하는 편이 좋다는 것을 알지만, 정신을 차리고 보면 그녀에게 향하는 스스로를 발견하게 된다.

"앗, 루그님! 안녕하세요!"

동쪽 별궁에 있는 칼리아의 집무실에 들어가자마자 에리체가 반색했다.

루그는 항상 칼리아 옆에서 같이 업무를 처리하던 알더튼은 없고, 대신 에리체와 바리엔이 있는 걸 보고는 의아함을 느꼈다. 칼리아에게 있어서 두 사람은 집무실에서 볼 존재는 아니었으니까.

두 사람을 살펴본 루그는 바리엔의 상태가 이상하다는 것을 알아차렸다. 그녀는 반쯤 정신이 나간 표정으로 허공을 응시하고 있었다.

"바리엔 양, 괜찮습니까? 안색이 안 좋아보이는데……."

"아."

그 말에 바리엔이 퍼뜩 정신을 차리고 루그를 바라보았다. 그러다가 왠지 모르게 얼굴을 붉히며 슬쩍 시선을 피한다. 루그는 그녀의 반응을 이해할 수 없어서 고개를 갸웃거렸다.

머뭇거리기만 할 뿐, 말을 하지 않는 바리엔을 대신해서 에리체가 말했다.

"바리엔이 가출했어요."

"네?"

"에리체! 말하면 어떡해!"

바리엔이 화들짝 놀라서 외쳤다. 하지만 에리체는 뻔뻔했다.

"별로 루그님한테 숨길 만한 이야기는 아니잖아? 어디 가서 소문내실 분도 아닌데."

"그, 그런 문제가 아니야!"

바리엔은 안절부절못하는 얼굴로 루그의 눈치를 보았다. 루그는 역시 의미를 알 수 없어서 고개를 갸웃했다.

그러면서 무진장 궁금해하는 시선을 바리엔에게 보냈다. 그녀는 며칠 전까지만 해도 끈질기게 치근덕대는 남자에게조차 가문의 입장을 생각해서, 장녀로서의 책임감 때문에 막 나가지 못했다. 그런데 가출이라는 파격적인 행동을 하다니?

그때 칼리아가 차분하게 입을 열었다.

"바리엔도 좀 진정된 것 같으니 차라도 마시면서 이야기하죠. 중요한 일로 찾아오셨는데 상황이 이래서 죄송해요."

"아뇨. 신경 안 쓰셔도 됩니다. 그런데 혹시 알더튼은……."

"두 사람 때문에 잠시만 쉬다 오시라고 부탁드렸습니다. 그럼 응접실로 자리를 옮기지요."

칼리아는 그렇게 말하곤 시녀를 불러서 응접실에 차와 다과를 준비해 오라 일렀다.

7

자리를 옮겨서 원형 테이블에 둘러앉아 차를 홀짝이던 중, 루그가 조심스럽게 물었다.

"그런데 바리엔 양이 가출을 했다니… 뭐가 어떻게 된 겁니까?"

"질풍노도의 시기잖아요. 가출이라니 한 번쯤 해볼 만해요. 저도 해보고 싶어요. 이 기회에 한번 해볼까?"

에리체가 눈을 반짝이며 말했다. 그러자 바리엔이 그녀의 볼을 잡아당기며 으르렁거렸다.

"넌 입 좀 다물어!"

"아앙! 아파!"

가출 소녀 155

"후우."

버둥거리는 에리체를 놓고 한숨을 푹 쉰 바리엔이 어렵사리 이야기를 꺼냈다.

"실은… 며칠 전에 루그 경도 보셨던 그 남자 때문인데요."

"자스 라조스인가 하는?"

"네."

"그놈이 또 와서 집적거렸습니까?"

"그거보다 더 심해요!"

에리체가 못 참고 다시 끼어들었다. 그리고 바리엔이 뭐라고 하기도 전에 속사포처럼 말을 쏟아냈다.

"아니 글쎄, 나잇살 처먹고 수치스러운 줄도 모르는지 자기네 아빠한테 말해서 가문 대 가문으로 청혼을 넣었다는 거예요, 글쎄!"

"어… 뭐 며칠 전에 하는 행동을 보자니 그랬어도 이상할 것 같진 않은데, 근데 그거 때문에 바리엔 양이 가출을 했다면 설마……."

다른 나라에서도 그렇듯이, 로멜라 왕국에서도 귀족 가문끼리의 혼인이란 당사자들간의 마음보다는 집안의 입장이 중시되는 경우가 많았다. 그래서 서로가 마음에 들었다고 해도 일단 집안에 알려서 허락을 받고, 어른들의 주관하에 일을 진행하게 마련이다. 그런 사회적 관습을 생각하면 자스 라조스라는 남자가 자기 부친에게 말해서 청혼한 것까지는 문제될 게 없었다. 하지만…….

에리체가 손바닥으로 테이블을 탕탕 내리치며 말했다.

"라한드리가 백작 아저씨가 그걸 덜컥 받아버렸어요!"

"……."

루그는 그 말의 내용을 받아들이기 전에 흥분한 에리체가 라한드리가 백작을 '백작 아저씨'라고 부른 것에 놀라야 했다. 하지만 잘 생각해 보니 그녀답기도 하다.

'근데 정말 받아들였단 말이야?'

그러면 바리엔이 다 집어치우고 가출을 하는 것도 납득이 간다. 바리엔 입장에서 자스 라조스는 나이 차이가 많이 난다는 문제를 떠나서 끔찍하게 싫은 상대일 테니까.

그때 바리엔이 흥분한 에리체를 잡아서 앉히며 말했다.

"그렇게 중간 과정을 다 생략하고 말하면 그냥 내가 그거 때문에 집을 나온 것 같잖아!"

"맞잖아?"

"아니거든? 더 중요한, 정말로 참을 수 없는 문제가 있었거든?"

"에이, 그 문제도 심각하다는 건 인정하지만 그래도 가출의 진짜 계기는 그 난봉꾼이 싫다는 거잖아? 상대가 그 사람이 아니고 잘 생기고 멀쩡한 다른 남자였어봐. 그럼 만날 '난 왜 이 나이 되도록 혼담도 안 들어온다고 아버지한테 구박받아야 할까' 하고 한탄하던 네가 그렇게까지 화를 낼 리가 없……."

가출 소녀 157

에리체가 청산유수로 늘어놓는 말을 듣던 바리엔의 머릿속에서 뚜둑, 하고 이성의 끈이 끊어지는 환청이 울렸다. 그녀는 아주 자연스럽게 에리체의 어깨를 붙잡은 다음 공간 이동을 사용했다.

"꺄아아아아아아……!"

그 직후 창밖에서 에리체의 비명이 멀어져 갔다. 바리엔이 공간 이동 능력을 이용해서 그녀를 건물 밖으로 내던져 버린 것이다!

만날 두 사람이 아웅다웅하던 것을 지켜봐 왔던 칼리아조차도 놀라서 말을 더듬었다.

"바, 바리엔. 좀 진정해."

"하아, 하아, 하아……."

바리엔은 어찌나 열 받았는지 얼굴이 새빨개져서 거칠게 숨을 내쉬었다. 그러다가 문득 이 자리에 루그가 있다는 사실을 깨달았다.

"아, 이, 이런……."

바리엔은 너무 부끄러운 나머지 당장에라도 도망가고 싶어졌다. 하지만 그때 칼리아가 말했다.

"뭐, 에리체는 좀 혼나봐야 정신을 차리겠지만… 이 정도로는 어림도 없겠지?"

"그렇지."

바리엔은 자기도 모르게 고개를 끄덕였다.

그리고 잠시 후, 그 말이 맞다는 것을 증명하듯 창문이 벌컥 열리면서 에리체가 얼굴을 내밀었다.

"우우, 바리엔! 아무리 그래도 밖에 내던져 버리는 건 너무하잖아!"

"네가 한 말이 더 너무해!"

두 사람은 또 옥신각신하기 시작했다. 보다 못한 칼리아가 말했다.

"자자, 루그 경도 보고 계시는데 언제까지 그럴 거야?"

루그의 이름이 나오자 두 사람의 움직임이 거짓말처럼 멈췄다. 두 사람은 흠흠, 하고 헛기침을 한 뒤에 얌전히 자리에 앉았다.

바리엔이 말했다.

"그러니까 어떤 일이 있었냐 하면……."

"라한드리가 백작 아저씨가 바리엔을 걸고 내기를 했지 뭐예요?"

"에리체!"

"아이 참. 네가 이야기를 하게 놔뒀다간 오늘 해가 넘어갈 때까지도 서장에서 빙빙 돌 거야. 그러니까 어떻게 된 거냐 하면 말이죠."

에리체는 악악거리는 바리엔의 양손을 붙잡고는 일어난 일을 설명해 주었다.

가출 소녀 159

바로 어젯밤의 일이다. 바리엔은 부친인 라한드리가 백작의 부름을 들었다.

"아버님, 무슨 일이시죠?"

부친의 소재로 불려간 바리엔은 예의 바르게 물었다. 그리고 인사도 제대로 받지 않고 슬그머니 자신의 시선을 피하는 백작에게서 이상한 점을 발견했다.

"아버님, 얼굴이 왜 그래요? 누가 이랬어요?"

딸의 시선을 피하는 백작의 얼굴이 엉망이었던 것이다. 한쪽 볼이 빨갛게 부어오른 데다 한쪽 눈은 아주 시퍼렇게 멍이 들어 있었다.

백작은 존경받는 귀족인 동시에 뛰어난 무인이다. 감히 누가 그에게 이런 짓을 할 수 있는지 바리엔으로서는 상상도… 안 가지는 않고 짐작 가는 사람이 몇 있긴 했다.

'요즘 아버지가 술집도 자제하고 계시니 어머니는 아니실 거고. 할아버지나 작은 할아버지?'

아직 정정한 집안 어르신들은 이따금씩 도장에 와서 난동을 부리고 가는 경우가 있었다. 나이 먹고 상대해 주는 사람이 없어서 외로워져서 그런가, 가주인 라한드리가 백작을 대련으로 신나게 두들겨 패고 나서 다른 이들의 항의를 받아 풀이 죽는 경우도 많았다.

'아니, 아무리 그래도 이건 너무 심하시잖아!'

여태까지는 골병이 들게 패긴 했어도 이렇게 얼굴이 망가져서 누구 앞에 나서지도 못하게 패진 않았다. 정말 도가 지나쳤다.

"누가 이런 거예요? 할아버지예요? 아니면 작은 할아버지? 제가 가서 단단히 따져야……."

"아, 두 분께서 그러신 게 아니다. 이건 신경 쓰지 말고… 중요한 이야기가 있어서 불렀다."

백작이 짐짓 분위기를 잡으며 말했다. 그러다가 바리엔이 의아해하며 바라보자 또 슬그머니 시선을 피하는 것이 왠지 불길하다. 바리엔의 기억 속에서 그가 이런 식으로 자신에게 떳떳하지 못한 것처럼 행동하는 경우는 군 시절 친구들이랑 뒷골목에서 흥청망청 술 먹고 놀다가 늦게 들어와서 어머니 눈치를 보는 경우뿐이었다.

"무슨 일이죠?"

바리엔이 묻자 백작이 흠흠, 하고 헛기침을 한 뒤에 대답했다.

"그러니까… 바리엔, 너도 슬슬 혼기가 차지 않았니?"

"그, 그렇긴 하죠."

바리엔은 또다시 제일 듣기 싫은 소리가 나올 기미를 감지하고는 떨떠름한 표정을 지었다. 혼담에 대한 이야기는 정말 싫다. 다른 집안 여자들은 이 나이쯤 되면 괜찮은 집안에서 혼담이 수십 건씩 들어온다는데, 그녀는 지금까지 한 번도 들어온 적이 없었다.

가출 소녀

'에리체조차도 혼담이 열 건도 넘게 들어왔는데!'

에리체의 경우 특수한 집안 사정상 죄다 조건이 안 맞는다며 퇴짜를 놔서 그렇지, 어쨌든 혼담이 그만큼 들어오긴 했다. 알맹이야 어쨌든 외모는 남자들한테 귀엽다, 예쁘다 소리를 못 박히도록 듣는 에리체니 그럴 수도 있다는 건 인정하지만 왠지 열 받는다. 그런 사고뭉치도 혼담이 꾸준히 들어오는데 성실하게 사는 자신은 도대체 왜?

그때 백작이 청천벽력 같은 소리를 했다.

"그러니까 바리엔, 이번에 아주 좋은 혼담이 들어와서 그러는데 아버지는 네가… 음, 이 사람과 결혼했으면 좋겠구나."

"네?"

바리엔은 이야기가 생각했던 것과는 전혀 다른 방향으로 나아가자 눈을 휘둥그레 떴다. 그리고 백작이 내민 초상화를 받아보는 순간, 머릿속에서 쩌적, 하고 금이 가는 환청을 들었다.

"자스… 라조스……?"

요 며칠간 바리엔에게 끈질기게 추근대던 라조스 후작가의 망나니, 자스 라조스가 느끼한 미소를 짓고 있는 그림이었다.

바리엔은 자기도 모르게 초상화를 손안에서 팍 구겨 버리면서 싸늘하게 말했다.

"싫어요."

"바리엔."

"이 사람하고 결혼하느니 차라리 평생 독신으로 살겠습니다."

"바리엔!"

백작이 책상을 내려치면서 호통을 쳤다.

"이건 가문끼리의 일이다! 네 감정만 앞세울 일이 아니야!"

"그렇다고 제 감정을 완전히 무시하셔도 되나요? 최소한 혼담이 들어왔으니 어떻게 생각하냐고 물어보시기라도 하셔야죠! 오늘 혼담이 들어왔으니까 결혼해. 이놈이 어떤 놈인지는 몰라도 돼. 이런 거예요?"

"아, 뭐 그런 것은 아니고. 그냥 좋은 혼담이니 받아들이는 게 좋다고 판단했을 뿐이다. 너도 알다시피 라조스 후작과 아버지는 막역지우 아니냐? 어디 가서 꿀리는 가문도 아니고……."

"가문과 사람은 별개죠. 제가 이 남자가 어떤 인간인지 모를 것 같아요? 이런 망나니한테 저를 시집보내시려는 아버지의 저의가 아주 궁금해지는데요?"

바리엔이 무시무시한 눈으로 백작을 쏘아보았다. 그러자 백작이 움찔하더니 슬그머니 시선을 피했다. 조금 전의 강한 태도와는 너무나도 상반되는 모습이었다.

'수상해.'

뭔가 수상하다. 백작은 자기가 떳떳하다고 생각할 때는 절대 이런 모습을 보이지 않는다. 바리엔은 그 사실을 어머니 다음으로 잘 알고 있었다.

그때 서재 문이 벌컥 열렸다. 그리고 바리엔의 어머니, 라한드리가 백작 부인이 화가 잔뜩 난 얼굴로 들어왔다.

"여보!"

"어, 엇? 부인. 여긴 무슨 일이오?"

백작이 눈에 띄게 당황했다. 바리엔이 문밖을 살펴보니 하녀들이 큰일났다는 표정을 짓고 안절부절못하고 있었다.

성큼성큼 걸어온 백작 부인이 책상을 두 손으로 거세게 내려쳤다.

쾅!

그녀도 강체술을 익혔기 때문에 그 한 번의 동작으로 책상이 부서질 듯 뒤흔들렸다. 바리엔과 비슷하게 키도 크고 당당한 그녀는 무시무시한 박력으로 백작을 쏘아보며 말했다.

"당신 요즘 잠잠하다 하더니 또 사고를 쳤더군요?"

"그, 그게 무슨 소리요? 사고라니? 난 무슨 말인지 전혀 모르겠소."

"내가 그 전우라는 양반들이랑 노는 거, 작작 하라고 했죠? 그때 알아들었다고 했어요, 모르겠다고 했어요?"

라한드리가 백작의 전우는 라조스 후작 말고도 여럿 있었다. 백작이 술 먹고 사고를 칠 때는 거의 100퍼센트 그들과 의기투합했을 때고, 요전에는 술집에서 여자 끼고 놀다가 백작 부인에게 딱 걸리는 바람에 손바닥이 닳도록 빌고 나서야 용서받은 일도 있었다.

"흠흠. 부인, 진정하고 차근차근 이야기를 해봅시다. 무슨 일로 이러는지는 모르겠소만……."

"모르긴 뭘 몰라, 이 양반아! 친구라는 작자한테 딸을 내기 거리로 팔아놓고 시치미를 떼?"

"네에?"

그 말에 바리엔이 눈을 휘둥그레 떴다. 그러자 백작 부인이 그녀를 돌아보며 말했다.

"바리엔, 내 이야기 좀 들어보거라. 네 아버지가 말이다, 그 라조스 후작이라는 자식 교육도 제대로 못하는 작자하고……."

"어허, 부인! 왜 이러시오? 자리를 옮깁시다! 다른 데 가서 이야기하자고!"

백작이 당황해서 백작 부인을 붙잡고 말을 막으려고 했다. 하지만 백작 부인은 치렁치렁한 드레스를 입었다고는 생각할 수 없는, 전광석화 같은 손놀림으로 백작의 손을 쳐 냈다. 그리고 뒤이어 그의 발을 후리고 균형이 무너진 틈을 타서 옆으로 돌아가며 팔을 잡아 꺾는다. 그러면서 그대로 꿇어앉히고 그 위에 무릎을 올려서 제압해 버린다.

"으억, 부, 부인! 이건 무슨 기술이오?"

"요즘 오더 시그마 알라움 계파의 권사 분을 초청해서 기술을 배우고 있는데 꽤 쓸 만하군요."

"오더 시그마라니! 누가 그런 변태적인 유파를 부인에게…

가출 소녀 165

으윽, 파, 팔에 힘 좀 빼주시오! 부러진다, 부러진다고!"

설마 부인이 이런 식으로 나오리라고는 생각도 못하고 있던 백작은 완벽하게 제압당한 채 비명을 질렀다. 자신의 부인이 딸과 마찬가지로 여성으로서는 천재적인 무술 재능을 가졌음을 알았지만, 설마 그동안 이런 기술까지 익혔을 줄이야!

백작 부인은 코웃음을 치며 그를 무시하고 바리엔에게 말했다.

"바리엔, 내 말 좀 들어봐라. 네 아빠가! 이 한심한 남자가 말이다. 아까 전에 쳐들어온 라조스 후작이 자기의 난봉꾼 아들과 너를 걸고 대결을 했지 뭐니!"

"그게 무슨 말씀이세요?"

앞뒤 사정을 도저히 이해할 수 없는 이야기에 바리엔이 당황해서 물었다.

백작 부인이 들려준 이야기는 이랬다.

그날 낮, 라조스 후작이 라한드리가 백작을 찾아왔다. 그리고는 차를 마시며 한담을 나누는 도중, 갑자기 예전 젊었을 때의 일들을 들먹이며 라한드리가 백작가의 무예를 트집잡기 시작했다. 당연히 자존심이 상한 백작이 발끈했고 둘이 점점 언성을 높여가다가, 이성이 반쯤 날아간 상태에서 라조스 후작에게 이런 제안을 받고 수락하고 말았다.

'좋아! 무인은 주둥이로 싸우지 않고 검으로 말하는 법! 네가 진다면 내 둘째 아들과 네 큰딸을 혼인시키자!'

'좋다! 대신 네가 진다면 네 셋째 딸을 우리 둘째 아들한테 내놔!'

두 사람은 아무도 없는 도장으로 가서 격렬하게 대련을 벌였다. 그리고 매우 유감스럽게도 백작이 라조스 후작에게 패하고 말았다.

"……"

이야기를 다 들은 바리엔의 마음 속에 뭐라고 형용할 수 없는 혼돈의 폭풍우가 휘몰아쳤다. 너무 여러 가지 감정이 복합적으로 일어나서 현기증이 날 것 같다.

"아……"

하지만 입을 여는 순간, 바리엔은 그 모든 감정이 한 가지로 압축되는 것을 느꼈다.

"아버지는 바보야!"

그 자리에 있는 것을 견딜 수 없게 된 바리엔은 공간 이동으로 사라져 버렸다. 그리고 딸이 사라진 자리를 보던 백작 부인이 고개를 끄덕였다.

"응. 정말 바보야. 이 어미도 격하게 동감한단다."

"부인, 이제 제발 좀 풀어주시오! 제발 용서해 줘!"

"용서는 무슨 용서야, 이 양반아! 아주 오늘 죽어봐라!"

라한드리가 백작가에 한 남자의 처절한 비명이 길게 울려 퍼졌다.

"…이렇게 된 거예요."

"……."

이야기를 다 들은 루그는 너무 황당해서 입을 쩍 벌렸다. 세상에, 귀족가의 정략결혼에 대한 이야기는 이것저것 많이 들어봤지만 이렇게 황당한 경우는 처음이다.

에리체가 주먹을 불끈 쥐며 말했다.

"백작 아저씨도 정말 너무하시죠. 어떻게 그러실 수가 있담?"

"그, 그러게요."

"기왕 하실 거면 이겨야지 거기서 져 버리시다니 너무 한심하잖아요!"

"화낼 포인트가 거기가 아니잖아!"

바리엔이 에리체의 뒤통수를 후려갈겼다.

볼카르가 말했다.

〈늘 생각하는 건데 인간이란 참… 재미있군. 다 알았다 싶으면 상상도 못할 일들이 튀어나오니.〉

―그, 그러게.

이렇게 되면 바리엔이 가출한 심정도 이해가 갔다. 그녀가 불쌍해서 눈물이 날 것 같은 기분이다.

'어쩌면 이렇게 하나부터 열까지 안쓰럽지?'

만약 지금의 바리엔을 아는 자신이, 시공 회귀 전의 그녀와 다시 만난다면 도대체 어떤 표정을 짓게 될까? 상상을 해봐도 도대체 어떤 표정을 지어야 할지 모르겠다.

〈웃겠지, 분명.〉

—…역시 그렇지?

〈그리고 마구 칼을 휘둘러 대는 그녀에게 쫓겨서 도망갈 거다.〉

—그렇겠군…….

루그는 그 예측에 동의할 수밖에 없었다. 요즘 들어 생각하는 건데 볼카르는 자신에 대해서 너무 잘 안다.

헛기침을 한 루그가 말했다.

"흠흠. 가출을 하실 만도 하군요. 세간에서 뭐라고 하든, 저는 바리엔 양의 결정이 옳았다고 생각합니다."

"감사합니다. 아아, 정말이지……."

바리엔은 울 것 같은 표정으로 한숨을 쉬었다. 자기 이야기를 들어주고 편들어주는 사람을 만나니 눈물이 핑 돌았다.

"그런데 이제부터는 어떻게 하실 셈입니까? 왕실에 있는 것이 알려지면 그것도 곤란할 것 같은데……."

"일단 제 재량으로 바리엔의 존재는 라한드리가 백작가에는 비밀로 해두기로 했습니다. 백작 부인께만 살짝 알려 드리기로 하고요."

칼리아가 말했다. 루그가 바라보자 그녀가 빙긋 웃는다.

"그동안 말씀 안 드렸지만, 바리엔은 왕실에서도 상당히 중요 인사 취급받고 있답니다. 라한드리가 백작보다도 중요도가 훨씬 높지요."

그러면서 칼리아는 바리엔이 위급 상황 시 국왕의 피난을 책임지는 역할을 맡고 있다는 것을 알려주었다. 정확히는 라한드리가 백작가의 인물 중에 봉인의 조각을 계승하는 인물에게 부여되는 역할이지만 말이다.

"그러니 왕실에서도 바리엔에게 그 정도 배려는 해줄 수 있습니다. 시간이 좀 지난 다음에 제가 나서서 중재하면 되겠지요."

"하지만 좀 아깝네."

문득 에리체가 말했다. 세 사람이 그녀를 바라보자 에리체가 말을 이었다.

"자스 라조스라는 남자는 최악이지만, 그 집안의 다른 남자들 중에는 번듯한 남자들도 있을 거 아냐? 맞바꾸기 작전으로 다른 상대를 만나보고 싶다거나 했으면 받아들여졌을지도 모르는데."

"……."

실로 비상식적인 발상에 바리엔이 주먹을 부들부들 떨었다. 그녀가 폭발하기 직전, 칼리아가 쓴웃음을 지으며 끼어들었다.

"그건 무리야, 에리체."

"역시 안 돼?"

"개인의 감정을 접어두고 가문끼리의 관계 맺기만 우선한다면, 뭐, 불가능하다고 할 수야 없겠지만 애당초 자스 라조스가 저 나이 되도록 저렇게 망나니짓을 할 수 있는 건 워낙 응석받이라서 그런 거거든."

"응석받이? 그 나이에?"

"라조스 후작이 그를 아주 오냐오냐 하면서 키웠고 지금도 오냐오냐 해준다고 해. 하는 짓은 그래도 생긴 건 그럭저럭 멀쩡하잖아? 어릴 적에는 가문 어른들한테 사랑을 많이 받았고, 그 사랑을 약삭빠르게 이용해 왔어. 그러다 보니 저 모양 저 꼴이 된 거지."

칼리아가 신랄하게 말했다. 에리체가 눈을 동그랗게 뜨고 물었다.

"칼리아, 그 사람에 대해서 굉장히 잘 아네?"

"2년 전에 내 시녀 하나를 건드려서 임신시킨 적이 있거든."

그 말에 루그도, 에리체도, 바리엔도 깜짝 놀랐다. 에리체가 물었다.

"그런 일이 있었어? 난 전혀 몰랐는데."

"조용히 처리했으니 주변에 알려지진 않았어. 애를 낙태시키고 조용히 고향으로 내려보내는 조건으로 그 시녀는 라조스 후작에게서 보상금을 받고, 나는 사업 하나를 양보받기까지 했는데… 그런 일이 있고서도 달라지질 않았어. 얼마나 응석을 받아주는지 알 만하지."

칼리아는 숨기지 않고 경멸을 드러내고 있었다.

"그때 한번 매운 맛을 보여줬어야 하는 건데, 라조스 후작가의 규율을 믿은 내가 잘못이었어."

칼리아 입장에서는 그 정도로 큰 사고를 쳤으니 라조스 후작가에서 알아서 벌을 주고, 앞으로는 좀 냉대를 하리라고 생각하고 합의를 해준 것이다. 그러나 라조스 후작의 자식 사랑은 상상 이상으로 개념이 없었다.

그녀가 말을 이었다.

"어쨌든… 바리엔은 당분간 왕궁에 머물면서 아쿠아 비타의 일을 도와줬으면 해. 내 궁에 거처를 마련하고, 급료도 줄게."

"아, 물론 도와줄게. 하지만 급료는 필요없는데……."

"받아둬. 바리엔 너는 너무 욕심이 없어. 에리체조차도 비상금을 챙겨두고 있잖아. 예상치 못한 일이 닥쳤을 때 버틸 돈 정도는 있어야지. 그리고 이건 누구한테 의지하지 않고 네 능력으로 버는 돈이니까 떳떳하잖아."

칼리아는 강하게 바리엔을 설득했다. 일찌감치 아버지를 여의고 높은 권좌에 앉아서 엄청난 돈을 만져 온 그녀는 돈의 가치를 누구보다도 잘 알고 있었다.

"응. 그럼… 열심히 일할게."

바리엔은 조금 기분이 풀린 듯 미소 지었다. 가출한 자신에게 이렇게 마음을 써주는 칼리아의 마음씀씀이가 고마웠다.

대충 이야기가 마무리 지어지자 칼리아가 루그에게 물었다.

"이야기가 미뤄져서 죄송합니다. 루그 경, 오늘은 무슨 일로 오셨는지요?"

"아, 그게……."

루그는 그제야 자신의 용건, 드워프 장인 데니스에 대한 이야기를 꺼낼 수 있었다.

8

불카누스는 전쟁터 한복판에 서 있었다. 불어오는 바람에 매캐한 냄새가 섞이고, 바깥은 온통 전투의 긴장감과 공포에 지배당하는 인간들이 일으키는 소음으로 가득하다.

자베이드 백작령이라 불리는 도시 전체가 곧 시작될 전투를 두려워하며 떠는 가운데, 오로지 불카누스와 지아볼 둘만이 여유로웠다. 그들은 인간들이 보지 못하도록 투명술을 건 채 첨탑 위에 올라서서 상황을 구경했다.

지아볼이 말했다.

"정말로 원시적이군."

"어떤 의미에서 하는 이야기지?"

"말 그대로요. 내 입장에서 보면 이건… 정말 상상도 할 수 없을 정도로 원시적인 전장이오. 물론 백병전은 지금부터 수천 년이 지나도 없어지지 않겠지만, 이곳의 모든 것이 마치 먼 옛날의 기록을 보는 듯하군. 마치 신화를 현장에서 구경하는 것 같은……."

지아볼이 흥미로 눈을 빛냈다.

그는 문명이 극도로 발달한 세계에서 온 존재다. 별과 별 사이를 이동하는 문명을 가진 그의 입장에서 볼 때 이 세계의 전투는 마치 아득히 먼 옛날의 기록을 보고 복원해 놓은 작품 같은 느낌마저 들었다.

불카누스가 피식 웃었다.

"그렇다면 더 재미있게 볼 수 있겠군. 어디 볼거리를 만들어 줘 볼까?"

성문은 철저하게 봉쇄되었고, 기사들의 지휘를 받는 병사들이 완전무장한 채 성벽 위에 올라섰다. 성벽 아래쪽에서는 적에게 부어줄 끓는 물과 투석기에 쓸 돌들을 운반하는 데 열심이었다.

뿌우우우우!

먼 곳에서 뿔나팔 소리가 울려 퍼졌다. 전투가 시작되는 것을 알리는 신호다. 아군에게도, 적군에게도 그 사실을 명확히 알리는 것이 이 시대 전투의 규칙이었다.

"라발 후작군이 온다! 궁병들, 사격 준비!"

성벽 위에서 지휘관이 외쳤다. 그러나 자베이드 백작군의 궁병대가 명령에 따르는 것보다 거리를 좁혀온 라발 후작군의 궁병대가 한발 빨랐다.

쉬쉬쉬쉬쉭!

성벽 바깥쪽에서 수백 발의 화살이 일제히 날아오른다. 기사들이 목이 터져라 대비할 것을 외치고, 병사들은 곧바로 방패를 들어 머리 위를 가렸다.

"거북이들 같군. 하지만 너희들은 이번에는 패배가 결정되어 있다."

불카누스는 미소 지으며 손을 들어 올렸다. 그러자 마법이 발동하면서 수백 발의 화살이 일제히 가속하기 시작했다. 아래에서 위로 쏴서 포물선을 그리며 떨어지는 화살이라고는 믿을 수 없는, 직사로 쏜 것보다도 두 배는 빠른 속도로 가속해 낙하하면서 궤도가 변화무쌍하게 뒤틀린다.

파바바박!

"크아아악!"

"아악!"

성벽에 올라서 있던 병력들이 비명을 지르며 쓰러져 갔다. 놀랍게도 화살들이 방패도, 갑옷도 모조리 관통해 버렸던 것이다. 게다가 일제사격으로 화살비를 형성한 것이라고는 믿을 수 없는 명중률에 단번에 백 명 이상의 전사자가 발생했다.

"뭐야? 어떻게 이런 일이 있을 수 있지?"

자베이드 백작군의 지휘관은 믿을 수 없다는 듯 중얼거렸다. 인사치레에 가까운 일제사격에 이렇게 엄청난 피해가 발생하다니, 그것도 성벽 위의 병력만 골라서 싹 쓸리다니 말도 안 된다! 도저히 있을 수 없는 일이었다.

심지어 공격을 가한 라발 후작군조차도 당황하고 있었다.

"뭐지? 저놈들 왜 저렇게 우왕좌왕하고 있는 거야?"

일단 이쪽의 사격이 끝나고 나면 곧바로 반격이 날아올 줄 알았다. 그런데 마치 연극이라도 하듯이 성벽 위의 병력들이 우수수 쓰러지더니 전혀 반격해 올 기색이 없다.

"설마 함정인가?"

"그럴 이유가 있을까요?"

일단 라발 후작군은 상대가 반격을 못하고 당황하는 동안 계속 공격을 해보기로 했다. 그새 다시 화살을 장전한 궁사들이 두 번째 일제사격을 날린다. 그러자 이번에도 성벽 위의 병력들만 싹 쓸리면서 백 명 이상의 사망자가 나왔다.

"이건 말도 안 돼!"

자베이드 백작군의 지휘관은 악몽을 꾸고 있는 기분이었다. 객관적으로 분석했을 때, 이번 전투는 방어하는 입장에서 충분히 해볼 만한 한판이었다. 적의 병력이 아군보다 월등히 많지도 않고, 이쪽의 물자가 부족하지도 않았으니까. 하지만 시작부터 말도 안 되는 피해를 입으면서 모든 예측이 산산조각 나고 있었다.

적들이 화살을 쏘면 그럴 때마다 아군에서 막대한 피해가 발생하고, 투석기를 쏘면 말도 안 되는 명중률로 아군의 투석기가 맞고 박살 난다. 이렇게 되자 자베이드 백작군은 적이 성벽까지 다가오는 동안 아무것도 할 수가 없었다. 성벽 위의 병력은 일찌감치 몰살당했고, 투석기도 다 박살 났는데 뭘 어쩌란 말인가?

불카누스가 하는 양을 지켜보던 지아볼이 쓴웃음을 지었다.

"이건 좀 너무 하는 거 아니오?"

"그런가? 그럼 이쯤 해둬야겠군. 이제부터는 인간들끼리 서로 죽이는 걸 구경해야겠어."

불카누스는 어깨를 으쓱하고는 손을 털었다.

하지만 그가 초반에 개입한 것 자체가 전투의 승패를 너무 크게 좌우하는 짓이었다. 자베이드 백작군이 성벽의 병력 공백을 메우기도 전에 라발 후작군이 올라오는 데 성공했고, 성문이 열리기까지는 그로부터 채 30분도 걸리지 않았다.

그리고 일단 성문이 열린 후에는 학살에 가까운 상황이 이어졌다. 승패가 결정나서 자베이드 백작군이 제압당하기까지는 오랜 시간이 걸리지 않았다. 자베이드 백작을 비롯해서 생존한 측근들은 전부 줄줄이 묶여서 끌려나왔다. 그러나…….

"크악!"

기세등등하게 패배자들을 비웃고 있던 라발 후작이 비명을 질렀다. 어찌된 일인지 묶여서 꿇어앉혀져 있던 기사들 중 하나가 벌떡 일어나더니 칼로 그를 찔러 버렸기 때문이다.

"후작님! 이놈, 기사라는 놈이 비겁하게 이런 짓을 하다니!"

라발 후작의 측근들이 당황하기 시작했다. 그리고 라발 후작을 해친 기사 역시 당황하고 있었다. 그는 뭐가 어떻게 된 건지 모르겠다는 얼굴로 주변을 둘러보았다.

불카누스가 물었다.

"이 정도면 됐겠지?"

"괜찮구려. 베사드 공작파의 핵심 중 하나가 쓰러졌으니 이제 전투는 더욱 치열해지겠지."

지아볼이 고개를 끄덕였다.

불카누스는 마법으로 역장을 일으켜서 기사의 몸을 억지로 조종했다. 기사는 자기가 뭘 하는지도 모르고 마치 실로 조종당하는 마리오네트처럼 적의 수장을 암살하고 만 것이다.

라발 후작이 전투의 승패가 결정난 상황에서 비겁한 수법으로 암살당하자 라발 후작군은 격분했다. 그들은 전쟁의 규칙을 무시하고 제압한 모든 병력을 학살하고 자베이드 백작령에 불을 질러 버렸다.

"인간은 참 쉽게 폭주하지. 이성이 무엇을 위해 존재하는지 모르는 것 같아. 그렇지 않나?"

불카누스는 첨탑 위에 서서 불타는 성을 내려다보며 말했다. 이 불길 속에 버려져서 고통스럽게 죽어가는 이들이 지르는 비명이 그의 마음을 채운 증오를 충족시켜 준다. 더 많은 인간을 죽이고 싶다는 갈망이 불길처럼 일어난다.

문득 지아볼이 말했다.

"뭔가 마음에 안 드는 것 같구려."

"뭐라고?"

"왜 그렇게 못마땅한 표정을 짓고 있는 거요?"

그 말에 불카누스는 흠칫했다. 그제야 자신이 잔뜩 표정을 찌푸리고 있다는 사실을 깨달았기 때문이다.

이곳, 탈린 왕국에 온 이래 벌인 모든 일들이 뜻대로 이루어졌다. 그가 부린 수작에 의해 이 나라는 왕을 병마로 잃었고, 확고한 지지를 받던 왕위 계승자를 사고로 잃었다. 그리고 왕위를 탐하는 자들이 서로 싸우기 시작하면서 극도의 혼란이 찾아오고 수많은 인간들이 죽어가고 있었다.

그리고 오늘, 이곳에서 벌어진 전투와 학살로 인해 그 혼란은 점입가경으로 확대될 것이다. 지금까지는 영주들끼리 서로 시빗거리가 일어나서 싸우는 정도였지만, 이제는 본격적으로 내전으로 돌입하리라. 그리고 그 속에서 불카누스가 조금씩만 원하는 대로 상황을 조율해 가면 나라가 패망할 때까지 싸우게 만드는 것도 가능하다.

하지만 불카누스는 이런 성공마저도 불만족스러운 것 같았다.

지아볼이 물었다.

"루그라는 인간 때문이오?"

불카누스가 움찔했다. 지아볼의 말이 정곡을 찔렀기 때문이다.

지아볼이 말을 이었다.

"확실히 로멜라 왕국을 급습했던 샤디카와 아레크스가 그 인간에게 당한 것은 예상을 벗어난 최악의 결과였지."

아직 블레이즈 원에서는 샤디카가 정확히 누구에게 당했는지 어떤지 모른다. 다만 아레크스의 말을 토대로 루그일 거라고 추측할 뿐이다. 메이즈와 다르칸이 그 자리에 있었다면 루그 역시 있었을 가능성이 높으니까.

"그런데 왜 이곳에는 상황이 이 지경이 되도록 나타나지 않는지 꺼림칙한 것 아니오?"

"내 머릿속을 멋대로 들여다보지 마라, 불쾌하다."

"아, 뭐 틀렸다면 사과하겠소."

"맞으니까 불쾌한 거다."

"정답이었군."

지아볼이 쿡쿡 웃었다. 불카누스는 그를 한번 쏘아봐 주고는 말했다.

"그럼 왕궁으로 돌아가지."

불카누스와 지아볼은 불타는 성을 뒤로하고 하늘로 날아올랐다.

CHAPTER 53
내전 발발

폭염의 용제

1

　루그와 메이즈, 다르칸은 종종 가상현실을 이용한 전투 훈련을 하곤 했다.
　이 훈련은 대단히 효율적이었다. 일단 다양한 상황을 설정해 두고 전력을 다해서 훈련을 할 수 있는 데다가, 볼카르가 재현한 온갖 강적들을 상대로 대응법을 연습할 수도 있었기 때문이다. 얼마 전에 메이즈와 다르칸이 아레크스를 쓰러뜨릴 수 있었던 것 역시 이 훈련의 성과였다.
　그날도 셋은 다양한 적들을 상대로 협동 전술을 연습하고 있었다. 다수의 적을 상대로 할 때는 다르칸이 주력을 맡고, 마법을 주력으로 삼는 적과 싸울 때는 메이즈가, 근접전을 주로

하는 적과 싸울 때는 루그가 선두에 선다. 수십 가지 패턴의 적들을 상대하면서 숙련된 셋의 협동 전술은 혼자서 싸울 때와는 비교도 안 될 정도로 월등한 전투 효율을 이끌어낼 수 있었다.

"마스터!"

알더튼이 호들갑을 떨면서 찾아온 것은 셋이 한창 가상현실에서 훈련을 하고 있을 때였다.

그의 존재를 확인한 볼카르는 혀를 차면서 가상현실을 중지시키고 셋의 의식을 현실로 복귀시켰다. 끝도 없이 밀려드는 오크들과 오우거들을 학살하고 있던 셋은 난데없는 사태에 어리둥절해하며 눈을 떴다.

"응? 무슨 일이야?"

루그가 알더튼을 보고 물었다. 그러자 알더튼이 큰일났다는 표정으로 서류 뭉치를 건네주었다.

"이걸 좀 보시오. 큰일났소."

"뭔데?"

서류 뭉치를 받아서 읽어본 루그의 표정이 심각하게 굳어졌다. 메이즈가 조심스럽게 물었다.

"주인님, 무슨 일이야?"

"탈린 왕국에 내전이 일어났어."

"내전?"

메이즈가 눈을 휘둥그레 떴다.

그녀가 알기로 탈린 왕국은 내전이 일어날 만한 상황이 아니었다. 국왕도 건재했고 왕위를 이을 왕태자도 지지 기반이 확고했으니까.

알더튼이 말했다.

"분명 블레이즈 원의 농간이오."

"그렇게 말하는 근거는?"

"전에 말한 대로, 내가 있을 때 블레이즈 원에서는 열 개의 나라를 동시다발적으로 공략해서 내전 혹은 전쟁 상태로 만드는 계획을 갖고 있었소. 하리두스와 클론딜이 하넬라 왕국과 벌이는 전쟁도 그 일부지. 그리고 탈린 왕국도 그 목표 국가 중에 하나요."

"이 빌어먹을 것들이……!"

분노한 루그가 서류 뭉치를 와락 구겼다.

최악의 사태였다. 블레이즈 원은 인간을 자유자재로 농락할 수 있는 마법의 힘을 이용, 인간 사회 자체를 흔들어대는 작전에 돌입한 것이다.

'어떡해야 하지?'

루그가 아무리 열심히 뛰어다녀도 모든 것을 막을 수는 없다. 당장 이 로멜라 왕국에 가해진 공격을 막아내는 것조차도 막대한 피해를 감수해야 하지 않았던가?

"일단은 탈린 왕국으로 돌아가야겠어."

혼란 속에서 루그는 행동의 우선순위를 정했다. 탈린 왕국

내전 발발 185

전체가 전란에 휩싸였다면, 루그는 아스탈 영지에 돌아가 볼 필요가 있었다. 아버지와 마빈이 어떤 상황에 처했는지 확인하고, 만약 위험한 상황이라면 그들을 돕지 않으면 안 된다.

그런 속내를 눈치챈 알더튼이 말했다.

"유감스럽게도 아스탈 백작령에 대한 정보는 아직 없소. 아쿠아 비타의 정보력도 아직 완전치는 않은지라……."

"아스탈 백작령은 워낙 시골이니 어쩔 수 없지. 나머지는 직접 가서 확인해 보는 수밖에."

"곧바로 떠나실 거요?"

"그냥 훌쩍 떠날 수는 없으니 몇몇 사람들한테는 사실을 전해둔 후에… 오늘 저녁에 출발해야겠군."

왕실에 장시간 손님으로 머물렀는데 내 사정이 이러니 떠나야겠다고 휙 가버릴 수는 없다. 적어도 국왕이나 칼리아를 비롯한 사람들에게는 떠난다고 인사를 해둬야 하고 그건 하루는 걸린다.

문득 알더튼이 말했다.

"마스터."

"음?"

"대륙 지도를 봐야 하는 큰 싸움은 아쿠아 비타에 맡겨주시오. 일리지스 대공과 내가 반드시 블레이즈 원의 의도와 실체를 읽고 막아 보이겠소."

"……."

아쿠아 비타는 그것을 위해 존재한다. 루그 혼자서는 막을 수 없는 비극도 아쿠아 비타라는 조직의 힘이 있다면 충분히 막을 수 있으리라.

알더튼이 말을 이었다.

"필요하다면 언제든지 마스터에게 연락할 테니 만반의 준비를 갖추고 계시오. 결국은 마스터의 무력이 필요한 경우가 꽤 많을 테니."

"이것 참. 누가 상사고 누가 부하인지 모르겠군?"

"이게 관리직의 유일한 즐거움이라오. 이렇게가 아니면 어떻게 마스터를 부려먹어 보겠소?"

알더튼이 히죽 웃었다.

루그도 그를 보며 똑같이 웃었다. 처음에는 황당한 놈이라고만 생각했지만 짧은 시간 동안이나마 같이 지내다 보니 충분한 신뢰가 쌓였다. 지금의 알더튼이라면 칼리아를 보좌해서 자신이 하지 못하는, 수많은 이들이 모여 만든 거대한 조직만이 할 수 있는 싸움을 맡길 수 있다.

"알더튼."

루그가 알더튼의 어깨를 짚으며 말했다.

"칼리아를… 일리지스 대공을 잘 부탁한다."

"맡겨주시오. 필요한 순간이 온다면, 이 목숨을 바쳐서라도 지켜내겠소."

알더튼이 가슴을 탕탕 치며 장담했다.

2

 루그가 로멜라 왕국을 떠난다는 소식은 금세 퍼져 나갔다. 루그는 메이즈, 다르칸을 대동하고 제일 먼저 국왕을 찾아가 인사를 한 뒤, 그다음으로 아사르를 찾아갔다.
 "이런 일이 벌어지다니 유감스럽소. 조금이라도 더 루그 경에게 많은 것을 배우고 싶었는데 아쉽구려."
 아사르는 진심으로 루그와의 헤어짐을 아쉬워했다.
 그에게 루그는 자신의 삶을 바꿔준 은인이었고, 남자로서 동경의 대상이었으며, 누구보다도 믿음직한 스승이었다. 요즘 들어 그에게 가르침을 받는 것이 지금까지 살아오면서 겪은 그 어느 일보다도 즐겁고 보람찼는데 이런 식으로 헤어지게 될 줄이야. 언젠가 헤어지게 될 거라곤 생각했지만 이렇게 빠를 줄은 몰랐다.
 "저도 아쉽습니다, 전하."
 루그가 진심으로 말했다. 칼리아의 행복한 미래를 위해 그를 바꿔놓는다는 목표를 제외하더라도, 그를 가르치는 시간은 루그에게 더없이 충실하고 즐거운 시간이었다. 전이법을 통해 그를 고속으로 성장시킴으로써 루그는 강체술사로서 그 무엇과도 바꿀 수 없는 귀중한 경험을 얻었다.
 "가서 하고자 하는 일이 잘되길 바라고, 그리고 꼭 다시 만나길 빌겠소."

"반드시 돌아오겠습니다. 그때까지 제가 가르쳐 드린 것들을 완전히 자신의 것으로 만들어두시길."

"여부가 있겠소?"

아사르가 미소 지었다.

작별인사를 하려던 루그가 문득 생각났다는 듯 말했다.

"그러고 보니… 한 가지 드릴 만한 정보가 있군요."

"정보?"

아사르가 의아해하며 물었다. 루그가 대답했다.

"일리지스 대공은 복슬복슬한 동물을 굉장히 좋아합니다."

"복슬복슬한 동물? 정말이오?"

"동물이 아니더라도 뭔가 복슬복슬한 촉감을 가진 것을 만지작거리시는 것을 굉장히 좋아하십니다. 확실한 정보니까 다음 번에 선물을 고를 때 참조해 보세요."

"호오. 이거 정말 귀중한 정보구려. 복슬복슬한 동물이라… 흐음."

아사르는 뜻밖의 정보에 기뻐하며 머리를 굴리기 시작했다. 지금까지 그녀에게는 고급스러운 옷이나 화려한 꽃다발 같은 것을 선물하곤 했었는데, 좀 생각을 달리해 볼 필요가 있을 것 같았다.

루그는 그런 그를 보며 복잡한 심정을 느꼈다. 그렇지만……

내전 발발

'이걸로 됐어.'

정상인의 몸을 되찾은 아사르는 루그가 남겨준 가르침을 토대로 열심히 훈련하여 보다 믿음직한 남자로 성장할 것이고, 칼리아의 기호를 앎으로써 친밀한 사이로 발전할 수 있으리라. 그것이 칼리아가 행복해지는 길이었다.

"그럼 파이팅입니다, 전하."

"힘내리다."

아사르가 힘차게 고개를 끄덕였다.

3

국왕과 아사르에게 작별을 고한 루그 일행은 다음으로 칼리아를 찾아갔다. 칼리아는 일찌감치 소식을 들었기 때문에, 루그가 아사르에게 인사를 하러 간 시점에서 그를 맞이할 준비를 하고 있었다.

"떠나신다고 들었습니다."

자리에 마주 앉자 칼리아가 말했다. 루그가 대답했다.

"예."

"이렇게 갑작스럽게 떠나게 되실 줄은 몰랐는데… 탈린 왕국에서 일어난 일은 유감입니다."

"감사합니다."

"미욱하나마 아쿠아 비타가 돕도록 하겠습니다. 탈린 왕국에도 어느 정도 기반이 있으니 지금부터라도 내부 상황을 알아내는 데 전력을 다할 겁니다. 언제든지 지원을 요청해 주세요."

로멜라 왕국 귀족들의 상단은 대륙 거의 전 지역에 영향력을 발휘하고 있었다. 자금력의 차원이 다른 데다가 마법 금속과 마정석은 어디에서나 필요로 하는 물건이었기 때문이다.

"알겠습니다."

다른 건 몰라도 루그에게는 정보력이 꼭 필요했다. 멀쩡하게 잘 굴러가던 탈린 왕국에서 블레이즈 원이 어떤 농간을 부렸기에 내전이 발발할 지경에 이르렀는지 꼭 알아야 한다.

칼리아가 물었다.

"그 일이 끝나면, 다시 돌아오실 겁니까?"

"장담하진 못하겠군요. 하지만 여유가 생긴다면 꼭 다시 돌아오도록 하겠습니다."

"그날을 기다리겠습니다."

미소 지으며 대꾸한 칼리아는 문득 다른 화제를 꺼냈다.

"그리고 데니스 공을 소개시켜 주신 것은 정말 감사드립니다. 이번에 임시로 설립한 도시재건부 측에서 정말 좋아하더군요. 루그 경의 인맥은 정말 놀라울 따름입니다."

"뭐 저도 원래 아는 사이는 아니고 어쩌다 보니……."

"벌써 재건안을 완성해서 제출해 주셨는데, 보고 나서 놀랐습니다."

내전 발발 191

"그건 저도 좀 놀랐습니다. 도시 전체를 마법적인 시스템으로 구축하는 것에 그런 이점이 있을 줄은 몰랐지요."

루그가 동감했다.

이전의 라무니아는 그저 도시 곳곳에 걸린 다양한 마법들이 연계될 뿐이었다. 보온 마법이 계절의 변화에 상관없이 온도를 최대한 살기 좋게 유지하고, 성벽은 스피릿 비스트의 접근을 막는 특수한 파동을 발했으며, 위급 시에는 도시 전체가 외적의 침입을 막는 방어막을 형성할 수 있었다. 거기에 성벽에 중점적으로 배치된 마법진들이 병력들이 전투태세를 갖추기 전까지 효율적으로 외적에 대한 공격을 수행해 주는 구조였다.

이것만으로도 전 세계에 비견할 곳을 찾기 힘든 놀라운 마법적 성과가 집약된 도시라고 할 만했다. 그러나 마법 건축의 시조인 데니스는 이것을 한 단계 뛰어넘는 마법 시스템을 제안했다.

그 첫 번째는 바로 수도 시설의 개선이었다.

그가 설계한 수도 시설을 구축할 경우, 언제 어디서든 온수와 냉수를 골라서 쓸 수 있으며 설령 외적이 수원(水源)을 찾아서 독을 푼다고 하더라도 수도 시설 안에서 정화가 된다.

두 번째는 마력의 비축과 집중, 그리고 증폭이다.

도시 전체를 이용해서 거대한 마법진을 구축하고 왕도의 시민들을 등록시킨다. 그리고 그들로부터 컨디션에 영향이 없을 정도로 미미한 마력을 차출해서 저장한다. 또한 왕실을 비롯한 각 시설에서는 일정량의 마정석을 이용해서 더 많은 양을 비축할 수 있도록 한다.

그리고 전투태세에 돌입하면 이렇게 비축한 마력을 이용해서 등록된 전투요원들의 능력을 증가시킨다. 또한 등록되지 않은 존재들, 즉 적의 경우는 이 마법진에 다가오는 것만으로도 마력을 억제당하고 급속도로 흡수당하게 된다.

"그런 시스템을 구축 가능할 거라곤 생각 못했죠."

이 시스템이 완성된다면 라무니아는 아무리 블레이즈 원이라도 함부로 손댈 수 없는 철벽의 방어력을 갖추게 될 것이다.

칼리아가 말했다.

"게다가 데니스님께서는 이 시스템을 4단계로 나누어 진행하고, 전부 완성하는 데 불과 1년을 예정하고 계시더군요. 현재 파괴된 곳을 재건하는 데 걸리는 시간만 해도 그 정도는 넘을 거라고 생각했는데……."

"뭐, 전설의 드워프 장인이니까요. 혼자서 이만한 도시도 뚝딱 만든다는 양반이니 실제로 가능할 겁니다."

드워프들의 작업 능력은 가공할 지경이라서 인간의 기준으로 판단하는 것은 무리였다. 지금까지 리누스와 워즈니악을 보아온 바로는, 그들이 시간을 들이는 부분은 어떤 물건을 고안하고 설계할 때지 실제로 제작할 때는 무서운 속도로 뚝딱 완성해 버린다.

두 사람은 그 이야기 말고도 한동안 한담을 나누었다. 그러다가 루그가 시간을 보고 몸을 일으켰다.

"그럼 이만 실례하겠습니다."

루그에게 마주 인사하려던 칼리아는 문득 머뭇거리면서 루그를 바라보았다. 루그가 의아한 표정을 짓자 그녀가 망설임 가득한 표정으로 입을 열었다.

"실은 예전부터 묘하게 생각했던 게 하나 있습니다."

"……."

"이상하게 들릴 이야기입니다만, 루그 경, 당신은 혹시 저를……."

그 말에 루그는 심장이 덜컥 내려앉는 것 같았다.

그동안 칼리아에게는 시공 회귀 전의 인연을 티내지 않으려고 노력해 왔다. 그러한 노력이 잘되었냐고 묻는다면 솔직히 아니라고 대답하겠지만, 세상의 그 누가 눈앞의 남자가 시간을 거슬러 왔을 가능성을 상상할 수 있겠는가? 그저 태도가 좀 이상하다고 여길 뿐, 그 이상을 파고드는 것은 불가능하다.

그렇게 생각하고 있던 루그에게 지금 칼리아가 꺼내는 말은 심장에 칼날이 겨누어진 것 같은 기분을 안겨주었다. 그녀가 머뭇거리며 말을 잇지 못하는 짧은 순간이 마치 영원처럼 길게 느껴지고 식은땀이 흘러내린다. 살면서 이렇게 두려운 순간이 또 있었을까?

"…아니, 아닙니다. 실없는 소리를 해서 죄송해요."

하지만 결국 칼리아는 말을 삼켜 버리고 말았다. 루그는 절로 안도의 한숨이 나오려는 것을 필사적으로 억누르면서 말했다.

"다시 뵐 때까지 건강하시길."

"무운을 빕니다. 부디 몸 다치지 말고 승리하시길."

칼리아는 복잡한 심정이 담긴 표정으로 작별인사를 했다.

4

루그가 그다음으로 찾아간 것은 하라자드였다. 그를 찾아간 루그는 뜻밖의 사람들을 만나게 되었다.

"루그님! 떠나신다면서요?"

에리체가 바리엔과 함께 하라자드의 거처에 와 있었다.

루그가 의아해하며 물었다.

"웬일로 여기에 와 계십니까?"

솔직히 루그는 두 사람이 칼리아와 동석하리라 예상하고 있었다. 일리지스 대공으로서의 입장을 생각하면 그러면 안 되겠지만, 그동안 있었던 일들을 생각하면 그런 격식을 차릴 시기는 이미 지났다.

에리체가 말했다.

"으음. 칼리아가 루그님한테 물어볼 게 있다고, 그래서 혼자 보고 싶다고 그랬거든요. 뭔가 중요한 일이었던 것 같은데······."

"…그랬군요."

루그는 그 이야기가 무엇인지 대번에 알 수 있었다.

하지만 칼리아는 결국 그 질문을 루그에게 던지지 못했다. 칼리아가 어떤 가능성을 떠올렸던 간에 그것은 너무 비현실적이라 스스로 생각해도 말이 안 되는 질문이었을 테니까.

에리체가 물었다.

"혹시 루그님, 칼리아랑 닮은 동생이라든지… 그런 사람이 있나요?"

"네?"

예상치 못한 질문에 루그가 눈을 크게 떴다.

"가끔 루그님이 칼리아를 보는 눈이 마치 아는 사람을 겹쳐 보는 것 같았거든요. 그래서 혹시나 닮은 사람을 아시나 해서……."

"그, 글쎄요? 여동생이라……."

엄밀히 말하자면 루그한테도 배다른 여동생인 마라냐 아스탈이 있긴 하다. 하지만 그녀는 칼리아와 조금도 닮지 않았고 시공 회귀 후에는 아예 얼굴조차 보지 못했다.

'이번에 가면 보게 되려나?'

아스탈 영지가 무사하다면 배다른 남동생인 라딘과 함께 그녀를 보게 될지도 모르겠다. 두 사람에게는 별다른 추억도, 악감정도 없는지라 이렇다 할 감흥은 없지만 말이다.

〈흠. 현실적으로 생각하면 확실히 이런 쪽으로 추측하게 되는 거군.)

 볼카르가 납득했다는 듯 한마디 했다.

 확실히 전혀 모르는, 그리고 이전에도 인연이 없던 누군가가 자신을 잘 아는 사람 보듯이 본다면 저 사람이 아는 누군가가 나와 닮았나 보다 생각하는 게 현실적일 것이다. 에리체의 말을 들어보니 지금까지 왜 그런 식으로 생각하지 못했는지 의아할 정도였다.

 '생각해 보면 라나도 그랬지.'

 라나도 루그가 자신을 대하는 태도에서 의문을 느꼈지만, 비현실적인 가능성을 떠올리진 않았다. 혹시 얼굴도 기억 못하는 모친과 아는 사이가 아니었냐고 물어왔을 뿐.

 '하지만 칼리아는…….'

 누구보다도 이성적이고 침착하기에 칼리아는 오히려 비현실적인 가능성에 눈길을 준 것이 아니었을까?

 그녀가 의문을 던지지 않고 묻어두었기에 확신할 수는 없다. 하지만 루그는 왠지 그런 느낌이 들었다.

 루그가 말했다.

 "저도 여동생이 있긴 한데 일리지스 대공 전하하고는 전혀 안 닮았습니다."

 "그래요? 그럼 제가 잘못 생각했나 보네요. 이번에는 여자의 감이 맞을 줄 알았는데."

 "여자의 감은 무슨. 그냥 칼리아가 물어본 걸 토대로 때려맞

춘 것뿐이면서."

"그걸 토대로 사실은 칼리아가 루그님의 시선을 그렇게 느끼고 있었다! 는 것을 추측해 낸 것이 바로 여자의 감인 거야. 물론 이제야 생전 처음으로 혼담이 들어올 정도로 여자다움과 거리가 먼 바리엔은 모르겠지만 나는… 으버버버!"

우쭐거리며 말하던 에리체는 바리엔이 양볼을 잡고 사정없이 잡아당기자 버둥거렸다. 정말로 마지막까지 변함없는 그 모습에 루그는 자기도 모르게 웃음을 터뜨렸다.

"두 분의 모습을 보니 왠지 안심이 되는군요."

"아……."

"에헤헤."

바리엔은 부끄러움으로 얼굴을 붉혔고 에리체는 귀엽게 웃었다.

다르칸과 이야기를 나누고 있던 하라자드가 말했다.

"그래, 또 싸우러 가는 건가?"

"그렇게 됐습니다."

"몸조심하게나. 난 지금도 자네의 정체가 뭔지 정확히는 모르겠지만… 자네의 존재가 이 싸움에서 정말 중요하다는 것만은 확신할 수 있겠군. 그리고 자네가 믿을 만한 사람이라는 것도."

그가 손을 내밀었다. 루그가 그 손을 맞잡고 악수를 하며 말했다.

"근데 그 나이 먹고 어린애한테 오빠라고 부르게 하시는 건 좀 그만두시죠?"

"어허, 나이는 숫자일 뿐일세. 중요한 것은 마음의 젊음이지!"

"……."

하라자드가 가슴을 탕탕 치며 뻔뻔하게 말하자 루그는 도저히 무슨 표정을 지어야 할지 알 수 없었다. 하라자드가 히죽 웃으며 말했다.

"그러고 보니 그 드워프 양반들이 모여서 뭔가 열심히 만들고 있던데, 그거 자네들하고 관계있나?"

"아, 그거 때문에 내일 떠나기로 했죠. 원래 오늘 떠나려고 했는데……."

원래는 볼 사람들만 보고 나서 재빨리 떠나려고 했는데 사정이 좀 변했다. 루그가 사정을 설명하고 급하게 돌아가야겠다고 말하자 데니스와 워즈니악이 내일까지만 기다려 달라고 했기 때문이다. 그들은 둘이 모여서 라나의 숲에 있는 것과 똑같은, 초장거리 공간 도약 마법진을 만들고 있었다.

설명을 들은 하라자드가 눈을 휘둥그레 떴다.

"호오? 고도 15,000미터 이상까지 이동하는 공간 이동 마법진이라고? 그런 게 가능하단 말인가?"

상위 용족 중에서도 뛰어난 마법사인 하라자드도 그 정도 높이까지 올라가 보는 것은 꿈도 꾸지 못했다. 그는 호기심이 마구 샘솟는 것을 느끼며 말했다.

"그거, 나도 써보면 안 되겠나?"

"마력이 많이 들어서 곤란한데요. 내일 새벽까지 충전이 될지도 모르겠고……."

"그거라면 내가 마정석을 대지. 나도 비축해 둔 게 상당히 있으니 필요한 마력을 공급하는 데는 문제없을 걸세."

하라자드가 선뜻 제안했다. 루그는 잠시 생각하다가 고개를 끄덕였다.

"뭐… 그럼 그렇게 하죠. 다만 저희는 올라간 후에 곧바로 가속해서 떠날 테니까 내려오시는 건 알아서 하시고요."

"여부가 있겠나. 고맙네."

하라자드가 기뻐하면서 루그의 손을 잡고 흔들었다.

그리고 루그가 작별을 고하고 떠나자 에리체가 갑자기 애교만점의 미소를 짓고 다가와서 하라자드에게 어깨를 기댔다.

"오빠."

그 모습을 본 바리엔이 소름이 끼치는 걸 느끼며 몸을 부르르 떨었다.

'가, 가증스러워!'

저것은 하라자드 입장에서는 정말 알고도 넘어가 줄 수밖에 없는 필살기였다. 하라자드가 원래 에리체한테 약한 데다가 저런 태도로 나가면 무슨 부탁을 해도 거절하지 못한다.

'나 같으면 목에 칼이 들어와도 저런 짓은 못할 텐데……'

혹시 그래서 에리체보다 자기가 인기가 없는 걸까? 그렇게 생각한 바리엔은 머릿속으로 여자답게 꾸미고 교태를 부리는 자신을 상상해 보았다.

'아, 안 되겠어.'

스스로의 상상 속에서조차 교태 어린 소녀의 모습이 성립하질 않는다.

어쨌든 에리체가 교태를 부리자 하라자드가 희색을 띠며 물었다.

"응? 왜 그러냐?"

"나 부탁이 있는데요. 오빠라면 할 수 있을 것 같은데……."

"뭔데? 뭐든지 말해보거라."

순간 바리엔은 불길한 예감이 엄습해 오는 것을 느꼈다. 에리체는 칼리아와 바리엔 앞에서 자기가 루그를 좋아한다고 몇 번이나 말해왔다. 평소 에리체의 행동으로 볼 때, 루그가 떠나가는데 그냥 웃으면서 손 흔들어주고 끝내 버리는 것은 아무래도 이상하다.

"그러니까요……."

과연 바리엔의 예감은 들어맞았다. 에리체의 입에서 흘러나온 계획에 바리엔은 한숨을 푹 쉬고 말았다.

루그가 마지막으로 찾아간 것은 발타르였다.

그날, 사경을 헤매는 부상을 입은 발타르는 사흘 동안이나 의식을 잃고 있다가 겨우 눈을 떴다. 그를 치료한 봄의 여신 아르넨 교단의 성직자가 말하길 보통 사람이었으면, 아니, 보통 강체술사라면 당연히 죽었을 부상이었다고 했다.

하지만 발타르는 한번 눈을 뜨더니 급속도로 몸을 회복시켰다. 루그가 갔을 때는 붕대를 감은 웃통을 드러낸 채로 뒷짐을 지고 서서 발가락 끝에 역기를 줄로 걸고 다리로 들었다 놨다 하고 있었다. 참고로 그 역기는 가중 마법이 걸린 특제품으로 무게가 무려 300킬로그램에 달하는 물건이다.

루그가 질린 표정으로 한마디 했다.

"거 몸도 아직 성하지 않으신데 좀 쉬시죠?"

"내 제자 놈들이랑 똑같은 소리를 하는군."

발타르가 투덜거렸다.

요즘 들어서 왕도에 있는 그의 제자들이 병문안을 올 때마다 그런 소리를 하고 있었다. 지극히 상식적인 만류였지만 발타르 입장에서는 귀찮을 뿐이다.

"내 몸은 내가 잘 안다. 이럴 땐 오히려 움직여 줘야지 좀 아프다고 누워서 끙끙대고 있으면 더 안 좋아."

"보통 그런 말 하는 사람은 꼭 병이나 상처가 갈 데까지 간 상태가 되어서야 후회하던데요."

"그건 내 제자 놈들은 안 하는 소리구나. 한판 붙어보고 싶은 게냐?"

"정중하게 사양하겠습니다. 아직 병상에 누워 있어야 할 환자를 괴롭히는 취미는 없거든요."

"흥. 겁쟁이 녀석."

발타르는 코웃음을 치며 역기를 내려놓았다. 그리고 물었다.

"떠난다고 하던데 진짜냐?"

"네. 급한 일이 생겨서요."

"아쉽게 됐군. 몸이 나으면 한판 더 붙어보려고 했더니만."

"그때는 스승님이나 찾아가세요. 기꺼이 붙어주실 테니."

"그거야 물론이다만… 그보다는 애송이 네놈이 아니면 새로운 경지를 실험해 볼 놈도 마땅찮아서 말이다. 하나같이 허약해서는 제대로 치면 죽어버릴 것 같으니 원."

발타르가 투덜거렸다. 루그가 물었다.

"새로운 경지?"

"여기서 보여주고 싶지만… 흠, 아직 범위 조절이 완벽하지 않아서 건물을 부수겠군. 따라와 봐라."

"어, 하지만……."

루그가 당황했지만 발타르는 맨발로 성큼성큼 걸어서 나가버렸다. 어쩔 수 없다는 듯 따라 나가자 마당에 선 그가 발을 들고 서서히 움직이기 시작했다.

"이런 거다."

동시에 기묘한 울림이 감각을 엄습해 왔다. 발타르의 발이 움직이는 궤도를 따라서 공간이 물결치듯 흔들리기 시작했다.

그것을 본 루그가 눈을 휘둥그레 떴다.

"어?"

그리고 발타르가 허공을 향해 발차기를 날렸다.

쿠아아아앙!

별로 강맹한 발차기도 아니었는데 폭음이 울리며 공간이 뒤흔들렸다. 그것을 본 루그가 입을 쩍 벌렸다.

"고, 공간 절단?"

메이즈의 보이드 블레이드 때문에 공간 절단은 질리게 많이 봐서 쉽게 알아볼 수 있었다. 발타르는 지금 발차기로, 그것도 직선 궤도를 원형으로 뚫어버리는 방식으로 공간 절단을 사용한 것이다!

볼카르도 깜짝 놀랐다.

〈이 악마의 종자가 어떻게 이런 짓을? 그냥 발차기로 공간 절단 현상을 일으킨다고? 이건 그레이슨의 중력 제어와 같은 수준의 짓거리인데?〉

중력을 제어하는 것은 단순히 땅의 속성력을 다루는 것과는 차원이 다르다. 마법적 입장에서 보면 세상의 가장 근원적인 힘에 다가간 것이나 다름없었으니까.

그리고 공간 절단 역시 그러한 수준의 힘이었다.

물론 공간 그 자체를 자신의 뜻대로 조종하거나, 공간 이동을 하는 것보다는 못하다. 하지만 공간 절단이라는 것은 단순 물질을 대상으로 할 때는 저항조차 용납하지 않는 궁극의 파괴 행위라고 봐도 무방했다. 그저 목표로 삼은 지점으로 공격을 발하기만 하면 그곳에 무엇이 있든 간에 파괴되어 버리니까.

〈그것도 마법을 기준으로 볼 때는 가장 쉽게 구현할 수 있는 '예리한 궤도에 의한 절단 행위'도 아니라 일정 범위를 통째로 도려내는 방식이라니…….〉

볼카르가 그렇게 말하는 순간, 발타르가 반대쪽 발로 돌려차기를 날렸다. 그러자 반월형 궤도를 따라서 날카롭고 광범위한 공간 절단 현상이 일어났다.

〈…….〉

발타르는 뻗어 차기를 이용해서 일정 범위를 통째로 밀어내듯이 도려내는 방식도, 돌려차기를 이용해서 넓은 범위를 베어내는 방식도 쓸 수 있었던 것이다. 그저 공간 절단의 이미지를 완성하고 필요한 형태의 발차기를 날리기만 하면 그만이었다.

루그가 자기도 모르게 중얼거렸다.

"6.5단계……."

"음? 그건 무슨 소리냐?"

놀란 루그를 보며 흐뭇해하던 발타르가 의아해했다. 루그는 자기가 말을 실수했다고 여겼지만, 생각해 보면 딱히 밝히지 말아야 할 이유는 없었다.

"아, 다루는 힘의 형태는 다르긴 합니다만… 스승님께서도 기존의 속성력에서 한발 나아간 힘을 다루고 계시거든요. 하지만 그건 7단계는 아니고 그 바로 앞에 있는, 6.5단계라고 불러야 할 힘이라고 하셨죠."

"그놈도 이 경지에 올랐다고?"

발타르의 표정이 팍 구겨졌다.

샤디카와의 격전 중에 이 힘을 깨달은 이후, 자신이 마침내 궁극의 경지인 7단계의 문앞에 섰음을 실감할 수 있었다. 강체술사로서 현실적인 최고점으로 불리는 6단계에 도달한 이후, 그저 가진 것을 좀 더 정밀하게 다듬고 새로운 응용법을 개발하는 것이 전부였는데 드디어 더 높은 곳으로 도약한 것이다.

그런데 설마 숙적인 그레이슨이 한발 앞서서 이 경지에 올랐을 줄이야!

"젠장! 또 그놈이 한발 앞서 갔단 말이냐!"

그 말을 듣는 순간 루그는 자기도 모르게 생각했다.

'아니, 한발 앞서간 수준이 아니고 지금도 저기 까마득한 저편에 계신데요.'

물론 그걸 말해줄 생각은 없었다. 그레이슨이 발타르의 경지를 모르듯이, 발타르도 그레이슨의 경지를 몰라야 공평하니까.

'딱히 스승님을 보고 놀라 자빠지는 꼴이 보고 싶어서 그런

건 아니고. 흠흠.'

루그는 실실 웃고 싶은 것을 참으며 물었다.

"그런데 그 경지에는 또 언제 오르신 겁니까?"

"그놈하고 싸울 때다."

"샤디카?"

"그래, 그놈. 그놈이 이 공간 절단의 힘을 마법으로 쓰더군. 그래서 그걸 리버스 도메인으로 정면으로 받아치면서 해석하는 데 성공했지."

"……."

그야말로 목숨이 날아갈 것을 감수한, 세상에서 가장 무식한 방법이었다.

'남 말할 처지는 아니지만, 정말 대단하다, 이 양반.'

솔직히 감탄스럽다.

루그도 6단계의 강체술사이기 때문에 그가 어떻게 했는지를 듣는 것만으로도 그 과정을 추측해 볼 수 있었다.

리버스 도메인은 일정 영역의 에너지를 완전히 자신의 제어하에 두는 기술이다.

일반적으로는 상대의 공격을 흘리고 되돌리거나, 자신의 공격 에너지를 증폭시키는 데 사용하지만 보다 고차원적인 영역에서는 그 영역에 들어온 모든 힘을 해석할 수 있었다. 리버스 도메인 사용에 있어서 루그보다 고차원적인 경지에 오른 발타르는 그 과정을 통해 샤디카의 공간 절단을 해석, 자신이 속성력으로 구현하기 위한 이미지를 구축해 내는 데 성공한 것이 리라.

'나도 시도해 봐야겠군.'

메이즈의 보이드 블레이드를 이용하면 훨씬 안전하게 공간 절단의 힘을 손에 넣을 수 있을지도 모른다. 하지만 성공할지는 알 수 없었다.

루그는 그레이슨의 중력 제어를 경험한 후 그것을 손에 넣기 위해 볼카르의 몽상 세계에서 중력의 본질을 경험한 바 있었다. 그러나 중력 제어를 손에 넣는 데는 실패했다. 그 힘의 '해석'에 성공하더라도, 자신이 사용할 수 있는 이미지를 구축하는 것은 또 다른 문제다. 마법과 달리 강체술은 감각으로 그 본질을 완전히 이해하고 재현할 수 있어야만 그 힘을 다룰 수 있었으니까.

'그래도 해볼 가치는 있지.'

루그는 나중에 여유가 나는 대로 즉시 시험해 봐야겠다고 생각했다.

"그럼 이만 가보겠습니다. 쾌차하시죠."

"다음에 보면 또 한 번 붙어보자."

"알겠습니다."

루그는 씩 웃고는 그의 거처를 나섰다.

그리고 다시 집 안으로 들어온 발타르는 발가락으로 역기를 들어 올리며 의지를 불태우기 시작했다.

"오냐, 그레이슨 네 이놈. 어차피 쉽게 이길 수 있으리라곤 생각해 본 적도 없다. 이제부터 공간 절단을 극한까지 다듬어서 네놈을 능가해 주마!"

루그가 이 말을 들었으면 분명 아주 표정이 볼 만했을 것이다.

6

사람들에게 인사를 마친 루그는 워즈니악과 데니스를 찾아갔다. 한창 초장거리 공간 이동 마법진을 구축하느라 열심인 둘은, 해가 져서 노인의 모습을 하고 있었다.

'그래도 해가 지니까 구분이 되는군.'

드워프들은 낮에 어린 사내아이의 모습을 하고 있을 때는 다 똑같아 보이지만, 밤이 되어 노인의 모습을 하게 되면 머리색이나 피부색이 조금씩 다르다. 데니스의 경우 머리가 완전히 백발이고 피부가 적동색을 띠고 있었다.

루그가 물었다.

"잘 되어가나?"

"문제없소. 예상 시간은 앞으로 세 시간 정도요. 마력도 그때까지는 충전될 거고."

"아, 그것 때문에 말인데……."

루그는 하라자드의 부탁을 받아들인 건을 이야기했다. 그리고 걱정스럽게 물었다.

"괜찮을까?"

"마정석을 충분히 공급한다면 문제없소."

"그거라면 여기 있어."

루그는 하라자드가 사람을 시켜서 보내온 마정석 자루를 건넸다. 사람 몸통만 한 자루에 가득 찬 것을 보니 팔아치우면 일생을 풍족하게 보낼 수 있을 것 같은 양이었지만, 하라자드는 새로운 경험을 위해서라면 그 정도는 아깝지도 않은 것 같았다.

데니스가 말했다.

"이 마법진은 인원 제한을 두진 않으니까 한두 명 정도 더 늘어나도 이상이 생기긴 않지. 그만큼 마력이 많이 필요하긴 하겠지만… 흠, 어쨌든 매우 흥미롭군. 초장거리 공간 이동을 이런 식으로 써먹다니."

볼카르가 제안한, 공기가 희박할 정도로 아득한 고도까지 상승해서 그곳에서 초음속으로 비행을 하는 아이디어는 드워프들에게도 놀라운 것이었다. 라나의 숲에 구축된 마법진을 이곳으로 복사해 와서 세부 설정을 바꾸는 작업은 데니스도 무척 즐거워하고 있었다.

그렇게 마정석을 이용해서 마력을 추가로 충전시키고 나니 하라자드가 흥분한 기색으로 모습을 드러냈다. 그는 평소와 달리 두터운 검은 코트로 전신을 두르고 그 위에 목도리를 한 뒤 털모자를 쓰고 있었다. 보기만 해도 무시무시한 악어인간이 그렇게 차려 입고 있는 것을 보니 미묘한 느낌이였지만, 평소 옷차림도 별로 다를 건 없어서 별로 위화감이 들진 않았다.

"혹시 내가 늦은 건 아닌가? 이것저것 준비를 하다 보니."

"아직 10분 남았어요. 근데 단단히 차려 입고 오셨군요."

"위는 춥다고 하지 않았나? 내가 추위에 약해서 신경 좀 썼지."

하라자드가 입은 코트와 목도리, 모자에는 강력한 보온 마법과 공기 생성 마법이 걸려 있었다. 하라자드는 자체적으로 이 두 가지 마법을 자유자재로 쓸 수 있었지만, 혹시 위에 가서 다른 마법들에 마력을 써야 할 때를 대비해서 아예 장비를 단단히 갖추기로 한 모양이다.

"그리고 이건 선물일세. 하나씩 받게나."

"선물?"

하라자드가 준비해 온 것을 나눠주었다. 그것은 푸른 보석을 다듬어서 만든 목걸이였다.

"뭡니까, 이건?"

"결계석일세. 평소에 마력을 충전시켜 뒀다가 원하는 때 구동시키면 개인용 결계가 형성되지. 숲에서 노숙하거나 할 때는 아주 편리할 걸세. 혹은 전투 중에 다른 사람한테 빌려줘도 되고."

"호오. 감사합니다."

내전 발발

제법 쓸 만한 물건이었다. 그것을 이리저리 살펴본 뒤 목에 건 메이즈가 말했다.
　"나중에 리누스 씨나 워즈니악 씨한테 부탁해서 이런 걸 여러 개 만들면 쓸 만하겠는데? 비교적 간편하게 만들 수 있는 구조 같기도 하고."
　"그러게. 우리 아군들한테 나눠주면 아주 쓸 만하겠어."
　루그도 동의했다.
　그러는 동안 준비를 끝낸 드워프들이 말했다.
　"마력 충전 끝났소! 이제 출발합시다!"
　"응."
　루그와 메이즈, 다르칸, 그리고 하라자드까지 마법진 안으로 들어섰다. 루그는 언제나처럼 스커드 코트를 걸치고 있었고 메이즈는 보이드 아머를, 다르칸은 실드 콜로니의 갑옷을 입은 채였다.
　파밧!
　마법진이 빛을 발하면서 무시무시한 마력이 뿜어져 나왔다. 하라자드가 전신을 엄습하는 마력의 압력에 전율하는 순간, 넷의 몸이 상공으로 공간 이동되었다.
　"됐군."
　루그가 아래쪽을 내려다보며 말했다. 메이즈가 중얼거렸다.
　"고도 15,300미터. 마력이 부족할지도 모른다고 생각했는데 그렇진 않았나 보네."

"이곳이……."

하라자드는 경이에 찬 눈으로 주변을 둘러보았다.

상위 용족인 그는 인간 마법사보다 훨씬 높은 고도까지 올라가 본 적이 있었다. 그의 개인적인 기록은 9,240미터. 아직 로멜라 왕국에 정착하기 전, 대륙에서 가장 높다는 산을 정복한 뒤 더 높은 곳까지 날아올라 본 결과였다.

그때도 그는 세상 전부를 눈에 담을 수 있을 것 같은 기분을 느낄 수 있었다. 하지만 지금 발아래로 펼쳐진 풍경을 보니 그게 착각이었음이 실감났다.

"정말 놀랍군."

하라자드가 긴 턱을 쓰다듬으며 지평선을 바라보았다. 거대한 도시가 지도 위의 그림처럼 무성의할 정도로 작게 보이고 거대한 운해조차도 그 흐름을 한눈에 확인할 수 있는 높이였다.

루그가 말했다.

"그럼 천천히 감상하시고 내려가세요. 저흰 이만 가보겠습니다."

"아, 무운을 비네."

하라자드는 여전히 주변 풍경에 눈길을 빼앗긴 채로 말했다. 이 상황에 정신이 팔려서 셋이 떠나든 말든 별로 관심이 가지도 않는 모양이다.

곧 셋은 각자의 장비를 고속 이동을 위한 형태로 변화시킨

내전 발발

뒤 고속 비행 마법을 써서 광륜으로 뛰어들었다.

"호오, 정말 빠르군."

산산이 흩어지는 광륜 너머에서 음속의 세 배 이상으로 멀어져 가는 셋을 보며 하라자드가 중얼거렸다. 초음속으로 이동한다고는 들었지만 저 정도로 빠를 줄은 몰랐다.

"이동도 같이 해볼 걸 그랬나? 후회되는구먼."

하라자드는 그렇게 중얼거린 뒤 품에서 뭔가를 꺼냈다. 그것은 동서남북을 기준으로 한 방위가 표시되어 있는, 사람 머리통만 한 원판 위에 마법으로 둥둥 띄워진 바늘이 있는 마법 도구였다.

"문제없이 작동하는군. 이거 에리체가 따라갈 수 있을지 모르겠는데……."

그가 걱정스러운 듯 중얼거렸다. 이 마법 도구는 오로지 루그 일행에게 준 결계석을 추적하기 위해서 만들어졌다. 하지만 직접 발신 마법을 걸어둔 게 아니고 특정한 마력의 자취를 쫓을 수 있을 뿐이라 하루 이상 거리가 벌어지면 그만큼 추적이 힘들어진다.

"뭐, 그 정도는 알아서 하겠지."

속 편하게 중얼거린 하라자드는 마법 도구를 다시 품에다 집어넣고는 고도 15,300미터의 풍경 속에 흠뻑 빠져들었다.

바리엔은 왠지 이상한 기분을 느끼며 눈을 떴다.

'응? 뭐지?'

눈을 뜨니 주변이 캄캄하다. 그리고 왠지 으슬으슬한 한기가 스며들면서 간혹 가다가 덜컹거리는 진동과 몸이 허공에 붕 떠오르는 듯한 감각이 찾아들었다.

"이건 뭐야?"

곧 바리엔은 자신이 좁은 곳에 갇혀 있다는 사실을 깨달았다. 별로 넓지 않은 공간에 폭신폭신한 쿠션과 천이 가득 차 있고 그 사이에 그녀가 쑤셔 넣어져 있었다.

'뭐가 어떻게 된 거지?'

그녀는 이해할 수 없는 상황에 당황했다. 잠시 머리를 짚고는 잠들기 전의 기억을 반추해 본다. 칼리아와 아쿠아 비타의 조직 운영에 대해서 이야기를 나누고 자신의 거처로 와서 잠이 든 것까지는 기억이 나는데…….

덜컹!

그때 그녀가 들어 있는 상자 같은 것이 크게 흔들렸다. 그리고 허공에 붕 뜨는 듯한 감각이 사라지고 몸이 아래쪽으로 기울어졌다.

"뭐, 뭐, 뭐야?"

바리엔이 당황하는 사이 그녀의 앞을 가로막고 있던 뚜껑이 열리면서 빛이 스며들어 왔다. 그리고 그 사이로 그녀가 익히

아는 얼굴이 고개를 내밀었다.

"아, 바리엔, 일어났네?"

"에리체?"

"무거웠는데 잘됐어. 슬슬 깨워서 꺼내야겠다고 생각했는데."

에리체는 그렇게 말하면서 뚜껑을 떼어내서 던져 버렸다. 그러자 평소와는 달리 회색 털모자를 쓰고 검푸른 코트를 입은 그녀의 모습이 보였다.

바리엔은 어이없어하며 밖으로 나왔다. 그리고 발바닥에 흙이 닿는 감촉에 흠칫했다.

"에, 에리체. 도대체 뭐가 어떻게 된 건지 설명해 주지 않을래?"

바리엔은 자신이 잠옷 차림이라는 사실을 알아차렸다. 분명히 간밤에 잠들 때의 차림새 그대로였다.

에리체가 혀를 쏙 내밀며 웃었다.

"네가 자고 있는 동안 납치해 왔어."

"뭐어?"

터무니없는 대답에 바리엔의 눈이 휘둥그레졌다. 하지만 에리체는 늘 그렇듯이 뻔뻔한 태도로 설명했다.

"루그님 떠나시자마자 가출했거든."

"그거랑 나를 납치하는 건 무슨 상관인데?"

"그게 말이지. 원래는 혼자 가려고 했는데, 하라자드 오빠가 말하길 루그님이 너무 빨리 날아가셔서 내가 아무리 용써도 못 따라갈 거라고 하지 뭐야. 아무래도 바리엔 네가 있어야 따라갈 수 있을 것 같아."

"……."

즉, 자기가 루그를 따라가는 데 필요해서 바리엔의 의사 따윈 물어보지도 않고 납치해 왔단 소리다.

살다 살다 이렇게 어이없는 적은 처음이다. 바리엔은 돌이 된 듯 굳어진 채 에리체를 바라보고 있었다.

에리체가 말했다.

"아, 참고로 너를 어떻게 납치했냐 하면 잠들었을 때 수면제를 피워서 아주 깊숙이 재운 다음에 데리고 나왔어. 내가 업어 가도 모를 정도로 잘 자더라. 그래서 당분간 자라고 이 궤짝에다 넣어서 왔는데 승차감 괜찮았어?"

에리체는 바리엔이 들어 있던 궤짝을 가리키며 말했다. 관이 생각나는 디자인이지만 안에 푹신푹신한 쿠션과 천을 채워서 나름 승차감(?)을 확보한 궤짝이었다.

"그리고 깨어나면 갈아입으라고 옷도 다 준비해 왔으니까 걱정 마. 넌 이제 나를 데리고 공간 이동해서 루그님을 따라잡아 주기만 하면 돼!"

에리체가 바리엔의 어깨를 탕탕 두드려 주며 말했다. 그러자 바리엔이 몸을 부들부들 떨며 입을 열었다.

"에리체……."

"응? 아, 옷 갈아입기 전에 씻고 싶어서 그래? 지도를 보니까 이 근처에 강이 있는 것 같던데 거기까지만 가면……."

"오늘 아주 사생결단을 내고 말겠어! 으아아아아!"

결국 바리엔은 폭발했다.

폭염의 용제

1

 아스탈 영지는 오랜 역사를 되짚어봐도 별로 타 영지와 분쟁을 겪은 일이 없었다.
 왕국의 기틀이 잡히기 전, 영지들이 독립된 나라처럼 존재하며 서로 싸우던 시절에도 그렇다. 땅덩이가 크긴 해도 굳이 싸움을 걸어서 점령할 매력은 없었기 때문이다. 농사를 지을 수 있는 땅은 얼마 되지도 않고, 따라서 영지민도 적은데 마물들은 득시글거리는 데다가 이렇다 할 특산물도, 자원도 없는 곳을 뭐하러 탐내겠는가?
 그렇기에 역대 아스탈 백작들에게 있어 맞서 싸워야 할 적은 언제나 영지를 위협하는 마물들 혹은 산적들이었다. 정규

군에 가까운 인간과 싸워본 경험이라고는 오래전, 내전 상황에서 왕의 편에 섰을 때밖에 없었다.

현 아스탈 백작의 경우는 그런 경험이 아예 없었다. 하지만 이제 첫경험을 해야 할 때가 오고 있었다.

"이해가 안 가네. 도대체 우리 영지에 뭐 먹을 게 있다고 싸움을 건담? 그것도 병력을 저렇게 어마어마하게 몰고 와서는……"

금발에 청록색 눈동자를 가진 소년이 언덕 위에 선 채 그렇게 중얼거렸다.

완전무장을 한 그는 아직 앳된 구석이 남아 있긴 해도 키가 훤칠하고 몸이 잘 발달해 있었다. 전신을 두른 기사의 갑옷과 허리에 찬 장검도 전혀 어색함이 없이 어울린다.

소년이 바라보는 곳에는 1,500명도 넘는 대규모의 병력이 모여 있었다. 그중에서 기사들만 해도 최저 100명이 넘어 보이니 아스탈 백작령의 총병력을 가뿐하게 웃돈다.

소년의 곁에서 중년의 기사가 고개를 끄덕였다.

"그러게 말입니다. 베사드 공작이란 양반도 이해가 안 가는군요. 백작님이 왕위에 누가 오르든, 정식으로 왕위를 계승한 자만을 존중하겠다고 했으면 대충 그런가 보다 하고 내버려둘 것이지. 그런데 마빈 도련님, 어떻게 하실 생각입니까?"

"정찰 끝냈으니 돌아가야죠. 설마 꼴랑 다섯 명으로 저 숫자를 상대로 싸움이라도 걸게요?"

소년은 아스탈 백작가의 후계자, 마빈 아스탈이었다.

올해로 열여섯 살이 된 그는 나이에 비해서는 많이 성숙하다는 평가를 받고 있었다. 원래부터 백작의 피를 이은 아들답게 무재(武才)가 뛰어나다는 평가를 받고 있었는데, 2년 전 한번 가출을 해서 험한 세상을 경험하고 온 후로는 실력이 일취월장해 아스탈 백작령의 모든 기사들이 그에게 후계자의 자질이 충분함을 인정했다.

문득 마빈이 말했다.

"하지만 지금 상황이면… 어디 보자, 이 근처에 오우거 서식지가 있지 않았어요?"

"있죠."

중년의 기사가 히죽 웃으며 지도를 건네주었다. 현재까지 파악된 마물들의 서식지가 표시된 지도였다.

"흠. 놈들이 척후를 운용한다면 화살로 도발해서 유인하는 것도 괜찮겠군요. 함정은 이쯤에다 준비해 두고……."

"지금 바로 준비시킬까요?"

"그러죠. 어차피 싸워야 할 거, 초장부터 엿이나 먹어보라지. 영지민들 대피시키는 데 시간도 걸리니……."

마빈이 씩 웃었다. 아직 소년다운 장난기가 묻어나는 미소였다.

베사드 공작이 보낸 군대가 영지를 향해 오고 있다는 것을 알게 된 아스탈 백작은 영지민들을 영지 중앙으로 피난시켰다. 영지민들은 영지의 재산이니 전쟁을 벌이더라도 쉽게 해치지 않겠지만, 재산을 약탈당하고 식량을 빼앗길 것을 우려해서였다.

평소 목숨을 아끼지 않고 그들을 위해 싸우는 아스탈 백작의 신망이 두터웠기에, 영지민들은 비교적 큰 저항 없이 이 지시에 따랐다. 그리하여 영지의 마을들은 전부 텅텅 비고 그 자리에 마물들이 어슬렁거리고 있는 상황이었다.

"논밭이 상하면 안 되는데… 이거까지 바라는 건 무리겠지."

마빈이 혀를 찼다.

압도적인 대군을 맞이하면서도 침착하고 여유로운 그 모습은 기사들에게 깊은 인상을 주었다. 그들의 도련님은 어린 나이에도 어쩌면 이리도 믿음직하단 말인가?

'정말이지 듬직하게 크셨어.'

중년의 기사는 흐뭇하게 웃었다.

그 시선을 눈치챈 마빈은 보이지 않게 쓴웃음을 지었다.

사실 그도 속으로는 많이 긴장하고 있었다.

지금까지 실전을 많이 겪어보긴 했지만 어디까지나 마물들이나 산적을 상대로 한 토벌전이었다. 수적으로 압도적인 우위를 자랑하는 정규군과의 전투는 완전히 미지의 영역이었다. 자신만이 아니라 아스탈 백작령 전체가 그렇다는 점에서 안 불안하다면 그건 대범한 게 아니라 바보 같은 거다.

하지만 2년 전, 루그와 함께하던 시절을 생각하니 이 정도는 얼마든지 극복할 수 있다는 생각이 들었다.

"도련님."

문득 젊은 기사 하나가 물었다.

"도련님은 저놈들과의 싸움이 무섭지 않으십니까?"

"글쎄."

직설적인 물음에 마빈이 피식 웃었다.

'칼질 한번으로 건물을 쪼개던 놈하고도 붙어봤는데 뭘.'

대답은 하지 않고 그저 여유있게 웃어 보인다. 그러자 다들 감탄한 기색으로 마빈을 바라보았다.

마빈은 뒤통수가 간질거리는 걸 느끼며 먼 곳으로 시선을 던졌다. 그리고 문득 루그의 얼굴을 떠올리며 중얼거렸다.

"그놈은 뭐하고 있으려나?"

"네?"

"아, 아니. 아무것도 아니야. 혼잣말이었어."

마빈은 재빨리 얼버무렸다.

그리고 영지의 후계자답게 당당한 모습을 보여주면서 각오를 다졌다.

2

아스탈 백작은 요즘 근심 걱정에 휩싸여 있었다. 왕위를 둘러싸고 나라가 둘로 갈라져서 내전에 돌입한 가운데, 정치적 중립을 표방했다는 이유만으로 대규모의 병력이 쳐들어오고 있으니 당연했다.

아스탈 백작령의 기사들과 병사들은 모두 마물들과의 실전을 무수히 경험한 강병들이다. 인간끼리 전투를 벌이더라도 병력의 질적인 면에서는 전혀 뒤지지 않는다는 자신감이 있었다.

그러나 수적인 열세는 어쩔 수가 없다. 이쪽은 기사 70명, 병사들까지 다 합쳐 봤자 400명이 안 되는데 저쪽은 기사가 140명에 총병력이 1,600명에 달하니 어떻게 상대해야 할지 감이 안 잡힌다.

그때 그의 집무실로 마빈이 들어왔다. 몇몇 기사들과 함께 적을 정찰하는 임무를 맡은 아들이 돌아오자 백작이 물었다.

"어떻더냐?"

"꾸역꾸역 잘도 몰려오고 있어요. 다행히 보병이 많아서 여기까지 오려면 사흘은 더 걸릴 거예요. 그전에 좀 타격을 줘보려고 오는 길에 수를 좀 써봤는데 한 40명 정도밖에 못 줄였어요."

"40명을 줄여? 뭘 한 거냐?"

"근처에 오우거 서식지가 있길래 첨병들을 거기로 유인한 뒤에 오우거를 활로 공격해서 폭주시켰죠."

"정찰 나가서 그런 위험한 짓을 하다니! 발각당했으면 어쩔 뻔했느냐?"

백작이 버럭 소리를 질렀다. 하지만 마빈은 뚱한 얼굴로 불성실하게 대꾸했다.

"안 그러면 뭐 대책이라도 있어요? 우린 수성전도 별로 잘 못할 텐데 무슨 수를 쓰든 타격을 줘야죠."

그 말대로 아스탈 백작령의 병력들은 솔직히 수성전에도 별로 재주가 없었다. 당장 아스탈 백작성만 봐도 성벽도 그리 높지 않고 해자(垓子)도 얕아서 수성전을 벌이기에 좋은 구조가 아니다. 얼마나 역사적으로 인간끼리의 전쟁을 해보지 않았는지 적나라하게 드러나는 상황이라고나 할까?

마빈이 물었다.

"근데 어쩌실 거예요? 외할아버지가 지원 요청을 받아들이신다고 해도 병력 꾸려서 오시려면 시간이 걸릴 텐데. 그동안은 버텨야 하는데, 계획은 세워두셨어요?"

"으음……."

아스탈 백작 입장에서는 설마 베사드 공작이 이렇게 강경하게 나올 줄은 몰랐다. 영지를 관리하기도 힘든 상황이니 적당히 중립을 표방하고 상황을 지켜보려고 했는데, 뭐 먹을 것도 없는 영지에 이렇게 압도적인 병력을 보내올 줄이야.

정치적 감각이 거의 없는 아스탈 백작은 상황을 어떻게 타개해야 할지 감을 잡지 못하고 우왕좌왕했다. 객관적으로 볼 때 승산이 없으니 항복하고 베사드 공작 일파에 투신하는 것도 생각해 봤지만, 백작 부인이 반대했다.

"저들이 이렇게 강경하게 나오는 것은 분명 본보기를 보이려는 겁니다."

백작 부인은 그렇게 주장했다.
이번 내전에서 중립을 표방하고 있는 영지는 제법 많았다. 하지만 왕좌를 걸고 싸우고 있는 두 세력의 수장들은 병력이 절실하게 필요했고, 그런 만큼 중립을 표방하며 안전권에 틀어박히려는 자들이 못마땅했다.
이런 때는 중립을 표방하는 자들을 공격해서 어느 한쪽을 선택하지 않는 자를 적대하겠다는 의지를 보이는 것도 하나의 방법이다. 그러나 중립을 표방한 영주들은 대체로 어느 정도 힘이 있는 이들이라서 섣불리 공격할 수가 없었다. 괜히 건드렸다가 아군 병력만 소모하는 수가 있었기 때문이다.
그러던 차에 아스탈 백작령이 베사드 공작의 협력 요청을 거부하고 중립을 표방하고 나섰다. 베사드 공작 입장에서는 본보기로 두들기고 싶은 놈을 눈에 불을 켜고 찾던 중에 만만해 보이는 놈이 딱 걸린 셈이었다.
"후우."
아스탈 백작이 한숨을 쉬었다.
베사드 공작 일파의 의도가 뻔한 이상, 이제 와서 숙이고 들어갈 수도 없다. 그랬다가는 가뜩이나 없는 재산과 병력을 탈탈 털리고 화살받이로 내세워져서 만신창이가 될 것이다. 설령 베사드 공작이 왕위를 차지한다 한들 아스탈 백작령은 끝장나고 말 터.

그래서 아스탈 백작은 부인의 친정인 가우트 자작을 비롯한 이웃 영주들에게 지원을 부탁한 참이었다. 역시 중립을 표방하고 있던 가우트 자작이 사위를 위해 병력을 지원해 줄지는 알 수 없다. 다만 가우트 자작령에 다수의 마물이 나타나서 고생했을 때 아스탈 백작이 지원을 갔던 적이 있고, 또 가우트 자작이 예전부터 백작 부인을 아꼈으니 거기에 기대를 걸어보는 수밖에.

하지만 설령 가우트 자작이 지원군을 보낸다고 해도 그들이 도착하기까지는 적어도 일주일의 시간이 걸릴 것이다.

마빈이 씩 웃으며 말했다.

"너무 걱정 마세요. 우리 영지 사람들은 다들 강하잖아요. 외할아버지네가 오실 때까지 버티는 정도는 할 수 있을 거예요."

"거참. 네가 그런 소리를 하다니 다 컸구나."

아스탈 백작이 쓴웃음을 지었다. 어리다고만 생각했던 마빈도 어느덧 훌쩍 커서 누구에게나 인정받는 한 사람의 기사가 되었다. 그런 아들을 보고 있자니 어떻게든 이 위기를 타개해야겠다는 의지가 샘솟는다.

"그럼 모두를 소집해라. 네가 정찰해 온 정보를 바탕으로 수성전을 준비하자꾸나."

3

"마을이 죄다 텅텅 비었네?"

메이즈는 주변을 둘러보며 중얼거렸다. 인간의 마을이라는 점을 감안해서 다르칸은 투명술로 모습을 감춘 채 하늘에 두고, 그녀는 환영 마법으로 위장하고 왔건만 사람 그림자는 하나도 찾아볼 수 없었다.

그녀와 함께 걷고 있던 루그가 말했다.

"그렇다고 시체가 널려 있는 것도 아닌 걸 보니 영지민들을 전부 피신시킨 것 같은데… 역시 오면서 봤던 놈들하고 전투 중인 건가?"

"아마 그런 것 같아."

메이즈가 루그의 추측에 동의했다. 그리고 물었다.

"오면서 보니까 전부 1,600명 정도는 되던데, 아스탈 백작령의 병력은 얼마나 돼? 이 정도 넓이의 영지면 적어도 한 7, 800명 정도는 있는 거지?"

"그, 글쎄? 내가 알기로는 영지 전체에 퍼져 있는 병력을 다 모아도 500명도 안 될걸?"

"뭐어? 정말로?"

메이즈가 눈을 휘둥그레 떴다.

아스탈 백작령은 땅덩이 크기로만 보면 상당히 컸다. 천 명 이상의 병력을 갖추고 있어도 전혀 이상하지 않을 정도다. 하지만 워낙 환경이 나쁘다 보니 영지 면적 대비 인구수는 형편없이 적었고, 그만큼 병력도 적을 수밖에 없었다.

"세상에. 얼마나 살기 나쁘길래……."

"대부분이 농사도 못 짓는 땅인 데다 마물들이 수두룩하니까. 특산물도 없고 광물이 나는 것도 아니고… 아, 이야기하다 보니까 우울하네. 내가 왜 이런 동네를 갖겠다고 그렇게 아등바등 싸웠지?"

루그가 시공 회귀 전을 떠올리며 투덜거렸다. 물론 그때는 어디까지나 아버지에 대한 분노, 그리고 마빈과 백작 부인에 대한 악의로 똘똘 뭉쳐서 그런 것이었고 정말 털면 먼지밖에 안 나오던 몸이라서 이런 영지조차도 엄청난 것으로 여겨질 만했지만 말이다.

메이즈가 말했다.

"흐음. 여유날 때 여기 광맥이라도 찾아보면 어떨까? 마법으로 찾아보면 의외로 쓸 만한 광맥이 있을 수도 있잖아?"

"그러게? 그런 거 하나만 찾으면 영지 상황이 극적으로 개선되겠군. 하지만 일단 상황 좀 파악하고, 정리를 하든지 말든지 한 후에야……."

그때 먼 곳에서 대규모의 인원이 가까워져 오는 울림이 느겨졌다. 혀를 찬 루그가 말했다.

"일단 이동하자. 백작성으로 가봐야겠어."

"응."

두 사람은 베사드 공작의 병사들이 오기 전에 그곳을 떠나 아스탈 백작성으로 향했다.

4

"거기까지 왔으면 슬슬 내일 아침쯤에는 도착하겠는데?"

마빈은 성벽 위에서 정찰병의 보고를 받으며 중얼거렸다. 발빠른 말들을 탄 기사들이 직접 정찰을 수행한 뒤에 훈련된 매를 통해서 소식을 알려왔다.

혀를 찬 마빈은 주변을 둘러보았다. 주변에서는 수성전을 위한 준비 작업에 한창이었다. 수십 년 동안이나 안 쓰고 처박아놨던 투석기를 꺼내서 장인들이 수리하기도 하고, 그나마 대형 마물을 토벌할 때 몇 번 쓰긴 했던 발리스타도 성벽 위에 배치하고 있었다.

"해자는 어떻게 되어가?"

"별로 깊이 파지 못했습니다."

"끄응. 사흘 동안 팠는데도 그런가?"

아주 옛날에는 분명히 성벽 바깥의 해자도 꽤 깊었을 것이다. 하지만 워낙 수성전을 벌일 일이 없어서 계속 방치해 두다 보니 어느새 물이 채워져 있든 말든 쉽게 건널 수 있을 정도로 얕아져 버렸다. 그래서 지난 사흘 동안 사람들을 동원해서 더 깊이 파냈지만 별로 성과는 없었다.

'그래도 안 하는 것보단 낫지.'

마빈은 그렇게 생각하며 성벽에서 내려왔다. 그때였다.

"저기 뭐가 오는데요?"

주변에 있던 기사 하나가 하늘을 가리키며 말했다. 그 말에 마빈도 하늘을 쳐다보았다. 먼 곳에서 까만 점 같은 것이 다가오고 있었다.

"새 아냐?"

"이 근처에 저렇게 높이 나는 새가 없을 텐데요?"

마빈도, 기사도 강체술사인만큼 보통 사람보다 월등히 시력이 좋았다. 하지만 저 하늘에 있는 무언가는 너무 높이 날고 있어서 점으로밖에 보이지 않았다.

―마빈.

"음?"

자신을 부르는 목소리에 마빈은 움찔하며 주변을 둘러보았다. 그러자 기사가 물었다.

"왜 그러십니까?"

"아, 지금 나 부르는 소리 들리지 않았어?"

"아무도 안 불렀는데요?"

기사가 의아해하는 표정을 지었다. 마빈은 눈살을 찌푸렸다. 요즘 계속 긴장한 채로 이것저것 신경을 썼더니 피곤해서 환청이 들린 것일까?

―환청 아니니까 그렇게 주변 두리번거리지 말고 침착하게 들어.

"어?"

"도련님?"

환청이라고는 볼 수 없는 뚜렷한 목소리에 마빈이 눈을 휘둥그레 떴다. 기사가 정말 이상하다는 듯이 바라보자 마빈은 황급히 표정을 수습했다.

"아, 아무것도 아냐. 잠깐 물이라도 마시고 와야겠군."

마빈은 슬쩍 성벽에서 내려와서 걷기 시작했다. 그런 그에게 또다시 그 목소리가 들려왔다.

―통신 마법으로 말하고 있는 거니까 당황하지 마.

"루그……?"

마빈은 그제야 그 목소리가 기억 속에 있는 루그의 목소리라는 사실을 깨달았다. 하지만 당황스러움은 더욱 커져 갈 뿐이었다.

―그래. 나야. 아버지의 집무실로 와. 그쪽으로 갈 거니까.

"어, 아, 알았어."

마빈은 당황하면서도 그 말에 따랐다.

'이 자식이 어떻게 지금…….'

마빈은 가슴이 두근거리는 걸 느끼며 허겁지겁 백작의 집무실로 향했다. 다른 이들이 의아해하며 그를 불렀지만 지금은 신경도 쓰이지 않는다.

"루그!"

단번에 집무실까지 뛰어간 마빈이 문을 벌컥 열면서 루그의 이름을 불렀다. 그러자 안쪽에서 집사와 이야기하고 있던 백작이 어리둥절해하며 물었다.

"루그? 무슨 소리냐? 루그가 왔어?"

"어……."

순간 마빈은 너무 민망해서 어디론가 도망쳐 버리고 싶었다. 하지만 그때 문득 백작의 표정이 변했다. 그러더니 집사에게 말했다.

"아, 이 건은 말한 대로 처리해 주게. 잠시 자리를 지켜주겠나?"

"알겠습니다."

집사는 의아해하면서도 그 말에 따랐다. 집사가 문을 닫고 나가자 백작이 말했다.

"이제 나와 마빈뿐이다, 루그."

동시에 집무실 일부가 어두워졌다. 흠칫하며 어둠이 찾아든 곳을 바라본 백작과 마빈은 열린 창문에 누군가 걸터앉아 있다는 사실을 알아차렸다.

"오랜만에 뵙습니다, 아버지."

선명한 붉은 코트를 입은 청년이 씩 웃으며 다가왔다. 그를 보는 순간 백작과 마빈은 잠시 동안 넋을 잃었다. 오랜만에 보는 루그가 너무 많이 변해 있었기 때문이다.

백작이 물었다.

"저, 정말 루그가 맞느냐?"

"저 옆에 가서 거울 좀 보세요. 아버지 얼굴이랑 내 얼굴이랑 기분 나쁠 정도로 닮지 않았어요?"

루그가 피식 웃으며 대꾸했다. 그리고 마빈을 보며 말했다.

"오랜만이다, 마빈. 2년 동안 진짜 많이 컸는데? 그리고 여전히 겉늙었군."

"거, 겉늙다니! 무슨 소릴 하는 거야!"

마빈이 버럭 소리를 질렀다.

하지만 마빈이 나이보다 좀 노숙해 보이는 건 사실이었다. 예전부터 그런 경향이 있었는데 열여섯 살이 된 지금은 루그보다도 더 나이가 많아 보여서 20대 초반이라고 해도 믿을 것 같다.

'젠장! 신경 쓰이는 곳을 찌르다니!'

사실 나이 들어 보이는 것은 마빈의 콤플렉스였다. 이웃 영주들의 경조사에 초대받아서 갔을 때도 종종 다 큰 청년 취급을 받았던 것이다. 뭐, 그 덕분에 기사들도 애송이 취급을 그만두고 빨리 인정해 줬다는 것이 대단히 슬프기는 하지만…….

'그나저나…….'

울화를 가라앉히며 루그를 바라보던 마빈은 한 가지 신경 쓰이는 사실을 발견했다.

"루그, 너… 키가 굉장히 컸다?"

"음? 좀 크긴 했지? 이제 아버지랑 비슷한가?"

루그가 백작을 보며 말했다. 백작의 키는 182센티미터. 지금은 루그가 184센티미터인지라 눈높이가 거의 비슷했다.

"그러고 보니 이제 내가 너보다 키가 확실히 더 크네? 하하하."

루그가 마빈을 보며 웃었다.

그렇다. 마지막으로 헤어질 때만 해도 루그와 마빈은 키가 비슷했는데, 지금은 루그가 마빈보다 확실히 더 컸다! 마빈은 아직 177센티미터라 루그와 눈높이가 확연히 차이가 났다.

"제, 젠장!"

"훗. 뭐 너무 상처받지 마. 사람이 성장기에는 쑥쑥 클 수도 있고 그런 거지. 너도 아직 성장기… 음? 맞나? 아무리 봐도 성장기는 끝난 것처럼 보이는데……."

"맞아! 성장기 맞다고! 난 아직 열여섯 살밖에 안 됐단 말이다!"

"으음. 좀처럼 믿어지지 않지만, 확실히 객관적인 사실이 그렇지. 놀라운 일이야."

루그가 짐짓 심각한 표정을 지어 보이며 고개를 끄덕였다. 무진장 신경을 건드리는 태도였다.

마빈이 폭발하려는 순간, 백작이 끼어들었다.

"자자, 간만에 만난 형제끼리 사이가 좋은 것은 기쁘다만 이 애비도 좀 끼어주려므나."

"사이가 좋아요? 어딜 봐서요?"

"하하하. 너희들 나이 때는 다 그렇게 아웅다웅하면서 크는 거란다."

마빈이 어이없어하며 물었지만 백작은 다 안다는 듯 미소 지을 뿐이었다. 배다른 형제 둘이 말다툼하는 모습이 그에게는 정말로 흐뭇해 보였나 보다.

백작이 루그에게 말했다.

"그런데 루그, 돌아온 것은 정말로 기쁘다만……."

"시기가 안 좋다 이거죠?"

"알고 온 거냐?"

"그야 당연하죠. 저 얼마 전까지만 해도 머나먼 외국에 있다가 이 나라에서 내전 발발했다는 소식 듣고 부리나케 날아와 본 거라고요. 우리 영지가 어떻게 됐으면 어쩌나 걱정했는데 다행히 아직 전란에 휩쓸리진 않으셨더군요."

"이미 휘말렸다."

"싸우진 않았잖아요. 아무도 죽거나 다치지 않았으니까 됐어요. 그리고……."

루그가 표정을 진지하게 바꾸면서 말했다.

"제가 온 이상 저런 오합지졸들을 두려워하실 이유가 없어요."

5

현재 탈린 왕국의 상태는 그야말로 혼돈 그 자체였다.

국왕이 서거하고, 지지 기반이 확고했던 왕태자가 왕위를 계승하기도 전에 죽어버리고, 예전부터 병약해서 시름시름 앓던 둘째 왕자마저도 비슷한 시기에 세상을 떠났다.

이런 상황이 되자 왕위 계승권을 가진 힘있는 자들이 저마다 왕위를 노리고 일어났다. 초기에는 이놈저놈 우후죽순으로 치고 나와서 내가 왕 되겠다고 설쳐 댔지만, 금세 진짜 강한 놈 빼고는 정리가 되어서 두 개의 세력이 맞부딪치고 있었다.

하나는 왕의 사생아인 드린자드 왕자.

또 하나는 왕의 먼 친척인 베사드 공작.

둘은 국내의 세력들을 규합한 채 신나게 치고받고 있었다. 원래는 좀 더 조심스러운 분위기였는데 도중에 좀 이해할 수 없을 정도로 서로의 감정을 건드리는 사건들이 연달아 터지면서 돌이킬 수 없는 상황까지 가버렸다는 모양이다.

"대충 상황을 알겠군요."

백작과 마빈에게서 탈린 왕국의 상황을 들은 루그가 한숨을 쉬었다.

왜 이렇게 됐는지는 뻔하다. 왕과 왕태자를 죽인 것도, 왕위를 노리는 두 개의 세력 사이에서 '좀 이해할 수 없을 정도로 서로의 감정을 건드리는 사건들'을 일으킨 것도 블레이즈 원이리라. 나샤 삼국 정도 되는 곳이라면 모를까, 그들과 필적하기는커녕 마법의 흔적조차 잡아낼 수 없는 탈린 왕국이라면 이 정도 농간을 부리기는 쉬운 일이니까.

백작이 말했다.

"오랜만에 돌아왔는데 연회도 못 열어줄 상황이라 미안하구나."

"그런 자린 불편하기만 하니 마음 안 쓰셔도 돼요. 그리고 전 이번에는 존재가 드러나면 안 됩니다."

"그건 무슨 소리냐?"

"마빈이 집 나갔을 때 저랑 만나서 겪은 일은 다 들으셨어요?"

루그가 마빈을 바라보며 물었다. 그러자 마빈이 부끄러운 듯 얼굴을 붉혔다.

"그, 그거야 뭐, 대충 다 말씀드렸지."

"어디까지 말씀드린 거야?

"네가 인간이 아닌 것들이 주축이 된 블레이즈 원이라는 조직과 싸우고 있다는 것까지는······."

"그럼 설명해 드리기도 쉽겠군. 아버지, 마빈. 잘 들으세요. 이 나라의 내전은··· 제가 싸우고 있는 적들의 계략에 의한 것입니다."

"뭐?"

"정말이냐?"

마빈과 백작이 깜짝 놀라서 물었다.

루그는 진지한 태도로 블레이즈 원에 대해서 두 사람에게 설명해 주었다.

광기에 빠져 인류를 멸망시키고자 하는 드래곤 불카누스.

그리고 그를 따라 인류사회를 혼돈으로 이끌고자 하는 상위 용족 간부들과 그 부하들에 대해서.

그들이 어떤 힘을 가진 존재인지, 그리고 어떤 일을 벌여왔는지 들은 백작과 마빈은 아연실색했다. 지금까지 살면서 숱한 위험과 맞싸워 왔건만, 루그가 들려주는 이야기는 마치 현실이 아니라 전설의 일부 같았다.

"뭐 따지자면 전설 맞긴 하죠. 이놈이나 저놈이나 수백 년씩 살아온 것들이 모인 데다가, 충분히 세계를 전복시킬 수 있는 능력을 갖고 그걸 수행하는 놈들이니……."

"세상에. 전에 들었던 것보다 훨씬 무서운 놈들이었잖아? 도대체 언제부터 그런 놈들하고 싸우고 있었던 거야?"

"꽤 오래전부터야. 내 스승님께 오더 시그마의 기술을 배울 때부터."

"그럼 엄청 어릴 때부터잖아? 잘도 살아남았네."

"그때는 스승님이 싸우시고 난 스승님 뒤를 쫓기만 했으니……."

루그가 쓴웃음을 지었다. 시공 회귀로 돌아왔을 때는 불과

열다섯 살이었으니, 그 이전부터 그런 존재들과 싸웠다고 하면 믿어지지 않는 게 당연하다.

"잠깐. 그럼 그때 싸웠던 그 메오 나칸이라는 여자는······."

"메오 나칸? 여자? 그건 무슨 소리냐?"

마빈이 메이즈가 사용했던 가명을 입에 올리자 백작이 의아해하며 물었다. 마빈이 해주었던 이야기 중에 그녀에 대한 것은 쏙 빠져 있었던 것이다.

루그가 물었다.

"음? 마빈, 너 아버지한테 그 이야기는 안 한 거야?"

"하긴 했는데······."

"메오 나칸이라는 이름의 여자에 대해서는 처음 듣는다만."

"으이구, 여자한테 깨졌다는 사실이 부끄러워서 감추셨구만?"

"······."

마빈이 슬그머니 시선을 피했다. 메이즈에 대해서는 그냥 검은 갑옷을 입은 괴물이라고만 말했지, 여자라는 사실은 말하지 않았던 것이다.

백작이 물었다.

"음? 마빈, 너 여자한테 깨졌던 게냐?"

"으윽, 그건 여자라기보다 괴물이었다고요! 용족이었단 말이에요! 루그도 완전 만신창이가 되어서는······."

"그러니까 네가 그 여자한테 깨진 건 사실이지?"

"그건… 그러니까 사실이 맞지만……."

백작이 그 점을 파고들자 마빈이 울상을 지었다. 루그가 피식 웃으며 말했다.

"아버지도 참. 그녀는 인간도 아니고, 대부분의 인간 기준으로 보면 괴물 같은 힘을 가진 존재인 것도 맞아요. 마빈이 깨질 수도 있죠, 뭐."

"으음! 아무리 그래도 그렇지. 요즘 믿음직스러워졌다고 생각하고 느슨하게 교육시켰는데 아무래도 안 되겠군. 이번 일이 해결되고 나면 지옥 훈련을 준비하마."

"으……."

"근데 아버지도 그녀랑 싸우면 마빈하고 똑같은 결과가 나올 텐데요?"

"뭐라고?"

루그가 불쑥 던진 한마디에 백작의 표정이 변했다. 그가 분기탱천해서 말했다.

"루그, 네가 이 애비를 얕봐도 정도가 있지! 어떻게 나를 마빈이랑 똑같은 수준으로 볼 수가 있느냐!"

"마빈 지금 강검의 경지에 올랐잖아요? 똑같은 4단계면 비슷비슷하지 뭘……."

"훗."

그 말에 백작이 코웃음을 쳤다. 동시에 보이지 않는 힘이 루그의 감각을 맹습했다.

파칫!

"어? 기격?"

루그는 반사적으로 기격 방어를 펼쳐 그것을 상쇄하며 눈을 휘둥그레 떴다. 백작이 의기양양하게 웃으며 가슴을 폈다.

"3년이나 지났는데 이 애비는 그동안 놀고만 있는 줄 알았느냐? 네가 떠난 후 반년 만에 기격의 경지에 올랐단다."

"우와, 대단하신데요?"

루그가 감탄했다.

생각해 보면 그를 스승으로서 이끌어줘야 할 선대 아스탈 백작이 일찍 죽어버려서 그렇지, 아스탈 백작 역시 천재적인 무재의 소유자였다. 기격에 대해서 감을 잡지 못하던 그가 루그를 통해서 기격을 경험하고, 그 감각을 좇아서 훈련한 끝에 기격에 도달했다면 그것은 지극히 당연한 결과다.

'아무리 4단계까지의 경지가 탄탄하게 다져져 있었다고 해도 그 후로는 기격을 경험시켜 줄 사람도 없이 독학으로 반년 만에 도달하다니 놀라운 성과네. 아버지도 요르드처럼 재수없는 천재셨군. 쳇!'

루그는 속으로 혀를 찼다.

예나 지금이나 루그는 그리 재능이 특출난 편이 못되었다. 다만 특수한 경험을 통해서 비상식적인 성장을 이루고, 볼카르의 몽상 세계 속에서 남들보다 몇 배나 노력한 끝에 지금의 경지에 올랐을 뿐이다. 그러다 보니 뛰어난 감각을 타고난 천재들의 빠른 성장을 볼 때마다 배알이 뒤틀렸다.

'잠깐. 그러고 보니 마빈 이놈도…….'

루그는 마빈을 의심스러운 눈으로 바라보았다. 잘 생각해 보면 마빈은 백작과 외모는 별로 안 닮았지만, 무재만큼은 고스란히 이어받았다고 할 수 있는 놈이었다. 백작이 기격에 도달하여 이끌어준다면, 잘하면 그도 20대에 기격에 도달하거나 할지도 모른다.

'아니, 내가 손대면 당장에라도 가능할 수도 있지. 이놈의 지금 상태가 어느 정도냐가 문제지만…….'

기격의 세계는 이론으로는 도달할 수 없는, 철저한 감각의 세계다.

정확히는 5단계 이후의 경지는 모두 그러했다. 처음 강체술에 입문하면서 기감을 깨닫기 전과 후가 다르듯이, 기격부터의 경지는 터득하기 전과 후로 나뉠 뿐 그 중간이 없었다.

예를 들어 그레이슨을 보면 시공 회귀 전에는 6단계에 머물러 있었지만, 권사로서의 실력은 그때가 월등히 뛰어났다. 힘을 효율적으로 사용하는 기술은 지금의 그레이슨보다 훨씬 위다. 서로 6단계로 힘을 제약시키고 싸움을 붙여본다면, 아마 지금의 그레이슨이 두 명이 있어도 시공 회귀 전의 그레이슨을 당하지 못하리라. 루그 자신이 6단계에 오른 지금 당시의 그레이슨과 지금의 그레이슨을 비교하며 그 생각을 확신할 수 있었다.

그러나 지금의 그레이슨은 특수한 경험을 통해 6.5단계로 명명한 중력 제어의 힘을 손에 넣었고, 그것을 발판으로 7단계 심상 구현에까지 도달했다. 즉, 5단계 이후 강체술사로서의 경지를 높여가는 것은 기술의 수준과는 전혀 별개의 문제라는 것이다.

그 점을 루그는 시공 회귀한 후 초반부터 확실하게 실감해 왔다. 그는 초라할 정도로 강체력이 적었을 때 4단계를 뛰어넘어서 5단계에 도달해 버리지 않았던가? 루그에게 있어서는 오히려 기격의 경지가 4단계고 강검의 경지가 5단계가 된 셈이었다.

'지금이라면 어쩌면……'

루그는 왕태자를 전이법으로 가르치면서 강체술의 본질을 깨닫고 자신의 강체술을 처음부터 되짚어보고 있었다. 지금의 그라면 정말로 어느 정도 시간만 들이면 충분히 기격으로 이끌어줄 수 있을 거라는 확신이 든다. 그게 이끌어지는 자에게 좋은지 어떤지는 별개의 문제지만 말이다.

"루그?"

루그가 한참 생각에 잠기자 백작이 의아해하며 물었다. 루그는 퍼뜩 정신을 차리고 말했다.

"아버지. 잠시 가보고 싶은 곳이 있는데요."

"음? 어딜 말하는 거냐?"

백작은 루그가 하던 이야기는 잇지 않고 딴소리를 하자 눈살을 찌푸렸다. 하지만 곧 루그의 입에서 나온 이야기를 듣고는 납득할 수밖에 없었다.

6

리나르 아스탈, 여기 잠들다.

아스탈 백작성에는 대대로 가문의 일원들이 묻히는 묘지가 있었다. 루그가 떠난 후, 햇볕이 잘 드는 곳에 위치한 그 무덤에 루그의 어머니인 리나르의 무덤도 이장되었다.
"정말로 이장하시다니, 거참."
루그는 어머니의 무덤을 내려다보며 쓴웃음을 지었다. 분명히 백작 부인을 비롯한 다른 이들의 반발이 심했을 텐데도 강행하다니, 역시 아스탈 백작다웠다.
'조금은 변하신 것 같지만.'
마빈을 대하는 태도만 봐도 그가 변했다는 사실을 알 수 있었다. 아니, 정확히는 그도 변하고 마빈도 변한 것이리라.
"어머니, 제가 왔어요."
그 말을 입 밖에 내는 순간, 왠지 가슴 한구석에서 왈칵 치미는 것이 있었다.
루그는 자신이 마지막으로 어머니의 무덤을 찾아온 것이 언제인가 떠올려 보았다. 항상 힘들게 살다가 병들어 죽어간 어머니. 그러면서도 자존심 때문에 아스탈 백작에게 손 벌릴 생각도 하지 않고 있다가, 마지막 순간에서야 루그를 걱정해서 정표를 내주고 이곳으로 가라고 유언을 남긴 그녀.

그 선택이 옳았다고는 할 수 없다. 어쩌면 루그는 자신의 아버지가 누구인지 모르는 채 그대로 살아가는 편이 더 행복했을지도 모른다. 아스탈 백작에게 아들로 인정받은 후로는 삶 그 자체가 엉망진창이었으니까. 증오와 악의로 모든 것을, 자신의 심성마저도 망쳐 버린 그 삶은… 이제 와 생각해 보면 얼마나 후회스러운 것이었던가?

"그래도 나는… 어머니가 아버지를 알려줘서 좋았어요."

세상 모든 것을 원망해도 어머니를 원망해 본 적은 없었다. 그녀는 결코 양보할 수 없는 자존심을, 혼자 남겨질 아들을 위해 꺾었던 것이다. 다른 모든 것을 포기해도 아들의 앞날만은 그러할 수가 없어서 죽음 직전까지 지켜오던 고집을 포기했다.

"한 번 더 기회가 주어졌다면……."

모든 것을 되돌릴 기회가 그녀의 죽음 이전까지 주어졌다면…….

부질없는 생각이다. 루그는 쓴웃음을 지었다. 시공 회귀를 통해 모든 것을 바꾸었지만, 어머니 리나르에 대한 것만은 변치 않는 진실로 그 자리에 남아 있었다.

루그는 그녀의 무덤에 붉은 백합을 바쳤다. 햇빛이 잘 들지 않는 서늘한 곳에서 피는 이 꽃을 그녀는 좋아했었다. 너무 오랜 시간이 지나서 그녀와 지낸 시간은 희미한 추억으로만 남아 있지만, 그것만은 잊지 않고 기억하고 있었다.

한동안 그렇게 무덤을 바라보고 있던 루그의 뒤쪽에서 문득 인기척이 났다. 사전에 마법으로 주변을 파악하고 있던 루그는 자연스럽게 뒤를 돌아보았고, 한 여성과 눈이 마주쳤다.

"정말로 돌아왔군."

그렇게 말한 것은 백작 부인이었다. 루그가 씩 웃으며 대답했다.

"오랜만이군요. 제가 돌아온 것은 비밀로 해달라고 했는데… 마빈이 당신만은 예외로 생각한 모양이죠?"

"걱정하지 않아도 된다. 사정은 모르겠지만 나도 다른 사람한테는 말할 생각이 없으니. 말해봤자 좋을 것도 없지."

"그렇죠."

루그는 고개를 끄덕였다.

3년 전, 루그가 떠남으로써 분란의 씨앗은 사라지고 마빈은 당당한 후계자로 자리 잡을 수 있었다. 이제 와서 루그가 돌아온 사실이 알려져 봤자 백작 부인에게 좋을 일은 없으리라.

백작 부인이 물었다.

"왜 돌아온 거냐?"

"영지를 도우려고요."

"……"

"의심하지 않나요?"

루그가 물었다. 백작 부인은 잠시 동안 루그를 바라보다가 한숨을 쉬었다.

"의심해 봤자 무엇하겠느냐? 그보다……."

갑자기 백작 부인이 망설이기 시작했다. 뭔가 하기 힘든 말을 하려는지 살짝 얼굴까지 붉혀가면서 머뭇거리는 것이 대단히 수상하다. 루그가 눈만 깜빡거리면서 보고 있자 그녀가 곧 헛기침을 하더니 입을 열었다.

"그러니까… 네가 마빈을 구해줬다고 들었다. 그래서 인사를 해두어야 할 것 같아서. 고맙다."

"……."

순간 루그는 자기 귀를 의심했다.

'우와, 지금 다른 사람도 아니고 백작 부인이… 나한테 고맙다고 한 거 맞지?'

세상에. 그녀한테 이런 말을 듣는 날이 올 줄은 상상도 못했다.

루그는 자기도 모르게 웃음이 나오는 걸 느꼈다. 더욱 얼굴을 붉히던 백작 부인이 문득 리나르의 무덤에 시선을 던졌다.

"붉은 백합이라니, 무덤에 바치기엔 별로 어울리는 꽃은 아니구나."

"하지만 어머니가 좋아하셨죠."

그 말에 백작 부인이 움찔했다. 루그가 미소 지으며 말했다.

"가문이 내 어머니를 이곳에 받아들여 주었으니, 내가 이곳을 지킬 이유가 늘어났군요."

적이 그 누구라고 할지라도, 이곳에는 한발도 들여놓을 수 없도록 할 것이다.

루그는 그렇게 결의를 다지며 그 자리에서 물러났다. 그리고 백작 부인의 곁을 스쳐 가며 말했다.

"마빈은 절대로 이번 싸움에서 죽지 않을 겁니다. 내가 약속하죠."

그 말에 백작 부인이 놀라서 그를 돌아보았다.

하지만 그곳에는 조금 전까지 사람이 있었던 것 같은 느낌이 남았을 뿐, 루그의 모습은 이미 사라지고 없었다. 마치 그와 대화를 나눈 것 자체가 환상이었던 것처럼.

7

어머니의 무덤에 다녀온 루그는 백작과 마빈에게 말했다.

"아까 이야기하던 건인데… 저는 이번에 정체를 숨길 생각입니다. 블레이즈 원이 제가 이곳에 있다는 걸 알면 곤란해요. 이곳과 저를 연관지어도 그렇고……."

블레이즈 원은 아직까지도 루그에 대해서 별로 아는 게 없었다. 심지어 루그의 성이 아스탈이라는 것조차도 전해지지 않았다. 로멜라 왕국에서는 대놓고 드러냈지만, 알더튼의 말에 의하면 워낙 블레이즈 원의 정보력이 떨어지는 지역이라 그런지 결국 전달되지 않았다고 한다. 알더튼이 지휘했던 특작부대도 외부에서 모은 인원이 들어간 거지 로멜라 왕국 안에 지부를 차리고 자리 잡고 있던 건 아니었다.

그런데 루그가 아스탈 영지와 밀접한 관계를 맺고 있다는 것이 알려진다면?

그땐 아스탈 영지는 파멸할 것이다. 이곳은 라나의 숲처럼 철저하게 지켜줄 수 없으니까.

'언젠가는 밝혀질지도 모르지만, 최대한 방비를 갖추면서 그때를 늦춰야 해.'

루그는 그런 생각으로 정체를 감추기로 했다.

마빈이 물었다.

"하지만 정체를 감춘다니, 어떻게? 가면이라도 쓰게?"

"비슷해. 하지만 그렇게 번잡한 방법은 필요없고 그냥 이러면 되지."

순간 루그의 모습이 바뀌었다.

키나 체형은 완전히 동일하지만 머리칼은 은발로, 그리고 눈동자는 청회색이 되었고 피부색이 밝아졌다. 얼굴 생김새도 확 바뀌어서 눈매가 약간 날카로운 미남자가 되었는데, 원래의 루그와는 거의 닮은 구석이 없었다.

마빈이 깜짝 놀라서 물었다.

"그거 마법이야?"

"환영 마법이야. 블레이즈 원의 상위 용족 간부 놈들이 보면 간파당할 수도 있겠지만, 그 외의 놈들한텐 잘 먹히겠지. 그럼 나는… 음, 그래. 마빈 네가 가출했을 때 알게 된 친구, 방랑기사 아이작 그레이스 경이라고 하자. 네 편지를 받고 영지를 지원하겠다고 혈혈단신으로 오는 설정으로. 우애가 깊은 사이인 거지."

"그걸로 충분하겠어? 넌 맨손으로 싸우는데 그것만으로도 너무……."

다들 무기 들고 죽이겠다고 달려드는데 두 주먹을 드는 오더 시그마의 변태적인 전투 방식은 한번 보면 잊을 수 없을 정도로 강렬하다. 아무리 다른 사람으로 꾸민다 한들 맨손으로 엄청난 실력을 발휘하면 꼬리가 밟히지 않을까?

루그가 씩 웃었다.

"그것도 걱정없어. 난 이번에는 오더 시그마의 권사로서가 아니라, 쌍검을 사용하는 기사로 변장해서 싸울 거니까."

"뭐?"

마빈이 눈을 휘둥그레 떴다.

하지만 백작은 납득했다.

"아, 벨가라타를 쓸 생각이냐?"

"네."

"그러고 보니 너 벨가라타도 익히고 있었구나."

그제야 마빈도 루그가 용병 검술로 유명한 벨가라타를 터득하고 있다는 사실을 떠올렸다. 아스탈 백작령을 떠나기 전에만 사용했고, 르센 백작령에서 만났을 때는 철저하게 오더 시그마의 권사로서만 싸웠기 때문에 잊어버리고 있었다.

마빈이 물었다.

"하지만 그렇게 되면 제 실력을 못 내잖아? 아무리 네가 기격의 경지에 올랐다고 해도 그 정도로 괜찮겠어? 물론 큰 도움이 되기야 하겠지만……."

설령 루그가 제 실력을 다 발휘한다고 해도 이 위기를 극복할 수 있을지는 모르는 일이다. 마빈이 생각하기에는 그랬다. 그런데 제 실력을 다 내지도 못하게 위장한다면…….

하지만 루그는 자신만만했다.

"문제없어. 그리고 그전에 소개시켜 줄 사람들이 있는데……."

"소개해 줄 사람이라니?"

백작이 의아해하며 물었다. 루그는 혼자서 찾아온 것이 아니었던가?

"마빈, 부디 놀라지 마라."

"응? 누군데 그래?"

"네가 기억을 할지는 모르겠는데… 어쨌든 본 적이 있는 사람이야."

루그는 그렇게 말하곤 통신 마법을 사용했다.

"메이즈, 다르칸. 들어와."

그러자 집무실 문이 열리면서 메이즈와 다르칸이 들어왔다. 미리 투명술과 기척을 은닉하는 마법을 써서 백작성 안으로 숨어들어 와 있었던 것이다.

둘을 본 백작과 마빈의 눈이 휘둥그레졌다.

"괴, 괴물?"

메이즈야 그렇다 치고 다르칸을 봤을 때는 반사적으로 검을 빼 들 뻔했다. 처음 보는 사람에게 3미터도 넘는 거구의 푸른 드라칸이 주는 위압감은 장난이 아니었다. 머리는 드래곤의 그것이며 굴강한 뿔이 달렸고 바위처럼 단단하고 울퉁불퉁한 근육에, 펼치면 몸을 두 배는 커 보이게 하는 날개까지 있으니 당연하다.

루그가 말했다.

"실례예요. 제 친구들입니다."

"안녕하세요. 메이즈 오르시아입니다."

"다르칸이오."

메이즈와 다르칸이 정중하게 인사를 건넸다. 그러자 백작과 마빈도 굳은 안색을 풀고 조심스럽게 두 사람을 관찰했다.

'우와, 예쁘다······.'

여유를 갖고 메이즈를 본 마빈의 눈이 휘둥그레졌다. 인간과 뚜렷하게 차별되는 특성, 뿔과 귀와 날개와 꼬리가 있기는 해도 그녀는 정말 눈부시게 아름다웠다.

'이 사람에 비하면 탈틴 자작 영애나 마르틴 백작 영애는 그

냥… 시골 아가씨구나.'

눈을 마주쳤을 때 메이즈가 살짝 미소 짓는 것만으로도 가슴이 막 쿵쾅거린다. 엘프를 한 번도 본 적이 없는 마빈 입장에서는 그녀라면 엘프와 견주어도 전혀 떨어지지 않는다고 여겨질 정도였다(물론 사실이었다).

"흠흠."

루그가 헛기침을 해서 분위기를 환기시켰다. 마빈뿐만 아니라 아스탈 백작도 넋 놓고 메이즈를 바라보고 있었던 것이다.

'어휴, 남자들이란.'

자기도 남자인 주제에 아버지와 형제를 폄하하는 루그였다.

퍼뜩 정신을 차린 백작이 말했다.

"아, 실례했소. 혹시 두 분은… 전설의 용족이시오?"

"맞아요. 둘 다 상위 용족입니다. 메이즈는 드래코니안, 다르칸은 드라칸이죠."

탈린 왕국에서 용족은 정말 전설상의 존재나 다름없었다. 그렇기에 백작도 마빈도 막 도시에 상경한 촌놈처럼 두 사람을 신기해하며 바라보았다. 다르칸이 좀 무섭긴 했지만 정중한 태도로 호의를 보이니 조금씩 긴장을 풀 수 있었다.

백작이 놀라워하며 말했다.

"루그, 그동안 도대체 뭘 하고 다닌 거냐? 상위 용족들을 친구로 사귀고 있었다니……."

"하하하. 그냥 엘프도 만나고 용족도 만나고 먼 나라에도 가

보고 그러고 살았죠."

"주인님도 참."

"주인님?"

그 말에 백작과 마빈의 눈이 휘둥그레졌다.

메이즈가 살며시 루그의 팔을 끌어안으며 말했다.

"저랑 다르칸은 주인님에게 용제의 힘으로 종속되어 있거든요."

"야, 그렇게 말하면 오해하잖아."

"사실인걸? 물론 적의 지배력으로부터 우리를 지키기 위한 방편이지만요."

메이즈는 장난스럽게 미소 지으며 손가락을 들어 루그의 입술을 지그시 눌렀다.

그것을 본 마빈과 백작의 눈에서 불꽃이 튀었다. 그들은 날카로운 눈으로 루그를 바라보며 몸을 부르르 떨었다.

'큭, 루그 이 자식! 이런 미녀한테 주인님 소릴 듣다니!'

'내 아들 놈이 이렇게 부러울 줄이야! 이런 적은 처음이다!'

아버지와 아들이 한마음 한뜻이 되어 질투의 시선을 뿜어냈다. 루그는 오한이 드는 것을 느끼며 화제를 돌렸다.

"그, 그건 그렇고 마빈, 너는 괜찮은 거야?"

"뭐가?"

마빈이 퉁명스럽게 물었다. 루그는 재미있다는 듯 말했다.

"헤에, 반응을 보니 기억 못하나 보네? 하긴 얼굴은 멀리서 잠깐 봤을 뿐이니까 기억을 못하는 게 정상인가?"

"무슨 소리야?"

마빈은 감을 못 잡고 어리둥절해했다. 루그가 자신에게 찰싹 달라붙어 있는 메이즈를 가리키며 말했다.

"메이즈가 메오 나칸이야."

"뭐, 뭣?"

순간 마빈은 기겁해서 한발 물러났다.

메이즈, 마빈의 기억 속에서 메오 나칸이라는 존재는 그야말로 괴물이었다. 그와 싸울 때도 죽음의 위협으로 공포를 각인시켰던 존재고 그 이후 보이드 암즈를 장착했을 때는 도저히 감당할 수 없는 사신(死神) 같은 존재가 아니었던가?

그런데 그 정체가 이렇게 아름다운 소녀라고?

마빈은 금세 평정을 되찾고 물었다.

"에이, 거짓말하는 거지?"

"진짜야. 메이즈, 증거를 보여줄래?"

"그건 너무 짓궂은 거 아냐, 주인님?"

메이즈는 그렇게 말하면서도 아공간에서 보이드 아머를 소환해서 장착했다. 그것을 본 마빈은 너무 놀란 나머지 몇 걸음이나 뒤로 물러났다.

"어떻게… 뭐가 어떻게 된 거야? 그땐 적이었잖아!"

"그 후에 이런저런 사정이 있다 보니……. 조금 전에도 말했잖아. 내가 메이즈를 용제의 힘으로 종속시키고 있는 건 적의 지배력으로부터 지키기 위해서라고. 르센에서 싸웠을 때는 불카누스의 힘이 그녀를 지배하고 있었거든."

"그러고 보니… 여기 다르칸이라는 분도……."

마빈은 그제야 다르칸도 르센에서 루그와 싸웠던 존재임을 깨달았다. 조금 전까지는 드라칸을 눈앞에서 본다는 충격에, 적이었던 존재가 루그의 친구라며 찾아오리라고는 상상도 못했기에 알아보지 못했던 것이다.

"응. 다르칸도 그때 그 드라칸이지."

"……."

마빈의 얼굴이 하얗게 질려 버렸다.

8

"이번에는 정체를 숨겨야 하는 관계로 나 혼자만 싸울 거야."

루그의 말에 메이즈가 걱정스러운 표정을 지었다.

"괜찮겠어? 아무리 주인님이라고 해도 오더 시그마의 기술을 봉하고, 마법도 쓰지 않으면서 다수의 인간들과 싸운다면 위험할 텐데……."

"걱정 마. 이미 몽상 세계에서 쌍검으로 싸우기 위한 연습은 끝냈어. 그리고……."

아무리 루그라고 해도 갑자기 익숙지 않은 스타일로 싸우려면 전투 능력이 급감한다. 루그는 그 문제를 최대한 해결하기 위해서 몽상 세계에서 쌍검술로 싸우는 연습을 충분히 해두었다. 여전히 오더 시그마의 권사로서 싸우는 것과는 비교할 수 없겠지만, 적들에게는 재앙으로 다가올 것이다.

"이번 적은 블레이즈 원이 아니고 인간이야. 어떤 이유가 있든 인간끼리의 싸움에 너희들을 끌어들이는 건 옳지 않은 것 같아."

"……"

그 말에는 메이즈도 납득할 수밖에 없었다.

루그를 위해서라면 뭐든지 할 수 있지만, 그래도 딱히 원한이 있는 것도 아닌 인간들을 학살하는 건 싫다. 모든 것을 배후에서 조종한 블레이즈 원의 실체가 드러나기 전까지, 이것은 인간끼리의 전쟁일 뿐이다.

루그가 잠시 머뭇거리다가 입을 열었다.

"그래도 괜찮다면… 마법사로 위장하고 이 성의 사람들을 지켜주었으면 해. 만약의 사태가 생길 경우 나 혼자서는 어쩔 수 없을 수도 있으니까."

"응."

"그 정도는 문제없소. 뭐, 나는 모습을 드러낼 수도 없겠지만."

메이즈와 다르칸이 고개를 끄덕였다. 그러자 메이즈가 다르칸의 옆구리를 쿡쿡 찌르며 말했다.

"흐응, 다르칸 삐치지 마. 정체를 감출 필요가 있으니까 하는 수 없잖아."

"알고 있다."

"정체를 감출 필요만 없었어도 대놓고 활약해서 사람들 눈길을 바꿀 수도 있었을 거야. 그러니까 삐치지 말라고."

"안다니까."

다르칸은 그렇게 말했지만 토라진 것이 분명해 보였다. 나샤 삼국에 오래 있다 보니 이제는 인간들 앞에 나설 수 없다는 것 자체가 굉장히 서운한가 보다. 감정이 얼굴에 잘 드러나지 않는 그가 그런 기색을 역력히 드러내는 것을 보니 왠지 웃음이 나온다.

메이즈가 말했다.

"어쨌든 수성전을 위한 준비는 내가 도와줄게. 해자를 좀 더 깊게 파고, 공성 병기들을 수선해 주는 정도는 괜찮겠지."

"고마워. 잘 부탁해."

"주인님도 참. 새삼스럽게 뭘 그런 말을 해. 그보다……."

메이즈는 흘끔 옆을 바라보며 말했다.

"그냥 입는 법을 가르쳐 주는 게 낫지 않을까?"

그녀의 시선이 닿은 곳에는 백작과 마빈이 낑낑거리면서 갑옷을 입고 있었다.

그것은 그들이 기존에 입던 갑옷이 아니고 루그가 선물한 것이었다. 언젠가 아스탈 영지로 돌아오게 된다면 두 사람에게 선물하기 위해서 워즈니악에게 부탁해서 미리 마법의 장비들을 준비해 두었던 것이다.

이 장비들은 마법의 갑옷, 방패, 그리고 마검으로 이루어진 3종 세트였는데 방패나 검은 그렇다 치고 갑옷은 기존의 갑옷들과는 좀 달랐다. 아무리 봐도 각 부분들을 잇는 잠금쇠 자체가 존재하지 않고, 따라서 이어져 있긴 한데 어떻게 분리할지는 알 수가 없는 구조라서 마빈은 백작의 도움을 받아서 마치 셔츠를 입듯이 갑옷 상체에 몸을 끼워 넣기 위해 추하게 발버둥 치고 있었다.

그 모습을 구경하면서 키득거리던 루그가 말했다.

"장난이 좀 심했나?"

"심했어."

"그래. 마빈은 그렇다 치고 아버지까지 저러시면 곤란하니까……."

루그는 그렇게 말하며 스커드 코트를 벗어서 그 자리에 놓고 그들에게 다가갔다.

"아버지, 마빈."

"어, 루그! 이거 도대체 어떻게 입는 거야? 사람이 입으라고 만든 게 맞아, 이거?"

마빈이 반쯤 몸을 갑옷 상체 부분에 끼워 넣은 채로 말했다. 머리통을 갑옷 속에 집어넣고 말하니 목소리가 웅웅거리며 울린다.

루그가 풋 하고 웃고는 말했다.

"당연히 입으라고 만든 거지. 바보짓 그만하고 따라해 봐. 아머 오브 발러 장착."

"아머 오브 발러 장착?"

파바밧!

마빈이 그 말을 따라함과 동시에 아무리 애를 써도 해체되지 않았던 갑옷이 해체되어 허공으로 떠올랐다. 그리고 순식간에 마빈에게 장착되었다.

"……."

마빈에게 장착된 갑옷은 백은의 표면에 어깨 부분은 여러 장의 날개를 겹쳐 준 것처럼 솟구쳐 있고 투구는 용의 머리를 연상케 하는, 조형미가 충분히 살아난 디자인이었다. 그것을 입고 있는 것만으로도 전장에서 존재감이 살아날 것 같은 멋진 갑옷이다.

"야! 뭐하자는 거야! 이런 거면 처음에 말을 해줘야지!"

조금 전까지 분해도 안 되는 갑옷을 붙잡고 추하게 씨름하고 있던 마빈이 신경질을 냈다. 그러자 루그가 어깨를 으쓱했다.

"내가 입는 법 가르쳐 준다고 했더니 다 아니까 그럴 필요 없다고 한 게 누구였더라? 그 후에라도 물어봤으면 친절하게 가르쳐 줄 의향이 있었는데……."

"으윽……."

마빈의 표정이 일그러졌다. 루그의 말이 사실이었기 때문이다.

"주문은 이래. '아머 오브 발러 장착'은 조금 전처럼 자동으로 장착되고, '아머 오브 발러 해제'는 벗겨져서 자동으로 외부에서 합쳐지지. 그리고 '아머 오브 발러 송환'은… 이건 직접 해보는 게 낫겠군. 해봐."

"아머 오브 발러 송환."

기기기기깅!

순간 마빈은 등 뒤에서 들려오는 소리에 기겁했다. 갑옷이 순식간에 벗겨지더니 열린 아공간으로 녹아들 듯이 사라져 버렸다.

"우와……."

처음에 루그가 이 갑옷들을 아공간에서 꺼내는 걸 보긴 했지만, 그래도 저절로 벗겨져서 사라지는 걸 보니 정말 신기하다. 루그가 말했다.

"자, 그럼 이번에는 '아머 오브 발러 소환'이다."

"아머 오브 발러 소환."

기기기기깅!

다시금 아공간이 열리면서 갑옷의 각 파츠들이 출현, 순식간에 마빈의 몸에 장착되었다. 마빈은 자신의 몸에 입혀진 갑옷들을 신기해하며 바라보았다.

"우와, 정말 신기한데. 마법의 갑옷들에는 다 이런 기능들이 갖춰져 있는 거야?"

"그럴 리가 있나? 특별히 넣은 기능이야. 아주 편리하지."

백작과 마빈은 한동안 마법의 갑옷 '아머 오브 발러'를 소환해서 장착했다가, 해제했다가, 아공간으로 수납했다가, 다시 꺼내는 등의 일에 푹 빠졌다. 솔직히 아공간에서 소환되어 저절로 장착되는 기능은 그 자체만으로도 남자들을 매혹시키는 매력이 있었다.

메이즈가 말했다.

"남자는 다 어린애라더니……. 장난감 쥐어주니까 현실을 잊어버리는구나."

"그렇지?"

"주인님도 똑같아."

메이즈가 꼬리로 루그의 옆구리를 콕콕 찔렀다. 루그가 피식 웃으며 말했다.

"자자, 그럼 이제 갑옷에 대해서는 숙지하셨을 테니 마검과 방패에 대해서 설명해 드리기로 하죠."

방랑기사 아이작 그레이스 265

폭염의 용제

1

 베사드 공작이 아스탈 백작령을 제압하기 위해 파견한 병력, 사르테 백작군은 빠르게 진군하고 있었다. 아스탈 백작령 안으로 들어온 지 얼마 되지 않아서 마빈을 비롯한 정찰대의 꾀임으로 오우거의 서식지를 급습, 크게 피를 본 그들은 잔뜩 약이 오른 상태였다.
 "젠장. 정말 개털 같은 영지군."
 사르테 백작이 투덜거렸다.
 그들은 진군하는 동안 두 번째 마을을 만났다. 그곳에 영지민이 하나도 없이 텅텅 비어 있는 건 그렇다 치고 정말 척박해서 침공해 봤자 빼앗아 먹을 것도 없는 영지라는 것이 절절하게 느껴졌다.

 점령해서 이득을 볼 게 아니라면, 영지민이라는 인적 자원이 아니고서야 굳이 존중해 줄 필요가 없다. 그들은 첫 번째 마을에서 야영을 한 뒤 그곳에 불을 지르고 논밭을 짓밟아 버리는 만행을 저질렀다.

 그리고 두 번째 마을에서도 그렇게 할 생각이었다.

 "내일은 성에 도착할 수 있을 테니 오늘은 다들 푹 쉬게 하도록. 그리고 혹시 놈들이 이전하고 같은 방식으로 소수의 부대를 운용해서 야습해 오는 잔머리를 굴릴 수도 있으니 주변 경계를 철저히 해라."

 마빈 때문에 피를 본 사르테 백작은 혹시 모를 사태에 대비하는 걸 잊지 않았다.

 마을을 중심으로 야영지를 구축하고 주변을 경계하는 모습을 500미터 가량 떨어진 곳에서 관찰하던 루그가 혀를 찼다.

 "1,600명이라는 수가 한곳에 모여 있으니 확실히 꽤 많아 보이는군. 지휘관 막사는 저긴가? 촌장집 같은데……."

 루그는 마법으로 야영지를 살펴보면서 중얼거렸다. 그의 마법이라면 이 거리에서 마치 저들 사이를 거니는 것처럼 살펴보는 것은 식은 죽 먹기였다. 그는 이미 각 지휘관들이 있는 곳을 속속들이 파악했고 그들의 대화를 엿들었다.

 환영 마법으로 모습을 위장한 그는 허리에 쌍검을 찬 은발의 청년 기사로 보였다. 그 옆에는 혼자서 가겠다는데 굳이 뒤따라온 마빈과 백작, 그리고 스무 명의 기사가 있었다.

"정말 저길 급습할 생각이야?"

"걱정하지 않아도 된다니까. 네가 따라온 게 내 유일한 걱정거리야. 그리고 지금까지 생각하지 못한 사실 하나를 알았는데……."

"뭔데?"

"대화를 들어보니 저놈들, 처음 지나온 마을을 완전히 망쳐 놓은 모양인데."

"뭐?"

마빈의 눈이 휘둥그레졌다.

루그는 자신이 마법으로 엿들은 그들의 대화 내용을 알려주었다. 그 말을 들은 마빈이 분개했다.

"제기랄! 이 개 같은 것들이!"

"열 내고 있을 때가 아니다."

백작이 마빈을 제지했다. 하지만 그의 눈도 분노로 타오르고 있었다. 이런 상황을 예상하지 못한 것은 아니다. 하지만 실제로 접하게 되니 피가 머리끝까지 올랐다.

"그럼 저놈들이 두 번째 마을에 그런 짓을 하기 전에 한바탕 해볼까? 백작님, 그럼 제가 신호하는 대로 움직여 주세요."

"정말 괜찮겠냐? 우리한테만 이런 갑옷을 주고 너는……."

은발의 청년 기사로 위장한 루그는 백작이나 마빈과 달리 마법의 갑옷을 입지 않았다. 그가 입은 것은 전에 요르드에게 접근하기 위해 무투 대회에 참전했을 때 메이즈가 만들어준 갑옷이었다.

"걱정 마세요. 그럼 먼저 갑니다."

루그가 어둠 속으로 멀어져 가자 중년의 기사가 물었다.

"도련님의 친구분, 정말 괜찮으시겠습니까?"

그 말에 백작이 쓴웃음을 지었다. 백작과 마빈, 그리고 백작 부인을 제외하면 누구도 루그의 정체를 모른다. 그들에게 루그는 마빈이 가출했을 때 알게 된 친구, 방랑기사 아이작 그레이스였다.

"믿어보는 수밖에. 실력은 정말 확실한 친구니……."

〈조금이라도 네 진면목을 보여줬다면 안심시킬 수 있었을 텐데, 굳이 숨기는 게 아주 음흉하군.〉

"실력을 보여주고 어쩌고 하면서 투닥거릴 만큼 여유가 없었어. 아, 후회된다. 이럴 줄 알았으면 워즈니악한테 내 장비도 한 벌 부탁해 두는 건데."

루그가 너스레를 떨었다. 평소에 이런 상황은 상정해 두질 않았는지라 결국 보통 갑옷을 입을 수밖에 없었다. 메이즈가 자신의 갑옷 중 하나를 빌려주겠다고 했지만, 하나같이 다 역사에 이름이 남은 명품인 데다가 외양부터 지나치게 튀어서 거절하고 말았다.

루그가 지금 갖춘 것 중에 마법의 장비는 목걸이 형태로 건 결계석과 양손에 든 검밖에 없었다. 메이즈의 수집품 중에는 정상적인 형태의 마검들도 제법 있어서 그 중 무게중심이 비슷한 두 자루를 빌렸다.

"음?"

주변을 경계하던 병사 중 하나가 문득 이상한 기척을 느끼고 하늘을 올려다보았다. 하지만 아무것도 없다.

병사는 고개를 갸웃하며 다시 주변을 경계했다. 하지만 그가 잡아냈어야 할 루그의 모습은 이미 지나쳐 간 후였다.

─오랜만에 갑옷 입고 이런 짓 하려니 성가시긴 하네.

아무리 생각해도 갑옷이라는 것은 은밀한 활동에는 전혀 어울리지 않았다. 덕분에 굳이 마법을 써서 이동할 때 나는 소리를 죽여놔야만 했다.

루그는 기격이나 환영 마법을 이용해서 병사들의 시각과 청각을 농락하면서 야영지 안을 걸었다. 마치 자기 편 진지를 거니는 것처럼 아무도 그를 제지하지 않았다.

〈변변찮은 마법사도 없고, 기격의 강체술사도 없으면 이렇게 되는군. 너무 쉬워서 어이가 없을 정도다.〉

볼카르가 혀를 찼다.

확실히 야밤을 틈타 움직이면 루그에게는 1,600명이든 만 명이든 별로 장애가 되지 않는다. 그리고 일단 야영지 안으로 들어오자 상황은 더욱 쉬워졌다. 별로 튀지 않는 갑옷을 입은

납치범 273

그가 아군이 아니라고는 누구 하나 의심하지 않았던 것이다.
―그러게. 여태까지 갖출 거 다 갖춘 놈들하고만 싸워서 실감을 못했는데 인간들이랑만 싸우면 이렇게 되는군?

루그는 이곳보다 경계하는 인원의 수준도, 그리고 마법 수준도 월등히 높은 로멜라 왕성에도 잠입했던 몸이다. 사르테 백작이 머무르고 있는 곳까지는 아무런 방해도 받지 않고 갈 수 있었다. 심지어 그 앞을 삼엄하게 지키고 있던 경비들조차도 루그의 기격과 환영 마법에 걸려서 아무것도 못 본 것처럼 그를 통과시켰다.

―여기 머무르는 마법사는 하나.

사르테 백작이 이끄는 병력 속에는 다섯 명의 마법사가 있었다. 하지만 그 중 이 집에 사르테 백작과 함께 머물고 있는 마법사는 한 명뿐이다.

루그는 그를 무시하고 사르테 백작이 있는 곳으로 향했다. 하지만 아무리 그라고 해도 가뜩이나 좁은 집 안을 지키고 있는 병사를 아무렇지도 않게 지나치기는 불가능했다.

퍽! 퍽!

어쩔 수 없이 루그는 그들을 한 대씩 쳐서 깔끔하게 기절시켰다. 죽여 버릴까 잠시 고민하기도 했지만, 일이 이 정도로 쉽게 진행되면 그들의 목숨을 취하는 것이 비겁하게 느껴질 정도다. 전장에서 만나면 용서없이 처리하겠지만, 여기서는 손 속에 자비를 두기로 했다.

"누구냐?"

루그가 문을 열고 들어가자 안에서 부관과 함께 내일 벌어질 수성전에 대해서 이야기하고 있던 사르테 백작이 물었다. 역시 전투를 앞두고 있어서 그런지 둘 다 갑옷을 차려입은 채였다.

루그가 대답했다.

"모시러 왔습니다, 내 사랑스러운 포로, 사르테 백작."

"뭐?"

파악!

동시에 부관이 전광석화 같은 공격을 받고 쓰러져 버렸다. 사르테 백작은 옆에 놓아둔 검을 집어 들려고 했지만, 루그는 그럴 틈마저 주지 않았다. 손날로 그의 손을 친 후에 물 흐르는 듯한 동작으로 목을 쳐서 목소리를 막고, 뒤통수를 내려친다. 루그가 들어온 지 채 10초도 안 지나서 사르테 백작과 부관이 뻗어버렸다.

루그는 축 늘어진 사르테 백작을 어깨에 들쳐 메고 방을 나섰다.

"자, 그럼 가볼까?"

〈어떻게 빠져나갈 생각인가? 날아서?〉

"그렇게 눈에 띄는 마법을 쓰면 안 되지. 이 집에 메어둔 말을 써서 '정상적으로' 빠져나가야겠어."

〈남들이 들었으면 미친 짓이라고 했을 거다.〉

"하긴 그렇지?"

루그는 밖으로 나오자마자 집 밖을 지키고 있는 병사들을 공격했다. 병사들은 뭐에 공격받았는지도 모르는 채 그대로 의식이 끊어져서 스르르 주저앉고 말았다.

"이힝힝!"

루그는 사르테 백작을 짐짝처럼 말등에 얹은 뒤 말에 타고 야영지 안을 달리기 시작했다. 그러자 사르테 백작군은 그제야 이상을 눈치챘다. 루그가 기절시킨 이들은 아무도 깨어나지 못했지만, 오밤중에 말등에 축 늘어진 기사를 태우고 있으면 수상한 놈으로 보는 게 당연하다.

"저거 뭐야?"

"잡아라!"

병력이 우르르 달려 나와서 루그를 쫓아오기 시작했다. 루그가 혀를 찼다.

"생각보단 대응이 빠르군!"

〈도대체 얼마나 오합지졸이길 기대한 건가? 지극히 상식적인 반응인 것 같다만.〉

"이럴 때는 그냥 이렇게 말해주는 거야. 따지지 마!"

그동안 소식이 앞쪽으로 전달되어서 주변이 포위되기 시작했다. 병사들이 뒤에서 쫓아오기만 할 때는 쉽게 따돌릴 수 있었지만, 강체술을 익힌 기사들이 추적해 오면서 유기적으로 포위망을 형성하면 말 타고 달리는 것만으로는 도저히 달아날 수 없다.

챙!

실제로 채 100미터도 더 나아가기 전에 기사 하나가 달려들어서 창을 찔러왔다. 루그는 재빨리 오른손으로 검을 뽑아서 그것을 막아내고는 말을 멈추었다.

"여기까진가?"

"이놈! 어디 소속인지 밝혀라! 무슨 짓이냐?"

"내가 어디 소속이냐 하면……."

루그는 씩 웃으며 사르테 백작을 어깨에 들쳐 멨다. 그리고 기절한 그의 얼굴을 들어서 기사들에게 보여주었다.

"사르테 백작님을 정중히 초대한 아스탈 백작령 소속이다."

"뭐, 뭐야?"

"어째서 백작님이?!"

사르테 백작을 알아본 기사들이 당황했다. 루그는 그 틈에 말에서 내리더니 땅을 박차고 날아올랐다. 갑옷을 입은 채로, 그것도 다른 갑옷 입은 기사 하나까지 들쳐 멘 채로 5미터 이상 솟구치는 그를 보며 다들 경악했다.

"말도 안 돼!"

루그는 그대로 허공을 두 번 박차더니 근처에 있는 집의 지붕 위에 올라섰다.

기사들이 아연실색했다. 그들도 강체술을 익히고 있는 몸이기에 이 한 번의 움직임만으로도 루그의 실력이 차원이 다르다는 걸 알 수 있었다.

"겁먹고 있을 때가 아니다! 백작님을 되찾아야 해!"

기사들 중 하나가 용기있게 외치며 나섰다. 그러자 다섯 명의 기사가 호응해서 벽을 박차고 루그를 향해 날아들었다.

"어리석은 것들!"

루그는 백작을 어깨에 멘 채로 오른손으로만 검을 휘둘렀다. 동시에 그의 몸을 감싸고 돌풍 같은 파동이 퍼져 나갔다.

휘이이이이!

날아들던 기사들이 그 파동에 맞고 움찔하는 순간, 루그의 검이 섬광처럼 뻗어 나가 그들을 강타했다.

타다다다당!

"크악!"

"커어억!"

사방을 포위하고 달려들던 여섯 기사가 한순간에 나가떨어졌다. 그 한 수로 분위기를 제압한 루그는 벨트에 묶여 있던 신호용 통을 꺼내서 점화했다.

휘이이… 퍼엉!

마법의 신호탄이 날아올라 터지자 외곽이 소란스러워지기 시작했다. 경계를 서고 있던 병사들이 아스탈 백작과 마빈을 필두로 한 기사들의 접근을 발견하고 비상을 울렸던 것이다.

"그럼 백작님의 신병은 내일 천천히 협상해 봅시다. 이만!"

루그는 다시 나는 듯한 움직임으로 포위망을 뚫고 달려갔다. 건물들 위를 딛고 도약, 한 번에 10미터 이상을 나아간 후에 다시 허공을 박차고 도약할 때마다 7, 8미터씩을 죽죽 나아가는 그는 지상을 달려서 쫓아가야 하는 입장에서는 하늘을 나는 새나 다름없었다. 쫓아갈 수 없다는 걸 깨달은 이들이 활을 쏘거나 창을 던지기도 했지만 루그는 가뿐하게 뿌리치면서 포위망을 돌파해 갔다.

"왔습니다!"

야영지 외곽에 화살을 쏘아대면서 소란을 일으키고 있던 백작 일행이 루그를 발견했다. 사람을 어깨에 멘 채로 새처럼 허공을 박차고 달려오는 그의 모습에 다들 눈이 휘둥그레졌다.

"세상에!"

루그는 놀라는 그들 앞에 내려서더니 사르테 백작을 건네주었다.

"이 양반이 총지휘관이에요."

"정말로 저 안에 들어가서 사르테 백작을 잡아온 거냐?"

백작이 믿을 수 없다는 듯 물었다. 세상에, 혈혈단신으로 1,600명이 모여 있는 야영지 안에 들어가서 적의 총지휘관을 납치해 오다니, 어떻게 이럴 수가 있단 말인가?

"낮이면 모를까, 밤에는 별로 어려운 일도 아니에요. 일단 튀어요."

루그는 그렇게 말하고는 다른 이들을 출발시키고 자신도 말에 올라타서 달리기 시작했다.

2

 10분쯤 달리기 시작하자 뒤쪽이 소란스러워지며 여러 명의 기척이 느껴졌다. 루그가 뒤를 보며 혀를 찼다.
 "쯧! 마법사가 붙었군."
 "마법사?"
 "일단 무조건 잡고 보자고 한 스무 명쯤을 선두로 편성해서 오는군요. 그리고 마법사가 붙어서 말의 속도를 높였어요."
 인간 마법사가 쓰는 마법이니 말을 흥분시켜서 능력을 한계 이상으로 뽑아내는 방식으로 속도를 높였을 것이다. 나중에 말이 어떻게 될지 모르는 위험한 방법이지만 지금 이 순간에는 더없이 유용했다.
 "앞으로 3분 안에 따라잡히겠는데."
 루그가 추적자들과의 속도 차를 가늠하며 중얼거렸다. 그러자 마빈이 물었다.
 "어떻게 하지?"
 "싸우다가는 후방에서 따라오는 놈들한테 덜미가 잡히겠지. 뭐, 예상 못한 상황도 아니니……."
 스르릉!
 루그는 조금도 당황하지 않고 쌍검을 뽑아 들었다. 그러자 마빈이 놀라서 물었다.

"설마 싸우려고?"

"내가 남아서 놈들을 막을게. 그동안 돌아가."

"적은 스무 명도 넘는다며? 마법사도 있고?"

"조금 전에 1,600명 사이로 혼자 들어가서 적 지휘관 납치해 오는 거 못 봤어? 아무런 문제도 없으니 가."

루그는 그렇게 대답하면서 말의 속도를 늦추었다. 그러자 마빈이 발끈해서 말을 멈추게 했다.

"말이 되는 소릴 해! 어떻게 널 혼자 두고 가냐?"

"우와, 감동적인데? 마빈 네가 이 형님을 그렇게 눈물겹게 생각해 주는 줄 몰랐다, 야."

"누가 형님이야?"

마빈은 신경질적으로 쏘아붙이면서 말을 돌렸다. 백작이 놀라서 둘을 불렀다.

"마빈! 루… 아니, 아이작!"

그 말에 루그는 곧바로 대답하려다가 잠시 입을 다물었다. 그러다가 무슨 생각이 났는지 씩 웃으면서 말했다.

"걱정 말고 가세요! 마빈은 안 다치게 잘 보호해서 데려갈 테니까!"

"누가 누굴 보호해? 반대거든? 내가 널 보호하려고 남은 거거든?"

"원 참. 영지의 후계자씩이나 되는 놈이 왜 이렇게 생각이 없냐. 자기가 얼마나 중요한 인물인지 정도는 파악하고 있어야지. 나는 아스탈 영지에 있어서 있으나 없으나 상관없는 놈이지만 넌 아니라고."
"아무리 그래도 그렇지 어떻게 이런 상황에서……."
"아, 됐어. 충분히 감동했으니 그만해라. 이렇게 된 거 상황을 충분히 이용해야지. 네 후계자로서의 입지를 다져 주기 위해 위험을 무릅쓰는 이 형님께 감사하도록 해."
"무슨 소린지 하나도 모르겠거든?"
"조금 있으면 알게 될 거야. 자, 그럼 그동안 네 실력이 얼마나 늘었는지 한번 구경해 보자. 실전 레슨이다!"
루그가 그렇게 말하며 말에서 뛰어내렸다. 마빈이 의아해하며 물었다.
"왜 내려?"
"난 마상에서 싸우는 거에 별로 익숙하지 않아. 그냥 내려서 싸울란다."
"야! 그게 무슨 바보짓이야!"
말을 탄 자와 말을 타지 않은 자가 싸우면 전자가 유리하다는 것은 상식이다. 사실 말은 그냥 달려드는 기세 그대로 부딪치기만 해도 인간에게 엄청난 위협이 되는 데다가, 그 위에 올라탄 자는 높은 곳에서 아래를 향해 풀을 베듯이 공격을 가할 수 있는 것이다.
하지만 루그는 그런 상식을 거부했다.
"기사인 척하고 있지만 난 기사가 아니라고. 마상 전투 따윌 연습했을 리가 없잖아."

"자랑이냐?"

마빈이 어이없어 하는 동안 적의 추적대가 맹렬한 기세로 접근해 왔다. 마빈이 보기에도 일반적인 말의 질주 속도를 훨씬 넘은 무시무시한 빠르기였다.

"자, 간다!"

그들과의 거리가 30미터 이내로 줄어드는 순간, 루그가 움직였다. 그가 딛은 땅이 폭발하듯 터져 나가고, 다음 순간 최선두에 있는 이의 앞으로 쇄도하면서 쌍검이 춤춘다.

파학!

단 두 번의 검격으로 두 마리의 말이 머리를 잃고 쓰러졌다. 전력질주하던 스무 명의 진형이 붕괴하면서 그들의 속도가 크게 늦춰진다. 루그는 그런 그들 사이를 관통하면서 질풍처럼 쌍검을 휘둘렀다.

파바바바바밧!

기사들이 미처 대응하기도 전에 루그의 검이 그들 혹은 그들이 탄 말을 가르고 지나갔다. 피보라가 일어나면서 스무 명의 기마대가 떨어지는 수백 개의 핏방울 속에 파묻히듯이 무너져 갔다.

"마, 말도 안 돼!"

그 광경을 본 마빈이 경악했다. 루그는 어디까지나 맨손 격투를 주무기로 하는 권사이며, 검술은 어설프게 익혔을 뿐이라고 했다. 그런데 저 괴물 같은 실력은 도대체 무엇이란 말인가?

입을 쩍 벌리고 있던 마빈에게, 진형의 바깥쪽에 있어서 루그의 공격을 피해간 기사 하나가 맹렬하게 질주해 왔다. 마빈은 퍼뜩 정신을 차리고 검을 들어 올렸다. 마갑 '아머 오브 발러'와 한 세트로 만들어진 마검 '소드 오브 발러'가 흐릿한 빛을 발하면서 적의 공격을 맞이했다.

카아앙!

전력질주로 달려오면서 잔뜩 가속이 붙은 기사의 검격은 강렬했다. 마빈은 그 충격을 버텨냈지만, 말이 휘청거리는 바람에 하마터면 쓰러질 뻔했다.

"크윽!"

마빈은 이를 악물고 연이어 날아드는 적의 공격을 막아냈다.

채채채채챙!

적 기사의 솜씨는 보통이 아니었다. 첫 공격으로 마빈의 자세가 무너지자 주저없이 그 틈을 파고들어서 몰아붙였다.

하지만 마빈은 그 공격을 전부 다 막아내면서 조금씩 자세를 회복하고 있었다. 지금까지 기격의 경지에 오른 아스탈 백작에게 수도 없이 마상 검투 훈련을 받아왔다. 그 경험이 있기에 마빈은 이런 때에도 절대 당황하지 않고 상대방의 허점을 노리고 있었다.

빠각!

"어?"

하지만 다음 순간 예상치 못한 일이 벌어졌다. 흐릿한 빛을 발하는 마빈의 검이 적 기사의 검을 그대로 부러뜨려 버리는 게 아닌가? 똑같이 강검의 기운이 실려 있는 검이었는데 이렇게 쉽게 부러지다니?

적 기사도 놀랐는지 투구 안쪽에서 눈을 휘둥그레 뜨고 있었다. 마빈은 거의 반사적으로 완전히 방어가 열린 그의 몸을 향해 검을 찔렀다.

파학!

섬전처럼 뻗어 나간 검이 적 기사의 목을 베고 지나갔다.

"이 검 완전 반칙이잖아?"

지금까지 루그가 르센의 무투회에서 상품으로 받은 마검을 써왔지만, 이 소드 오브 발러의 성능은 차원이 다르다는 걸 알 수 있었다. 마빈은 혀를 차며 루그 쪽을 바라보았고, 바로 그 순간 루그가 쓰러진 시체에서 창을 집어 들더니 앞쪽으로 맹렬하게 투척하는 광경을 보았다.

콰하하하핫!

무시무시한 기세로 날아간 창이 그들을 지나쳐 간 기사들 중 하나와 말까지 함께 관통해 버렸다. 연이어 투창 공격을 날려서 적들을 관통해 버리는 루그를 본 마빈이 침을 꿀꺽 삼켰다.

'이 자식 완전 괴물이 다 됐네. 저건 정면에서 날아와도 못 막겠다.'

저 투창 공격은 정말로 섬뜩하다. 일직선으로 뻗어 나가서

남치범 285

갑옷을 입은 기사와 말을 통째로 관통하다니, 막기는커녕 피할 수나 있을지 의문스럽다.

그러고 보니 어느새 주변에는 일어나 있는 기사가 셋밖에 남지 않았다. 마빈이 한 명을 쓰러뜨리는 동안 루그가 나머지를 죄다 쓸어버린 것이다.

"괴, 괴물 같은 놈……!"

아직 살아남은 기사들도 루그를 보며 공포에 질려 있었다. 쌍검을 든 루그가 그들을 보며 웃었다.

"음. 본대가 여기까지 오려면 시간이 좀 걸릴 것 같으니 당신들은 그냥 놔줄게. 목숨이 아까우면 몸을 돌려서 달아나라."

"으윽……."

오만하기 짝이 없는 말이었지만 기사들은 감히 반박할 엄두를 내지 못했다. 그들의 눈에는 루그가 쌍검을 든 사신처럼 보였다.

루그가 말했다.

"아, 거기 마법사 양반은 놔두고 가. 그 양반은 포로로 데려가야겠어. 그래서 일부러 살려둔 거거든? 포로 대우는 확실하게 해줄 테니 걱정하지 말고."

루그가 한발 나서며 말하자 기사들이 움찔하며 뒤로 물러났다. 머뭇거리는 그들을 향해 루그가 쌍검을 들어 보였다.

"마지막 경고다. 지금 즉시 몸을 돌려서 달아나. 안 그러면 본대가 올 때까지 시간을 끄는 걸로 간주하고 여기서 죽여주지."

"아, 알겠다. 하지만 한 가지만 묻자."

"뭘?"

"당신 이름이 뭐지?"

그 말에 루그가 피식 웃으며 대답했다.

"방랑기사 아이작 그레이스다."

루그의 위장용 이름을 들은 기사들은 각자 자신의 이름을 댄 후에 두고 보자며 그 자리에서 물러났다. 루그는 코웃음을 치면서 마법사에게 다가갔다.

"너희들 이름 따윌 내가 알 게 뭐냐? 어쨌거나 마법사 양반, 얌전히 따라와 주면 험한 짓을 할 생각은 없는데 지금 손 뒤로 하고 준비하는 마법은 그만두시지?"

"헉!"

식은땀을 흘리며 상황을 타개할 마법을 준비하던 마법사가 화들짝 놀랐다. 루그가 칼자루로 그의 머리를 후려쳤다.

"에이, 귀찮으니 그냥 좀 주무셔."

마법사의 의식은 그대로 끊어졌고, 루그는 그를 들어서 말에 짐짝처럼 올려두었다. 그리고 말에 오르자 마빈이 굳은 표정으로 물었다.

"너… 도대체 그동안 뭘 했길래 그렇게 강해진 거야?"

"그건 나중에 이야기하자. 앞으로 5, 6분 후면 본대가 올거야."

루그는 그렇게 말하며 말을 출발시켰다.

3

   루그와 마빈이 돌아오자 아스탈 백작성의 분위기는 뜨겁게 달아올랐다. 적의 피로 물든 갑옷을 입은 둘이 입성하자 다들 환호성을 질렀다.
   와아아아아!
   "도련님, 무사하셨군요! 정말 걱정했습니다!"
   "아이작 경, 정말 대단하시오!"
   "도련님도요! 친구를 버리지 않고 같이 위험을 무릅쓰시다니, 감동했습니다!"
   마치 싸움에서 이긴 것처럼 자신을 칭찬하는 분위기에 마빈이 어리둥절해했다. 이번에 활약한 것은 루그 혼자라고 봐도 과언이 아니었는데, 왠지 자신까지 영웅적 업적이라도 세운 것처럼 찬사가 쏟아졌던 것이다.
   마빈이 의아해하며 루그를 바라보자 그가 한쪽 눈을 찡긋했다. 그것을 본 마빈은 그제야 루그가 자신과 함께 남았을 때 한 말의 의미를 깨달았다. 마빈은 루그와 함께 그곳에 남은 것만으로도 자신을 도와주러 온 친구를 버리지 않는 의리를 과시했고, 또한 성공적으로 추적자들을 막고 무사히 돌아옴으로써 사람들에게 영웅적인 이미지를 심어주었던 것이다.
   '무서운 놈.'

마빈는 루그의 심계에 감탄했다. 그 순간에 그런 생각까지 할 줄이야.

루그와 마빈은 흥분한 사람들 사이를 지나서 백작에게 다가갔다. 백작도 감격한 눈으로 두 사람을 끌어안았다.

"무사히 돌아와서 정말 다행이다."

"걱정 마시라고 했잖아요?"

루그가 백작에게만 들리도록 말했다. 그리고 함께 집무실로 향하며 물었다.

"사르테 백작은 깨어났어요?"

"악을 쓰면서 욕설을 퍼부어대더구나. 그 꼬락서니를 너도 봤어야 하는데!"

백작이 유쾌한 듯 껄껄 웃었다. 오늘 아침까지만 해도 내일 벌어질 수성전에 대한 걱정으로 가슴이 타들어가고 있었거늘 이런 반전이 기다리고 있을 줄이야.

루그가 어깨를 으쓱했다.

"뭐, 적 지휘관과 마법사 한 명을 사로잡았으니 이걸로 어느 정도 협상을 해볼 수 있을 거예요. 하지만……."

"물러나게 하는 건 역시 무리다, 이거냐?"

"제 생각에는 마빈네 외할아버지가 온다면, 그때까지 시간을 끌다가 배상금을 비싸게 받고 풀어주는 걸로 만족해야 할 것 같아요. 혹시 다른 데 도와줄 만한 인맥 없어요?"

"으음. 다른 영주들은 다들 한쪽 편에 끼거나 아니면 지원을 거부한 판이라……. 그나마 옆동네 킬란 자작과 발트 남작이 도와주겠다고는 하더구나. 아마 이틀 내로는 올 수 있을 것 같다."

"그래도 우리 친척뻘 되는 가문들도 꽤 많을 텐데 다들 야박하네. 아버지도 인심이 별로 없으시군요?"

"끄응."

그 말에 아스탈 백작은 할 말이 없었다. 이 동네 귀족끼리는 서로서로 딸을 시집보낸 적이 있다 보니 다들 친척이라고 봐도 과언이 아니었다. 아스탈 백작령이 살기가 척박하다 보니 내부를 다스리는 데 바빠서 이웃 영지와 교류도 적고, 사교 활동도 별로 못하긴 했지만 이런 때에 도와줄 이들이 이렇게나 적은 건 뼈아프다.

"어쨌든 지원해 줄 데가 있긴 있으니 다행이네요. 일단 협상을 끝내고 전투가 시작되면… 음, 그때는 적 지휘관만 골라서 없애죠."

"지휘관만 골라서?"

"지휘관 위치를 특정하는 건 어렵지 않으니 그 다음엔 지휘관만 골라잡아서 지휘 계통을 붕괴시키고, 뭐 그 후엔 돌진력이 뛰어난 기사들을 몇 명만 빌려주세요. 제가 선두에 서서 우르르 몰려든 놈들을 관통할게요. 그 정도면 되겠지."

루그는 마치 적들이 허수아비 집단이라도 되는 것처럼 말도 안 되는 전술을 이야기하고 있었다. 백작이 어이없어 하며 물었다.

"그게 말이 되느냐? 적들 숫자가 얼만데······. 네 실력이 뛰어난 건 인정한다. 특히 은신과 잠입 솜씨는 천하일품인 것 같구나. 하지만 아무리 그렇다고 해도 대낮에 적들을 상대하는 건 이야기가 달라. 네가 기격의 강체술사라고 해도 그런 식으로 싸우다간 금방 체력이······."

"그건 걱정하지 않으셔도 돼요. 이 계획은 제가 짠 게 아니고 저보다 상황 파악을 잘 하는 사람이 짠 거니까."

루그는 마법사로 위장하고 병사들 사이에 섞여서 투석기를 수리하고 있던 메이즈에게 시선을 주었다. 루그와 메이즈는 그 사이에 통신을 이용해서 정보를 교환하고, 앞으로의 계획을 결정했던 것이다.

"어쨌든 백작의 신병 협상을 이용하면 사흘 정도는 벌 수 있을 거예요. 협상은 아버지가 잘 해주셔야 합니다. 일단 지금 즉시 지원을 요청한 곳들에 사자를 보내서 상황을 알리세요. 우리가 사르테 백작을 사로잡는 데 성공했다고 말이죠."

"알겠다."

정치적 감각이 부족한 아스탈 백작도 루그가 무슨 뜻으로 그런 말을 하는지 이해할 수 있었다. 의리로 지원하겠다고는 했지만 과연 승산이 있을까 갈팡질팡하던 이들에게는 등을 떠밀어주는 효과가 있을 것이다.

루그가 마빈을 바라보며 말했다.

"시간을 확실히 끌어주실 거라고 믿고··· 저는 그 사이에 좀 할 일이 있습니다."

그의 시선을 받은 마빈이 눈을 크게 떴다.

"응?"

4

당연하게도 사르테 백작군은 즉시 사자를 파견하여 협상을 요구했다. 하지만 백작은 밤이 늦었으니 협상은 내일 오전부터 하자면서 돌려보내서 시간을 끌었다.

"일단 배상금도 배상금이지만 협상 자체를 오래 끄는 게 중요해요."

아스탈 백작뿐만 아니라 가문의 수뇌부들은 다들 인간끼리의 전쟁을 수행해 본 경험이 없었다. 그래서 협상을 과연 어떻게 끌어야 할지 고민하는 그들을 보다 못한 메이즈가 나서서 의견을 냈다.

"배상금을 무리할 정도로 세게 불러서 상대가 반발하게 만드세요. 그리고 배상금뿐만 아니라 저들이 받아들일 수 없는 조건을 다수 만들어두는 게 중요합니다."

"그러면 협상이 아예 진행되질 않지 않소?"

백작이 의아해하며 물었다. 메이즈가 쓴웃음을 지었다.

"그걸 하나둘씩 양보해 가면서 타협안을 만드는 게 협상이라는 소모적인 행위의 골자지요. 즉, 처음부터 이쪽이 원하는 조건보다 무조건 높여서 불러두고 선심 쓰듯이 깎아줘야 하는 거예요."

"일단은 허세부터 시작해야 한다는 말이군."

"맞아요. 어쨌든 적의 총지휘관인 사르테 백작을 붙잡았으니 배상금은 충분히 높이 부를 수 있어요. 일단 이쪽의 목표 금액의 두 배를 부르고 그 다음에 조금씩 깎아나가는 걸로 하죠. 이 정도 금액만으로도 시간을 상당히 벌 수 있을 거예요."

"그걸 조율하는 데 그리 시간이 걸리나?"

"상대방이 우리 측이 제시한 금액을 받아들이고 '알겠다, 준비하겠다' 한다고 끝나는 게 아니에요. 저들은 이 영지를 짓밟겠다는 의지를 갖고 출병했지요? 그럼 일단 배상금의 액수를 협상해도 당장 그걸 지불할 수 없을 거예요. 그 돈을 준비할 때까지 시간을 벌 수 있죠."

"호오, 그렇군."

백작이 납득하고 고개를 끄덕였다.

그렇게 협상에 대해서 논의하는 동안 루그는 백작성의 주방을 빌려서 뭔가를 열심히 만들고 있었다.

"크으, 오랜만에 만들어도 정말 끔찍하군."

루그가 냄비 속에서 끓는 액체를 보며 눈살을 찌푸렸다. 거기서 나는 냄새가 어찌나 지독한지 주변을 기웃거리던 이들은 전부 코를 막고 도망가 버렸다. 그나마도 루그가 마법으로 냄새가 밖으로 퍼지는 걸 막아놨기에 망정이지, 안 그랬으면 독을 풀었다고 오해받아서 난리가 났을지도 모른다.

오더 시그마 비약의 뿌리라고 할 수 있는 혼돈의 비약.

빛이 비추는 각도에 따라서 갈색과 보라색이 뒤섞여서 뭐라고 말할 수 없는 혼탁함을 자아내는 비약이 눈앞에서 완성되어 가고 있었다.

"슬슬 완성된 것 같군."

루그는 완성된 비약을 사발에 담았다. 두 번 다시 떠올리기 싫은 악몽으로 각인된 이 비약을 마실 사람은 이미 정해져 있다.

"자, 그럼 마빈을 불러볼까나?"

루그는 연무장에 만반의 준비를 갖추고 마빈을 불러들였다. 영문도 모르고 불려온 마빈이 투덜거렸다.

"이런 때 왜 부르는 거야?"

마빈은 협상에 대해서 논의하는 자리에 있다가 불려온 것이다. 후계자로서 중요한 공부를 할 기회를 빼앗겼으니 불만스러울 수밖에.

루그가 말했다.

"그것도 중요하지만 지금이 아니면 할 수 없는 일이 있어서. 시간 났을 때 얼른 해둬야지."

"무슨 일인데?"

"이걸 마시는 일이야."

"우웩. 냄새가 왜 이래?"

혼돈의 비약을 내밀자 마빈이 코를 막으면서 물러났다. 그릇에서 풍기는 냄새를 잠깐 맡는 것만으로도 아찔해질 정도였다.
  루그가 말했다.
  "이건 우리 유파 전설의 비약이야. 여기 들어간 재료를 생각하면 같은 부피의 황금보다도 훨씬 비싸다고. 이걸 마시면 네 강체력은 최소 두 배 이상으로 는다."
  "정말이야? 그런 거면 네가 마시지 왜……."
  마빈이 의심스럽다는 눈으로 혼돈의 비약을 바라보았다. 루그가 대답했다.
  "그야 난 이미 마셨으니까. 이건 한 번 마신 사람이 또 마시면 약효가 격감해."
  〈거짓말쟁이.〉
  볼카르가 툭 한마디 내뱉었다. 하지만 정신감응을 통해 그도 음흉한 미소를 짓고 있다는 것을 느낄 수 있었다.
  "그래? 그런데 왜 이런 때 주는 거야?"
  "이건 워낙 약효가 막강해서 마시고 나면 옆에서 거의 만 하루 동안 그 기운을 다스려줘야 해. 협상이 진행되고 있는 지금이 아니면 기회가 없어."
  "위험한 거 아냐?"
  "협상이 끝나면 그 후에는 다시 전쟁이다. 그 전에 강해져야지 그 다음에 강해져서 뭐하게?"
  "그건 그렇군."

마빈은 납득하면서도 거부감 가득한 눈으로 혼돈의 비약을 바라보았다. 아무리 봐도 그릇 속에서 찰랑거리는 저 액체는 사람이 먹으라고 만든 것처럼 보이지 않았다. 색으로 보나, 냄새로 보나…….

"좋은 약은 입에 쓴 법이지. 지난번에 먹었던 비약의 강화판이라고 생각해. 같은 계통이거든."

"아, 그때 그거?"

마빈은 예전에 르센에서 마셨던 비약을 생각해 냈다. 그 비약도 냄새는 확실히 고약했었다. 물론 이것에 비할 바는 아니었지만…….

"자, 그럼 준비를 해볼까?"

"알겠어."

마빈이 준비를 하는 동안 루그가 음흉한 미소를 지었다.

'후후후. 네 미각이 아무리 비정상적이라 우리 비약을 맛있게 느낀다고 해도 요건 좀 다를 거다.'

마빈은 볼카르조차 존경심이 우러날 정도로 비정상적인 미각의 소유자다. 매번 마실 때마다 속이 뒤집어지는 것 같은 오더 시그마의 비약을 '맛있다'고 한 것은 정말 충격적이었지만, 혼돈의 비약은 격이 다르다. 이번에야말로 마빈에게 지옥을 맛보여 줄 수 있을 것이다.

〈어째 주객이 전도된 것 같지만.〉

─우와, 지금 착한 척하려는 거야? 가식은 집어치우시고 본

심을 말해보시지, 볼카르 선생?

〈훗. 뭐 그걸 꼭 말로 해야 아는 건가?〉

루그는 볼카르는 음흉한 대화를 주고받으면서 마빈에게 혼돈의 비약을 내밀었다.

"자, 한번에 죽 들이켜."

"알겠어."

마빈은 침을 꿀꺽 삼키고는 입을 벌렸다. 그리고 그릇을 들고 단숨에 들이켰다!

'그렇지!'

순간 루그는 주먹을 불끈 쥐었다. 마셨다! 마시고야 말았다!

동시에 루그는 기격으로 마빈을 붙잡을 준비를 했다. 지난번에는 요르드가 중간에 마시다가 너무 끔찍한 맛 때문에 뱉어버리려고 하는 바람에 억지로 그를 붙잡고 끝까지 삼키게 만들었던 것이다. 그러고 나서도 다시 토하려고 하는 걸 억지로 막으면서……

〈매우 즐거워했었지. 사람 괴롭히면서 좋아하는 꼴이라니. 쯧쯧.〉

…이라고 말하는 볼카르도 나 혼자 당하기는 억울하니 남이 지옥에서 뒹구는 것을 보며 즐거워하고 말겠다는 지극히 건전한(?) 기대감으로 들떠 있었다.

꿀꺽꿀꺽.

하지만 의외로 마빈은 그들이 기대한 반응을 보여주지 않았다. 중간에 뱉을 기색도 없이 그릇에 든 혼돈의 비약을 단번에 비워 버리는 게 아닌가?

"하아……."

마침내 혼돈의 비약을 다 마셔 버린 마빈이 천천히 그릇을 든 손을 내렸다. 동시에 그의 전신에서 열기가 끓어오르며 주변의 대기가 요동쳤다.

슈우우우……!

그리고 마빈의 눈이 넋을 잃은 듯 아스라한 빛을 띠었다.

마빈은 형언할 수 없는 자극 속에서 새로운 세계를 영접했다. 혀끝을 통해 전해지는 자극이 영혼을 일깨운다. 자신을 둘러싼 세계가 흐물흐물 녹아 내려서 한데 섞이더니 뭐라고 특정할 수 없는 혼돈으로 화해 춤춘다.

'아……!'

어느새 마빈은 춤추는 혼돈 위를 날고 있었다. 아찔한 추락감 속에서 혼돈이 변화해 간다. 온갖 색깔이 하나로 녹아 들어가 있던 혼돈으로부터 셀 수 없을 정도로 많은 색과 윤곽이 분리되어 나와서 세상을 이루기 시작했다.

후우우우우우!

그리고 마빈이 황홀경에 빠져 있는 동안 그의 육체는 난리를 치고 있었다. 혼돈의 비약에 담긴 기운을 흡수한 그의 강체력이 극단적으로 부풀어 오르면서 미친 들소 떼처럼 날뛰고 루그는 그것을 기격으로 붙잡은 채 비명을 지르고 있었다.

"이놈은 반응이 뭐 이렇게 격렬한 거야?"

요르드 때도 엄청나게 고생을 했지만 이 정도는 아니었다. 지금은 그때보다 실력이 한층 진일보했고, 또 마빈의 강체력이 요르드보다는 훨씬 적으니 좀 편하게 처리할 수 있으리라 생각했거늘 이 압도적인 폭주 현상은 도대체 뭐란 말인가?

게다가…….

〈도대체 왜 저렇게 황홀해하는 표정을 짓고 있는 거냐?〉

볼카르가 어이없어 했다. 마빈은 자신의 몸에서 폭풍 같은 기운이 날뛰든 말든 양팔을 벌린 채 더없는 황홀감에 젖어 있었다. 그 표정을 보면 누구나 그가 혼돈의 비약을 마심으로써 얻은 것이 지옥 같은 괴로움이 아니라, 천상의 쾌락이라는 알 수 있으리라.

〈정말 경이롭군. 혹시 이 혼돈의 비약이라는 거, 이 인간 같은 체질을 위해서 특수하게 만들어졌다거나 하는 탄생 비화가 있는 거 아닌가? 그렇지 않고서야 인간이 어찌 그것을 먹고 저런…….〉

"알 게 뭐야!"

루그가 버럭 소리를 질렀다. 마치 인간이 도달할 수 있는 만족감의 극치에 도달한 듯한 마빈의 표정은 보고 있으면 질투가 날 정도라, 그를 위해 죽을 고생을 하고 있는 루그 입장에서 보면 살의가 일었다.

"이 자식! 이거 진정된 다음에 두고 보자!"

그런데 그때였다. 기격으로 폭주하는 기운을 억누르고 있던 루그가 상상도 못한 일이 벌어졌다.

"어?"

미친 듯이 증폭되던 폭주의 기세가 급격하게 잦아들었다. 마치 한참 동안 날뛰어야 할 기운을 한번에 몰아서 다 써버리고 힘이 빠지기라도 한 것처럼.

루그는 안도의 한숨을 내쉬었다. 계속 그 정도로 격렬하게 폭주했으면 끝까지 버틸 수 있을지 자신이 없을 정도였으니까.

하지만 폭주가 급속도로 잦아든 후, 갑자기 루그의 감각을 뭔가가 자극했다.

"우욱?"

순간 루그의 표정이 팍 일그러졌다. 분명히 기격을 뽑아내서 심상을 전달하고 있는 것은 루그 쪽이다. 그런데 지금 이 감각은······.

〈꾸, 꾸에에에에엑!〉

볼카르가 비명을 질렀다. 루그도 내장이 뒤집어지는 것 같은 감각에 잠시 집중력이 흐트러졌다.

파칫!

뭐라고 형용할 수 없을 정도로 끔찍한 맛이 혀끝을 스쳐 갔다. 짧은 순간이었을 뿐인데도 정신이 아찔해졌을 정도로 참혹한 맛이었다.

파칫! 파치치칫!

주변에서 스파크가 일면서 기격을 제어하는 심상에 잡음이 끼어들기 시작한다. 숨쉬듯이 자연스럽게 자신의 내면에서 퍼올려서 구현하던 심상에 제어되지 않는 뭔가가 끼여서 혼돈을 퍼뜨리고 있었다.

〈꾸우우우우웁?!〉

그러한 잡음이 끼어들 때마다 볼카르가 광란했다. 루그도 미각을 중심으로 오감 전체를 망가뜨릴 것 같은 자극에 전율했다.

"기, 기격을 타고 심상이 역류하고 있어?"

루그는 마침내 그 현상의 정체를 깨달았다. 자신이 마빈의 기운을 제어하기 위해 뻗어낸 기격, 그것을 통로로 삼아서 마빈의 심상이 역류해 들어오고 있는 것이다! 당연하게도 그것은 혼돈의 비약을 간접적으로 섭취하는 것이나 마찬가지의 경험이었다!

〈끄어업! 루그… 사, 살려다오! 제발… 꾸어어어루브브가아아아아악?!〉

볼카르가 끊어치기 연타처럼 계속 치고 들어오는 심상의 역류에 발광했다. 차라리 한번에 밀고 들어오면 의식을 잃고 침몰하기라도 하겠는데, 기절하겠다 싶으면 끊어졌다가 다시 불규칙한 리듬으로 치고 들어오니 그럴 수도 없다. 죽지도 살지도 못하고 고통받는 꼴이었다.

"어떻게 이런 일이… 으그극, 푸헙!"

루그 역시 상상도 못한 상황 앞에서 지옥의 늪 속에 목까지 푹 잠기는 듯한 기분을 맛봐야 했다. 도대체 어떻게 이런 일이 있을 수 있단 말인가?

"아, 안 돼……!"

계속되는 심상의 역류에 정신이 아득해진다. 하지만 정신을 잃으면 죽는다. 마빈은 폭주를 감당하지 못해서 죽을 것이고, 자신도 휘말려 들어서 어떻게 될지 모른다. 루그는 정말 영혼 밑바닥의 의지력까지 쥐어짜 내서 의식을 유지했다.

그리고 곧 원인을 파악했다. 그것은 바로 마빈의 상태였다.

"마빈 이 자식! 의식이 있는 거잖아! 젠장! 정신 좀 차려봐라! 야! 말은 안 들리는 거… 꾸어업!"

역류하는 심상을 버텨내며 마빈을 자극하던 루그는 큰 거 한 방을 받고 휘청거렸다.

요르드의 경우에는 혼돈의 비약을 먹고 나서 바로 의식이 끊어져 버렸다. 그리고 아마 그레이슨의 말에 따르면 루그와 코번 역시 그러했을 것이다.

그런데 마빈은 황홀경에 빠져서 주변을 인지하고 있지 못할 뿐, 의식이 살아 있었다. 그리고 혼돈의 비약을 먹고 지금까지 살아온 그 어느 때보다도 압도적인 심상을 영접하고 있는 상황이라 이런 말도 안 되는 현상이 벌어지는 것이다!

"아아아아악! 이, 이러다간 진짜 죽겠……!"

〈끄아아아아아아……!〉

남을 지옥에 빠뜨리려다가 자기들이 빠져 버린 인간과 드래곤의 비명이 밤새도록 울려 퍼졌다.

5

탈린 왕국의 왕도 바탈리스.

그 중심을 이루는 왕궁의 옥좌는 아직 주인이 없었다. 그것을 차지하기 위해 드린자드 왕자와 베사드 공작이 내전을 벌이고 있었지만, 둘 다 결정적인 우위를 거머쥐진 못했다. 게다가 드린자드 왕자는 왕관을, 그리고 베사드 공작은 옥새를 갖고 있었기에 서로를 쓰러뜨리기 전에는 왕위를 잇는 정통성이 완전해지지 않는다.

그런데 지금, 그 옥좌에 한 청년이 앉아 있었다.

긴 붉은 머리칼을 늘어뜨린 청년은 한없이 권태로운 표정으로 턱을 괴고 앉아 있었다. 왕관조차 쓰지 않고 방만한 자세로 왕좌에 앉아 있을 뿐인데도 그 모습은 그림처럼 잘 어울린다. 마치 왕좌가 처음부터 그를 위해 만들어진 것처럼.

"즐기고 있군."

불카누스는 익숙하면서도 낯선 목소리를 듣고 흠칫했다. 어느새 왕좌 앞쪽에 한 명의 청년이 서 있었다. 그리고 그것은…….

'나?'

불카누스 자신의 모습을 하고 있었다.

검은 바탕에 금실로 문양을 수놓은 옷을 입은 불카누스에 비해 그는 흰 바탕에 붉은 금실로 문양을 수 놓은 옷을 입고 있었다. 마치 지금의 불카누스와 대칭을 이루기라도 하듯이.

"너는 뭐지?"

느긋한 걸음걸이로 다가온 그는 왕좌의 등받이에 팔을 걸친 채 불카누스에게 속삭였다.

"나는 과거, 그리고 미래에 너였던 것의 잔재다, 불카누스. 이름은… 그래, 네가 볼카르라 인식하는 존재와 너 자신이 다른 존재로 구분 지어졌으니, 나는 로키 정도로 해둘까?"

"로키라고?"

흡사 거울을 들여다보는 듯한 착각을 느끼며 당혹해하는 불카누스 앞에서, 스스로를 로키라고 지칭한 그가 환하게 웃어 보였다.

『폭염의 용제』 제13권에 계속…

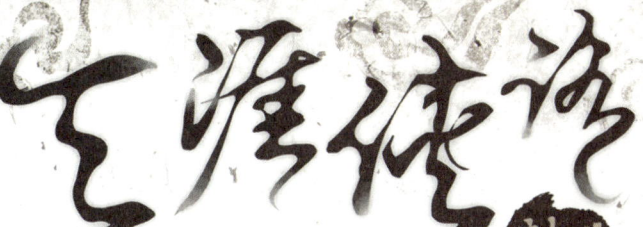

촌부 新무협 판타지 소설
FANTASTIC ORIENTAL HEROES

『우화등선』, 『화공도담』의 뒤를 잇는
작가 촌부의 또 하나의 도가 무협!

무림맹주(武林盟主), 아미파(峨嵋派) 장문인(掌門人),
군문제일검(軍門第一劍), 남궁세가(南宮勢家)의 안주인.

그들을 키워낸 어머니-
진무신모(眞武神母) 유월향(柳月香)!

어느 날, 그녀가 실종되는데…….

"하, 할머니는 누구세요?"

무한삼진의 고아, 소량(少雨)에게 찾아온 기이한 인연.

세상과 함께 호흡을 나눌 수 있다면[天地同息]
천하의 이치를 모두 얻으리래[天下之理得]!

이제, 천하제일인과 그녀가 길러낸
마지막 자손의 이야기가 펼쳐진다!

Book Publishing CHUNGEORAM
www.chungeoram.com

SWORD SLAYER

소드 슬레이어

류연 판타지 장편 소설

FANTASY FRONTIER SPIRIT

그날로 돌아간 그 순간부터 입버릇처럼 붙은 한마디.
"생각해라, 아서 란펠지."

귀족 반란에 휘말린 채 죽어야 했던 기사, 아서 란펠지.
600년 전 마룡 카브라로 인해 봉인당한 세 용사의 영혼.
버려진 이름없는 신전에서 그들이 만났을 때
운명은 또 다른 전설의 서막을 알렸다!

소드 슬레이어!

힘없이 죽어간 모든 인연들을 위하여
무력하고 허망했던 어제를 딛고
멈추지 않는 오늘을 달려 내일을 잡아라!

**위선에 가득찬 검들을 향해
여섯 번째 마나 소드, 에스카룬의 검이 질주한다!**

Book Publishing CHUNGEORAM

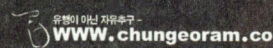
WWW.chungeoram.com

홀로선별 판타지 장편.소설

DEMON
FANTASY FRONTIER SPIRIT

제일좌

BLOOD

**성마대전, 그로부터 20년…
암흑은 스러지고 빛이 찾아왔다.
세상은… 그렇게 평화로워질 것만 같았다.**

전설의 블랙 울프를 다루는 영악한 소년 마로,
하루하루 강도 높은 훈련을 받으며
숙연의 500골드를 달성한 그날!
세상은, 신성(新星)을 맞이한다!

『기적』의 뒤를 잇는
홀로선별 작가의 또다른 이야기
『제일좌』

**어둠을 뚫고 솟을 빛이여,
하늘의 제일좌가 되어라!**

Book Publishing CHUNGEORAM

유행이 아닌 자유추구
WWW.chungeoram.com

**2011년 대미를 장식할
준.비.된. 작가 정민교의 신무협이 온다!
『낭인무사(浪人武士)』**

"죄수 번호 사천이백삼, 담운!"
"……!"
"출옥이다."

만두 하나.
고작 그 하나에 이십 년 옥살이를 한 소년, 담운.
그 답답하고 억울한 마음을 풀어낸다!

**무림맹! 구대문파! 명문세가!
겉만 번지르르한 놈들은 다 사라져라!
겉과 속이 다른 너희들을 심판하러 내가 왔다!**

Book Publishing CHUNGEORAM
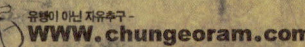
WWW.chungeoram.com